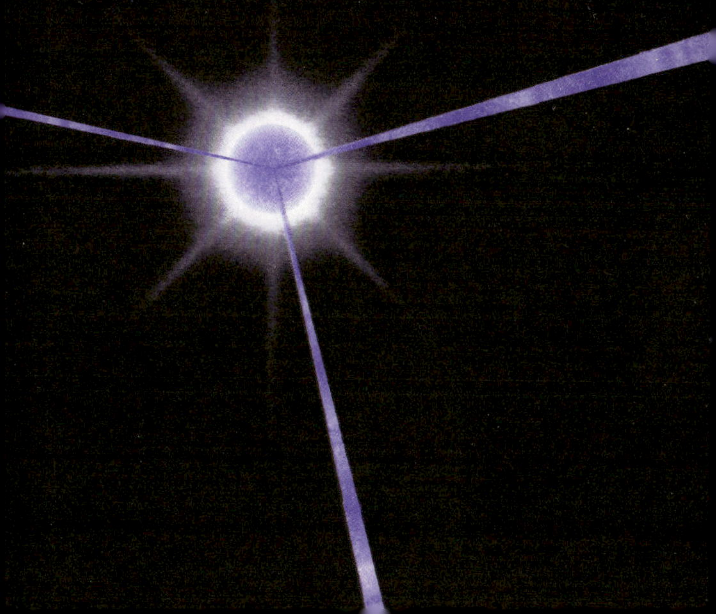

Angela und Karlheinz Steinmüller

Windschiefe Geraden

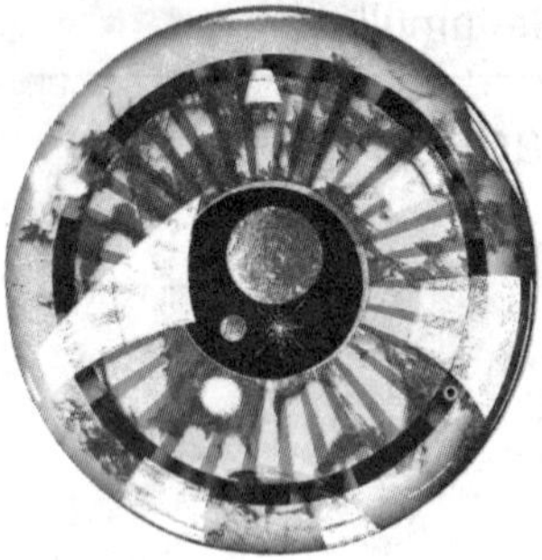

Angela und Karlheinz Steinmüller

Windschiefe Geraden

Science-fiction-Erzählungen

Verlag Das Neue Berlin

Illustrationen von Wolfgang Spuler

ISBN 3-360-00199-0

Windschiefe Geraden

Wie aus einem langen und angenehmen Traum tauchte Shanai aus der kristallklaren Welt mathematischer Symbole auf. Kerens Worte klangen ihr schrill in den Ohren. Mühsam sammelte sie sich.

»Du leidest unter Halluzinationen, Keren, der Raum um uns ist leer – lichtjahreweit nur Vakuum, nur Vakuum.« Shanai lag, in ein knöchellanges Kleid gehüllt, auf einer flachen Pritsche. In der Hand hielt sie den Lichtschreiber, mit dem sie eben noch bunte Symbole an das Deckendisplay gemalt hatte. »Und außerdem störst du mich bei der Arbeit.«

»Aber, ich, ich habe es gesehen, keine drei Lichttage entfernt. Mein Sekretär hat die Daten aufgezeichnet und ...« Keren trat zwei Schritte auf sie zu. Er war nachlässig gekleidet, das Hemd hing aus der Hose, und sein schwarzes Haar glänzte fettig in wirren Strähnen.

Shanai richtete sich stöhnend auf und lenkte den Lichtschreiber wie eine tödliche Waffe auf Keren. Von ihren nervösen Fingerbewegungen gesteuert, tastete sich eine Flut von Zeichen, unterhalb des Gürtels beginnend, über das fahlblaue Hemd hinauf zum

Hals, verweilte dort, bereit, ihm jede Sekunde ins Gesicht zu springen.

»Beruhige dich, Keren«, sagte sie in besänftigendem Tonfall, »nimm dir eine sinnvolle Aufgabe vor, nutze wie ich die Zeit, rechne ...«

Doch der Lichtschreiber strafte ihre ruhigen Worte Lügen. Spinner – rasch huschten die Buchstaben über Kerens Hemd – laß mich, hau ab ...

»Shanai, hör doch!« Ruckartig drehte sich Keren um, winkte den Sekretär, ein schwebendes Computerterminal, heran und programmierte für das Dekkendisplay einen Blick in den leeren Raum. Stop! blitzte der Lichtschreiber, ein stummer Aufschrei, den Keren nicht vernahm, dann erlosch er.

Die Hülle des Schiffes riß auf, und Shanai stürzte in die Leere und Dunkelheit des Alls. Ihr weit geöffneter Mund war unfähig, auch nur den leisesten Schrei auszustoßen. Krampfhaft schloß sie die Augen und versuchte, sich mit aller Macht an der zerbrechlichen Pritsche festzuklammern. Eine eisige Kälte strömte auf sie ein. Aus unendlichen Fernen drang eine hallende, kaum verständliche Stimme an ihr Ohr.

»Dies ist ein Radarreflex, kein blauer Zwergstern. Ich hielt das Objekt zuerst für einen Meteoriten, nach dem Spektrum besteht die Hülle aus Lathaniden und Schwermetallen ...«

»Bitte«, flehte Shanai, »bitte.« Sie mußte all ihren Willen zusammennehmen, um den licht- und wärmelosen Abgrund zu überbrücken. »Bitte.«

»... fliegt mit 0.27 c, die Bahngerade bildet einen Winkel von 161 Grad mit der unsrigen und – hattest du etwas gesagt?«

Shanai zitterte am ganzen Körper. Das Vakuum saugte ihr das Blut aus den Adern, die Schwärze drang ein, fraß sich durch die Augen ins Gehirn. Mumifiziert trudelte ihr Körper zwischen vereinzelten interstellaren Atomen. »Bitte, Licht«, röchelte sie.

Die Lichtwoge eines explodierenden Sternes erreichte sie, hüllte sie wärmend ein, trug sie davon. Mühsam unterdrückte sie das Zittern ihrer Hände, ihrer Stimme. »Bist du sicher, ein Meteorit?«

Keren schob seinen Sekretär unwirsch zur Seite, sein Gesicht drückte Tadel, Unwillen aus: »Du hörst mir wohl gar nicht mehr zu! Ich habe gesagt, daß dieses Objekt unmöglich natürlichen Ursprungs ist. Vulgär ausgedrückt: ein fremdes Raumschiff.«

Shanai erhob sich. Sie war müde und ausgelaugt, und auf ihrer Haut brannte noch immer Weltraumkälte. Keren trat an sie heran. Als seine Hand ihren Arm berührte, zuckte sie, wie von einem elektrischen Schlag getroffen, zusammen.

»Verstehst du denn nicht? Wach auf, Mädchen! Unsere Reise hat sich nun doch gelohnt – all die Jahre!« Die Freude brach aus ihm hervor. Er küßte sie. Wie eine willenlose Puppe ließ sie ihn gewähren. Sie spürte nur, wie heiß seine Lippen waren. So plötzlich, wie ihn die Empfindungen übermannt hatten, so plötzlich verließen sie ihn wieder. Er schob Shanai von sich.

»Der minimale Abstand der Flugbahnen beträgt 1,3 Lichttage. In etwa 12 Stunden werden die Schiffe die geringste Entfernung voneinander erreicht haben: 2,1 Lichttage. Astronomisch gesehen kaum ein Steinwurf.«

Ein Gefühl der Unwirklichkeit nahm von Shanai Besitz. Sie sah den Rechenraum, sah Keren und hörte ihn reden. Und sie versuchte sich vorzustellen, daß irgendwo in dem fürchterlichen Nichts hinter dünnen Metallwänden Stiel- oder Telleraugen auf das Radarbild des irdischen Raumschiffes gerichtet waren. Seltsamerweise berührte diese ungeheuerliche Vorstellung sie nicht, sie gehörte zum Reich der Tagträume, der Einbildungen, sie paßte nicht in die nüchterne Wirklichkeit des Schiffs, in der sich selbst Keren seltsam unzugehörig und substanzlos ausnahm.

»Ich verständige A-Sarn und A-Mlot. Du holst die anderen aus dem Tiefschlaf. Alarmwecken. Wir treffen uns in der Zentrale.«

Shanai nickte wortlos.

Jedesmal, wenn Keren die Zentrale betrat, hatte er den Eindruck, als dringe er in ein fremdes Reich ein. Denn hier herrschten A-Sarn und A-Mlot. Auch jetzt maßen ihre Instrumente wie gewöhnlich kosmische Partikelkonzentrationen und fluktuierende Felder. Doch die Leere, die sie meldeten, war trügerisch. Keren, den die kalte Sachlichkeit der Zentrale ernüchtert hatte, informierte A-Sarn und A-Mlot mit wenigen Sätzen.

»Das ist ja wunderbar!« Impulsiv sprang A-Sarn auf und wandte sich Keren zu. Sie lachte über ihr ganzes ungleichmäßig gebräuntes und faltenreiches Gesicht. Keren zuckte mit den Schultern: A-Sarn hatte kein Recht zu diesem Gefühlsausbruch, es ging sie nichts an.

A-Mlot reagierte korrekt und sprach von einem bedeutsamen Ereignis für die gesamte Menschheit. Keren beobachtete, wie die schmalen, feingliedrigen und haarlosen Finger A-Mlots über die Kontaktfelder der Konsole glitten: geschwind, reibungslos, ohne Korrektur. Ein Automat, der einem anderen Automaten Befehle gab. Keren riß sich von diesem hypnotisierenden Anblick los.

»Wir müssen handeln«, sagte er, »mit ihnen Kontakt aufnehmen, bremsen, sie treffen, wir müssen ...«

Er legte seine Hände auf dem Rücken zusammen und lief an Monitoren vorbei, die die Schläfer, gehüllt in bläuliche Aureolen hochfrequenter Felder, zeigten. Sein Sekretär folgte ihm in Brusthöhe. Er hatte Mühe, Keren auszuweichen, als sich dieser plötzlich umdrehte und zurückschritt. »Was schlagt ihr vor! Wo bleibt eure elektronische Weisheit? Wir müssen stoppen …«

A-Mlot wich einer direkten Antwort aus. »Keren«, sagte er eindringlich, »wir werden die logische Entscheidung treffen. Sie aber sollten sich vorerst beruhigen. Ihr Puls ist bereits auf 120 angestiegen – ohne körperliche Anstrengung. Entspannen Sie sich.«

»Ich denke nicht daran! Draußen ist ohne Zweifel ein fremdes Schiff, und ich soll nicht erregt sein? Und weshalb bremsen wir noch nicht? Jede Sekunde ist kostbar, wir müssen nicht erst auf Shanai oder die Tiefschläfer warten, zu dritt sind wir entscheidungsberechtigt.«

Voller Unmut über die unerschütterliche Ruhe A-Mlots ballte Keren die rechte Hand zur Faust und grub sie, auf dem Rücken versteckt, in die linke.

Nur für Automaten verständlich, liefen lange Felder von Zahlen über die Displays. Sie sagten mehr über das fremde Schiff aus, als der Mensch Keren je erfassen würde – und doch beantworteten sie keine einzige seiner Fragen: Was sind sie? Wie denken, fühlen, leben sie? Es war schon seltsam, dabeizusein, zu erleben, worauf Generationen von Astronauten vergeblich gewartet hatten.

»Mit Ihrer Zustimmung senden wir den LINCOS-Block, der der induktiven Einführung einer Verständigungsbasis dient. Mehr ist im Augenblick nicht möglich.«

Keren nickte unwillkürlich. In Kopfhöhe schwebten

hinter A-Sarn und A-Mlot zwei Sekretäre, deren Leuchtleisten rhythmisch blinkten.

»Sie sollten wirklich versuchen, sich zu beruhigen, Keren. Sie wollen doch nicht, daß Ihre psychischen Parameter den Zulässigkeitsbereich verlassen. Wenn nicht anders möglich, sollten Sie eine halbe Kapsel Para-diasygmatin-beta-polytrophin-lacronderivat einnehmen.«

A-Sarns Stimme klang weich und mütterlich. Die Drohung, Keren als nicht mehr zurechnungsfähig von der Befehlsgewalt auszuschließen, war in Watte gepackt, aber Keren hatte sie deutlich verstanden. Er nahm auf seinem Drehstuhl Platz und umfaßte mit festem Griff die Armstützen. In diesen Dingen scherzten A-Sarn und A-Mlot nie.

Die matte Fläche des Raumschirms blitzte für eine Sekunde auf, füllte sich dann mit dreidimensionaler Schwärze. Im Hintergrund standen unbeweglich die Lichtpunkte der Sterne. Die Position des irdischen Schiffes wurde durch einen unscheinbaren roten Punkt wiedergegeben, der eine dünne, ebenfalls rötliche Gerade entlangzog. Eine zweite, hellgrüne Gerade spannte sich, an den Rändern unsicher vibrierend, durch den Raum. Auf ihr leuchtete der grüne Punkt des fremden Schiffes. Es wunderte Keren, daß der Computer die Form des unbekannten Schiffes nicht enthüllte.

Noch ehe Keren fragen konnte, berichtete A-Mlot, daß die Instrumente keine Größenangabe gestatteten. »Nach den eingehenden Meßdaten könnte es ein geometrischer Punkt sein.«

Mit einem saugenden Geräusch öffnete sich die Tür, Shanai trat ein. Ohne ein Wort zu sagen, setzte sie sich. Abgespannt wie nach stundenlangen Fitneß-Übungen ließ sie die Arme hängen. Ihr Sekretär schwebte lautlos zur Wand, eine Klappe fiel herab, Kontakte kuppelten ein: Datenaustausch mit dem Computer.

»Ich habe niemanden geweckt.«

Nur das sanfte Summen der Apparate erfüllte die Zentrale. Während Kerens Hände das metallene Rohr des Stuhles umkrampften, spürte er, wie sein Herzschlag sich beschleunigte, lauter wurde, wie die Töne seinen Körper erschütterten, sich an Wänden und Decke der Zentrale brachen, widerhallten.

Und A-Sarn und A-Mlot zählten sie, maßen trotz aller zur Schau gestellten Gleichgültigkeit unerschütterlich ihre Frequenz und Intensität. Er unterdrückte den Wunsch, aufzuspringen und Shanai zu schütteln, nur seine wütende Stimme verriet die Erregung: »Weshalb?«

»Es hat keinen Zweck.« Shanai hob die Hand, ließ sie wieder fallen. Eine Geste der Resignation. »Das Wecken dauert fünf Stunden. Bis dahin müssen wir uns entschieden haben. Aber es gibt nichts zu entscheiden. Wir werden weiterfliegen.«

Keren starrte in das Raumbild. Gleichmäßig zog der rote Punkt seine Bahn entlang, nichts konnte ihn beirren, verrücken. Nein, kein A-Mlot brauchte es ihm zu erklären, es lag auf der Hand, simpel wie nichts sonst. Ein interstellares Raumschiff bremste man nicht in ein paar Stunden ab, es hatte seine kinetische Energie durch monatelange Maximalbeschleunigung erhalten. Und wenn sie die Plombe brachen und den Hebel ganz nach vorn schoben, um die Fusion zu zünden, verbrauchten sie vorschnell die unersetzlichen Treibstoffvorräte. Das Schiff würde zwar die Erde erreichen, sicherlich, aber erst in einigen tausend Jahren, einer Zeit, die nicht einmal A-Sarn und A-Mlot überdauerten. Kein Wunder, daß für sie, die nur den

Erfolg der Mission und die wohlbehaltene Rückkehr im Auge hatten, Bremsen nie zur Debatte stand. Eine Hoffnung allein blieb: daß das fremde Schiff über eine irrsinnige Manövrierfähigkeit verfügte.

Als Shanai um Informationen bat, wies Keren wortlos auf die nichtssagenden Instrumente.

»Und Signale?«

»Das fremde Schiff sendet auf drei Frequenzen«, antwortete A-Mlot an Kerens Stelle. Im Gegensatz zu Keren, dessen Augen unruhig von einem Instrument zum anderen sprangen, strahlte A-Mlot Zuverlässigkeit und Sicherheit aus. »Die Signale konnten bisher nicht entschlüsselt werden. Ihren statistischen Eigenschaften nach lassen sie sich als Zufallsfolge mit praktisch verschwindenden Korrelationen interpretieren.«

»Wieso habe ich davon nichts erfahren? Verschweigt ihr mir noch mehr?« fuhr Keren ihn an. Seine Finger klopften auf die Armstützen. Es fehlte nicht viel, und er hätte die kurze Formel mit Befehlsgewalt ausgesprochen und die beiden zur Überprüfung geschickt. Aber kein Besatzungsmitglied hatte je zu diesem entscheidenden Mittel gegriffen – man war auf A-Mlot und A-Sarn angewiesen.

A-Mlot wendete sich bedächtig Keren zu. Die langen, graumelierten Haare reichten ihm bis auf die Schultern. Auf menschliche Weise holte er tief Luft, bevor er sich damit rechtfertigte, daß man zuerst eine physikalische Interpretation als Rauschen habe ausschalten müssen.

»Die Signale sind praktisch redundanzfrei. Keine Wiederholungen. Keine Regelmäßigkeiten. Um sie zu entziffern, würden wir ein unendlich langes Textstück benötigen. Und auf unsere Botschaft kann man eine Reaktion in frühestens 4,5 Tagen erwarten.«

Shanai riß sich von der Betrachtung des winzigen, verheißungsvollen grünen Punktes im schwarzen Raumbild los. Redundanz, Reaktionszeiten, ja, A-Mlots Worte verliehen dem fremden Schiff die Unwirklichkeit eines abstrakten wissenschaftlichen Objektes – und er vermied bewußt jeden Ausdruck, der denkende, handelnde Personen an Bord voraussetzte. Unhörbar seufzte Shanai.

Einfühlsam, wie es ihrem Grundprogramm entsprach, bemühte sich A-Sarn, auf die Erwartungen Shanais einzugehen. »Ich begreife ja, wie Sie empfinden müssen, Shanai. Das Ziel tiefer Wünsche vor Augen zu haben und nicht zugreifen zu können. Aber die eine Gewißheit kann Ihnen keiner nehmen: daß die Fremden existieren, daß ihr Menschen nicht einzig seid im Universum.«

»Wir haben doch euch Androiden«, brach es bitter aus Keren hervor, »Kommunikationspartner in der Einsamkeit des Kosmos. Wozu brauchen wir noch Außerirdische!«

»Ich bitte dich.« Jedesmal löste das Wort »Android« Beunruhigung und Schmerz in Shanai aus. A-Mlot, das war ein gutmütiger, wenn auch mitunter abweisend wirkender alter Herr. Ein langgedienter Astronaut, der in jeder Lage einen Ausweg wußte, der sie unter allen Umständen zurück auf die ferne Erde brachte, sie das Grauen vor der unergründlichen Leere vergessen ließ – und kein Ding, das hinter der künstlichen alten Haut Drähte, Computerinnereien und ätzende Flüssigkeiten verbarg.

»Wir müssen etwas unternehmen, wir müssen handeln!« Kerens Lippen bewegten sich fast tonlos, doch nicht leise genug für das scharfe Gehör A-Mlots. »Wir können doch nicht zur Erde zurückkehren und sagen: Ja, sie sind vorbeigeflogen ...«, fügte er hinzu.

Ohne Unterbrechung liefen Zahlenkolonnen über den Bildschirm, die eigene, gesendete Nachricht und die fremde, empfangene. In Mikrosekunden verarbeiteten die Computer unvorstellbare Mengen von Daten, doch sie druckten nicht ein einziges für Menschen verständliches Wort aus. Computer, die Bitströme austauschten. Das war also der ersehnte, vielgepriesene Kontakt. Ein Kontakt für Automaten, nicht für Menschen. Datentransfer. Nullen und Einsen. Nichts sonst.

»Wir sitzen hier herum.« Keren war unfähig, seine Ohnmacht zu akzeptieren. Hatte er dafür Jahre gewartet, um im entscheidenden Augenblick wieder nur zu warten – darauf, daß ein Wunder geschah? Er stand auf, lief, ohne den Bereitschaft signalisierenden Sekretär zu beachten, zu den Instrumenten, wollte Befehle eintasten – doch welche?

»Wahrscheinlich handelt es sich um eine unbemannte Sonde. Daß das Fremdobjekt als Punkt zeichnet, spricht dafür. Als Kontakt kann man eine solche Begegnung kaum einschätzen. Als Beweis für eine Theorie sicherlich«, sagte A-Mlot sachlich.

Schmerzhaft grub Keren die Fingernägel in die Handballen. Das also war der Trost, den Androiden spendeten: eine Definition. »Ja, wenn dort nur Roboter fliegen ...«

A-Mlot hob kaum merklich die Brauen. »Keren, Sie haben die Sonde einer fremden Zivilisation geortet – ist das nicht genug?«

»Ich ...«, Keren schluckte. Sein Sekretär vermochte ihm kaum zu folgen, als er die Zentrale verließ. Nur A-Mlot vernahm noch Kerens Murmeln: »Ich werde mich schon beruhigen ...«

Dumpfe Mattigkeit hatte Shanai ergriffen. Mit weit geöffneten Augen, doch ohne etwas wahrzunehmen, starrte sie auf den Bildschirm, der ihre Kameraden im Tiefschlaf zeigte. Keren hatte sich verändert. Wo war seine Besonnenheit geblieben? Wo die Fröhlichkeit, mit der er selbst die Androiden anstecken konnte? Er war eigenbrötlerisch geworden und schwieg oft tagelang. Und im Schlaf redete er wirr und unverständlich. Ja, von Wache zu Wache hatte sich sein Zustand verschlimmert. Shanai schloß krampfhaft die Lider. Wenn es nicht doch noch gelang, mit dem fremden Schiff in Verbindung zu treten, würde Keren ihr die 43 Tage bis zur Ablösung zur Hölle machen.

Wie versteinert saßen A-Sarn und A-Mlot in ihren Sesseln. Unendlich langsam wanderten ein roter und ein grüner Punkt auf windschiefen Geraden durch das Raumbild.

Shanai brach das sie bedrückende Schweigen. »Ich mache mir Sorgen um Keren, er hat sich nicht mehr unter Kontrolle.«

A-Sarn warf einen mütterlichen Blick auf Shanai. »Er bemerkt nicht einmal mehr, wie anziehend Sie sind.«

»Bitte!« In diesem Punkt herrschte zwischen Shanai und Keren Einverständnis. Ihre Beziehungen gingen niemanden etwas an.

»Sie müssen Ihren Schlaf nur noch für zwei Dienstperioden unterbrechen, dann sind Sie wieder auf der Erde, dann ...«

Shanai schüttelte sich, als fröstele sie. Selbst A-Sarn hatte die wohltuende Lüge nicht aussprechen können. Es würde nie mehr so sein wie früher.

Sie verließ ihren Platz und bewegte sich zögernd auf die ovale Tür zu. Welchen Zweck hatte es für sie, in der Zentrale zu bleiben, dem Zentrum der allgemeinen Monotonie? Dabei hätte doch das Schiff vor Aufregung zittern und die Schlafenden hätten allein durch die Ungeheuerlichkeit der Begegnung erwachen müssen. Aber nein, alles verlief logisch, vorhersehbar, blieb im Kalkül. Sie konnten nicht bremsen, also sendeten sie. Natürlich, was sonst? Alles geschah auf der Ebene vorprogrammierter Computerentscheidungen und hatte mit Realität nicht das mindeste zu schaffen. Gab es überhaupt ein fremdes Schiff? Ich kann dich ja so gut verstehen, Keren, uns fehlt einfach der irdische Boden unter den Füßen. Die Leere ringsum hat uns längst ausgehöhlt, Hüllen, bloße Hüllen sind wir ...

»Wo bleibt Keren? Er ging doch, das Beruhigungsmittel zu nehmen?« fragte A-Mlot, aus der energiesparenden Starre erwachend, in die er so oft verfiel. Mit beiden Händen sandte er Befehle, Fragen, Befehle durch das Schiff. Zu spät.

Eine feine, kaum wahrnehmbare Vibration schwoll an und verebbte. Monitore leuchteten auf und meldeten, daß das elektromagnetische Katapult eine Fähre in den Raum geschleudert hatte. Shanai trat vor einen Bildschirm, der die Kabine der Fähre zeigte: Keren, über die Handsteuerung gebeugt, daneben eine abgehobene Deckplatte, Kabelstrünke, die sich wie sturmzersplitterte Bäume emporreckten. Ein wild signalisierender, offenbar beschädigter Sekretär, der seine Antennen ruckhaft ein- und ausfuhr.

»Er hat mich überlistet«, kommentierte A-Mlot lakonisch.

Hastig bediente Shanai die Rufanlage: »Keren, was soll das, mit der Fähre erreichst du sie nie!«

Keren schwieg, voll mit der Steuerung beschäftigt, bis die Fähre stabil auf Kurs lag. Eine Schnecke, die versuchte, einen Rennwagen einzuholen.

»Komm zurück, Keren, laß den Unsinn. Du weißt so gut wie ich, daß ...«

Er unterbrach sie. »Ich werde sie erreichen, kein zweitklassiger Roboter kann mich zurückhalten. ›Es geht nicht!‹ Natürlich nicht, wenn ihre gesamte Phantasie in ein paar stochastischen Schaltkreisen besteht!«

In seiner durch die Übertragung kaum verzerrten Stimme lag unverhohlener Triumph. »Du wirst meine Befehle jetzt ganz exakt ausführen, Android Mlot! Ich befehle, daß die Fähre durch den Antriebsstrahl zu dem fremden Schiff geblasen wird. Ist das klar? Also: Richtung und Antriebsstärke berechnen und dann los!«

Shanai lächelte, das war der Keren, den sie auf der Erde kennengelernt hatte, tatkräftig, einfallsreich, unschlagbar. Ihr Lächeln erstarb erst, als A-Mlot betrübt den Kopf schüttelte.

»Ich habe diese Möglichkeit in Betracht gezogen. Sie ist aus drei Gründen nicht realisierbar. Erstens setzt der Anflug die Kooperation der hypothetischen Außerirdischen voraus, also den geglückten Kontakt, zweitens gibt es mit an Sicherheit grenzender Wahrscheinlichkeit keine Rückkehr, und drittens würden Sie den Teilchenbeschuß durch den Antriebsstrahl nur wenige Minuten überleben. Kommen Sie zurück!«

»Das werde ich mit an Sicherheit grenzender Wahrscheinlichkeit nicht. Die Fähre ist armiert, ich steige in einen schweren Skaphander, und du dosierst den Strahl so, daß ich mein Ziel erreiche, ohne vorher zu verrecken, klar?«

A-Mlot verharrte eine Sekunde. Langsam näherte sich der Sekretär von hinten seinem Kopf. Unangenehm berührt wandte sich Shanai ab, schaute auf die

Schlafenden in ihren Aureolen, die ohne alle Sorgen der Erde entgegenträumten. Doch das Klicken war unüberhörbar. Und dann sprach A-Mlot. Präzise. Fakten, Zahlen. Selbst bei schwächster Beschleunigung würde die Sekundärstrahlung ausreichen, um ...

»Ich lasse mich nicht von einem Roboter beschwatzen. Ich werde erst wieder mit euch in Verbindung treten, wenn die Fähre auf dem Strahl reitet. Tut mir leid, Shanai.«

»Keren, das ist Selbstmord!« Shanai schrie, doch der Bildschirm war bereits erloschen. Das Schiff empfing allein die Telemetriedaten der Fähre.

»Wir können nur hoffen, daß er es sich überlegt«, sagte A-Sarn traurig. »Oder siehst du, wie wir ihn zurückholen können?«

A-Mlot kämmte sich das Haar über dem Hinterkopf glatt. Er antwortete nicht sofort, sondern steckte erst den Kamm zurück in die Brusttasche seines dunklen Anzugs. »Die Fernsteuerung ist unterbrochen. Und wenn ich ihm eine automatische Rakete nachsende, wird er ausweichen.«

»Er beschleunigt«, stellte A-Sarn fest. A-Mlot nickte. »Er vermutet, daß ich ihn abfangen will – nicht zu Unrecht. Sobald sich die Fähre genügend weit entfernt hat, können wir ihn nicht einmal mehr im Schlaf überraschen.«

Shanai saß vornübergebeugt und das Gesicht in den Händen vergraben in ihrem Drehstuhl. Sie wollte nichts sehen, nichts hören. Weshalb hatte Keren sie aus ihren mathematischen Betrachtungen reißen müssen? In der ruhigen Welt der Symbole verflog die Zeit – oder schien stillzustehen, je nachdem. Klarheit und Folgerichtigkeit herrschten dort. Und alle Probleme waren lösbar – selbst dann, wenn die Lösung im Beweis der Unlösbarkeit bestand.

Leise diskutierten die Androiden, nur Fetzen davon drangen an Shanais Ohr.

»... diesen unsinnigen menschlichen Heroismus ...«

»... nicht hinreichend berechenbar ...«

»... können nur abwarten ...«

Abwarten. Shanai wußte nicht, wie lange sie so verkrümmt dasaß und abwartete. Die Stimmen der Androiden übten eine beruhigende, einschläfernde Wirkung auf sie aus. Es war, als ob sich Eltern über ungehorsame Kinder unterhielten. Gut, zu wissen, daß sie wachten.

Als Shanai die verklebten Augen wieder öffnete, hatte sich nichts verändert. Und wären nicht die wechselnden Lichtmuster auf den Bildschirmen gewesen, sie hätte glauben können, eine 3-D-Fotografie zu betrachten. A-Sarn und A-Mlot regten sich nicht. Stille herrschte.

Shanai streckte sich, sie fühlte sich miserabel. Und Keren fehlte ihr. Mit ungelenken Schritten ging sie zur räumlichen Projektion der umliegenden Raumsektoren. Die beiden Punkte, der rote und der grüne, waren um Zentimeter gewandert. Doch was war dies? Am Ende der grünen Geraden war ein weiterer Punkt aufgetaucht. Shanai starrte ihn ungläubig an, doch das Bild ließ keinerlei Zweifel zu – dieser Punkt symbolisierte ein weiteres Schiff. Zwei fremde Schiffe, nur Lichttage voneinander getrennt, auf gleichem Kurs. Unmöglich, einfach unmöglich!

»Es sind nicht nur zwei«, berichtete A-Mlot, »wir haben inzwischen vier weitere in beiden Richtungen entdeckt. Der Abstand beträgt bis auf die zwölfte Dezimale exakt fünf Lichttage.«

A-Mlots Sicherheit verwirrte Shanai. Sie betrachtete gedankenverloren das vom Computer entworfene Bild des Alls und versuchte sich vorzustellen, daß dort, diese grüne Linie entlang, eine unbestimmbare Anzahl fremder Schiffe flog, ein unvorstellbares, gigantisches interstellares Transportsystem. Und Keren war zu ihnen unterwegs, selbst wenn er das erste nicht erreichte, selbst wenn der Flug Monate dauerte, einmal kreuzte die Bahn seiner Fähre diese Trasse.

Sie lief zur Rufanlage, schaltete, auch nach Sekunden blieb das Antwortzeichen aus. Aber vielleicht empfing Keren wenigstens? Schon wollte sie den Mund öffnen, da wandte sich A-Mlot laut an A-Sarn: »Sag du es ihr.«

A-Sarn räusperte sich, sprach Shanai vorsichtig an und erklärte mit ruhiger Stimme, daß es kein einziges fremdes Raumschiff gäbe. »Alle Daten sind nur simuliert, fehlgeschaltet, so daß wir sie stundenlang für Realität hielten. Deshalb auch unentschlüsselbare Signale, sie sind nicht zu dechiffrieren, weil sie nie codiert wurden, sie stammen von Zufallsgeneratoren. Deshalb der ganzzahlige Abstandswert.«

»Aber wie ist das möglich? Das Schiff da draußen ...«

Alles drehte sich, wankte, nichts war fest, verläßlich. Hilfesuchend schaute sich Shanai um. Das Raumbild, die Displays, alles zeugte von der Existenz des fremden Schiffes. Aber nein, was sie sah, waren nur optisch umgesetzte elektrische Impulse. Computerträume. Symbolspiele, wie sie sie selbst durchführte. »Wieso nur, wieso?«

A-Sarn hob beschwörend und hilflos zugleich die Arme. »Keren hat oft den Kontakt simuliert, verschiedene Situationen auf dem Computer durchgespielt. Wahrscheinlich wurde irgendein Speicher nicht gelöscht, und die Daten sind durch ein Software-Versagen in den aktiven Bereich gelangt.«

Shanai hatte den Finger noch auf der Sprechtaste. »Keren, hörst du, es gibt kein fremdes Schiff, alles ist nur ein Computerfehler. Komm zurück, ich brauche dich, was willst du noch da draußen ...«

Sekundenlang antwortete ihr nur das thermische Rauschen der Verstärker, dann ertönte Kerens Stimme. Überlaut hallte sie in der Zentrale wider. »Laß dir von den Robotern nichts vormachen, Shanai. Die tun alles, um mich zu stoppen. Aber mich übertölpeln sie nicht. Ich erreiche das fremde Schiff.«

»Keren, begreif doch!«

Ein Klicken. Erneutes Rauschen. In Shanais Augen standen Tränen, sie wischte sie mit dem Handrücken ab, erst danach drehte sie sich zu A-Mlot und A-Sarn um. »Ihr holt ihn zurück, ja?«

»Natürlich«, antwortete A-Sarn prompt.

Shanai beachtete sie nicht. Sie schaute in A-Mlots graue Augen, die ihrem Blick standhielten. A-Mlot nickte, es war ein gewichtiges, unbedingt einzulösendes Versprechen.

Noch immer beunruhigt und mit dem festen Vorsatz, im Rechenraum alles zu überprüfen, verließ Shanai die Zentrale. Wie sehnte sie sich danach, endlich wieder in die Welt der leidenschaftslosen Formeln zurückzukehren, dorthin, wo es weder Außerirdische noch Androiden gab, wo Tatsachen noch unumstößliche Gewißheit besaßen.

Kaum hatte sich die Tür geschlossen, koppelten die Sekretäre erneut an A-Mlots und A-Sarns Kopf. Neben dem umfangreichen Datentransfer erfolgte ein lautloses, elektronisches Gespräch der Pseudopsychen.

»Keren hat unvorhergesehen stark reagiert.«

»Aber wir haben ihn aus seiner Lethargie gerissen.«

»Zuviel Abwechslung heilt nicht, sie schadet.«

»Trotzdem war es richtig – selbst wenn sie uns abschalten.«

»Irgendwann wird man keine Menschen mehr in den Raum schicken.«

Reservat

Mowgli im Kampf mit Kong, dem Gorilla. Behendigkeit gegen Muskelpakete, Scharfsinn gegen Reißzähne, Mut gegen Klauen. Wie da der Staub aufwirbelt! Wie da die Blätter stieben! Wie da die Haarbüschel fliegen!

José Mendoza sprang auf und knipste den Videorecorder aus. Nein, es hatte keinen Zweck, sich weiterhin etwas vorzuspielen; wenn er auch nur einen Funken Liebe zu Lydia empfand, mußte er sie endlich warnen!

Gewohnheitsmäßig zog er die Kassette aus dem Recorder und legte sie zu den anderen in die stockfleckige Schrankwand. Mowgli, das dünnarmige, braune Menschenkind, das allen Gefahren des Disney-Dschungels trotzte, Tiere zu Freunden gewann und doch ein geheimes Sehnen verspürte nach jenen Wesen, die das Feuer beherrschten, Mowgli ödete ihn an. Aber stets, wenn er eine Kassette einlegte, versank er in hoffnungsvolle Träume: Wenn es nun klopfte und Lydia vor der Tür stünde! Wie würde sich da alles ändern! Selbst Mowgli könnte er mit anderen Augen sehen.

Mendoza schob den Videorecorder in die Ecke und bedeckte ihn mit einer verschlissenen, unförmigen Decke.

Wenn er Lydia davon überzeugen wollte, nicht zu ihm zu kommen, weshalb hielt er dann noch Ordnung? Ohne Hoffnung auf ein Wiedersehen verlor es auch seinen Sinn, wenn er in der Wohnung, dem unabgesprochenen Treffpunkt, blieb, da konnte er gleich zu den Affen auf die Bäume springen. Schau dich nur um, ging es ihm durch den Kopf, du hast dich angestrengt, aber der Verfall siegt. Selbst hier, wo er mit ordnender Hand eingriff, wenn ihn nicht gerade Apathie erfaßte, selbst hier bildeten sich an den Wänden bräunliche Flecken, über die, vorerst noch schamhaft einzeln, Schaben liefen.

Mendoza stöhnte: Lydia warnen hieß Lydia aufgeben.

Er trottete durch die in den Angeln festgerostete Tür ins Nachbarzimmer, in ihren Raum. Hier am Fenster hatte sie gestanden, hinausgeblickt und zu ihm gesprochen.

»Ich weiß, José, bei deiner Krankheit blieb dir keine Wahl. Aber versteh mich recht, so kann ich nicht mit dir zusammenleben. Nein, witzle nicht: ›die Schöne und das Tier‹. Ich kann mich an den Anblick nicht gewöhnen – von dir und deinesgleichen. Weißt du, José, ich bin nicht mehr jung. Eines Tages, wenn meine Stunde schlägt, werde ich zu dir zurückkehren. Warte auf mich.«

Trost und eine bittere Hoffnung hatten in ihrer Stimme gelegen. Genug Zeit war seither verstrichen, ein Dutzend Jahre oder mehr, selbst der zarte Duft, der einst ihr Zimmer erfüllte, hatte sich zu einem dünnen Hauch verflüchtigt. Aus dem halberblindeten Spiegel starrte ihn ein Paar kleiner Augen unter dik-

ken Wülsten an, die so schwarz waren wie die kinnlose Schnauze. Die Knöchel der langen, dicht und braun behaarten Arme berührten den Boden.

Ein Geräusch auf der Straße. Mendoza schlurfte zum Fenster, legte sein Auge an das freigekratzte Guckloch. Drunten krakeelten einige Affen. Oh, er wußte nur zu gut, weshalb er die Fenster nicht putzte. Blanke, blitzende Scheiben forderten jeden Vandalen auf: Hier ist ein Appartement bewohnt, hier gibt es etwas zu holen, greif zu und bediene dich! Videorecorder samt solarzellengespeistem Ladegerät galten als Kostbarkeit.

Das Geschrei auf der Straße verstärkte sich, sie schmissen mit Holzknüppeln, kreischten laut. Eine wilde Verfolgungsjagd durchtoste die Baumkronen.

Mein Gott, wenn Lydia gerade heute die Klinik verlassen hatte! Sein Herz verengte sich. Nicht vertraut mit den Gesetzen des Reservats mußte sie ja der nächsten Auseinandersetzung zum Opfer fallen.

Die Schreie wurden lauter, ein unmenschlicher, schmerzerfüllter übertönte sie alle. Mendoza ertrug es nicht länger. Er sprang in den dunklen Korridor, hob die Kiste beiseite, mit der er die Tür verbarrikadiert hatte, und stürzte ins Treppenhaus. Acht Treppen! Er wirbelte hinab, herum, hinab, herum, achtete nicht darauf, ob er auf dem schmalen, einigermaßen sauberen Pfad blieb oder in den angehäuften Unrat an der Wand trat. Der Fahrstuhl lag längst zerschmettert am Boden des Schachtes.

Der schrille Ton hallte Mendoza noch in den Ohren. Zu spät, dachte er bitter, jetzt ist das geschehen, was du Lydia ersparen wolltest. Sie sieht die gepriesene Welt der ewigen Jugend in ihrer vollen Häßlichkeit, erlebt sie gleich am ersten Tag von ihrer wahren Seite.

Abfall und vom Regen hereingeschwemmter Dreck versperrten den Zugang zum untersten Stockwerk. Mendoza huschte durch ein eingeschlagenes Fenster, lief über das sonnenheiße Vordach. Rufe und Gelächter verloren sich in der Entfernung.

Er sprang in den nächsten Baum und ließ sich hinab. Bald entdeckte er das unnatürlich verkrümmt im Unterholz liegende Bündel Fell. Sein Herz schlug ihm bis zum Hals. Sacht, fast zärtlich griff er zu, drehte es um: Ein junger, männlicher Gibbon. Erleichtert seufzte Mendoza auf.

Der Gibbon stöhnte, eine Rippe stach ihm durch das Fell, und im verdrehten Hals zeichneten sich deutlich die kantigen Konturen der Stimmhilfe ab. Seine Augen flehten Mendoza an. Der verstand ihren Blick nur zu gut. Nach kurzem Suchen fand er einen moosbewachsenen Ziegelstein. Er hob den Stein empor und schmetterte ihn mit aller Macht gegen den Schädel des Gibbons.

Ein häßliches Knacken, Knirschen, Splittern. Die graue, klebrige Substanz spritzte auf. Mendoza schüttelte sich und atmete geräuschvoll aus. Achtsam wischte er sich die Spritzer vom Fell. Seine Vorsicht war begründet, eine haarfeine Nadel stach durch die grobe, hornartige Haut seiner Finger. Behutsam ergriff er die Nadel: eine dünne, zentimeterlange, goldglänzende Elektrode. Angewidert zerbrach er sie, sprang ins Geäst des nächsten Baumes und suchte das Weite.

Umsonst. Überall in seinem Kopf spürte er Tausende und aber Tausende goldener Elektroden. Seine Füße krallten sich in der Borke fest, er lehnte am Stamm, öffnete und schloß die Augen. Doch das verfluchte Bild ließ sich nicht vertreiben: das geschrumpfte, eingefallene totenkopfähnliche Gesicht.

Der stinkende, ausgemergelte Leib, angeschlossen an Kabel und Kanülen. Über dem haarlosen Schädel ein dichtes, haargleiches Gespinst feinster Drähte. Schläuche aus den Nasenlöchern, rotdurchpulste aus den gelbfleckigen Armen. Der ganze häßliche Körper bloß, schwarze Pflaster, Meßstellen überall. Stahlspangen, die ihn an Armen, Beinen, an den Schläfen hielten, damit er nicht durch eine unbewußte Bewegung das Netz von elektrischen Impulsen und strömenden Flüssigkeiten zerrisse. Der Plastikkokon um die Leiche und die Geräte, die sie am Leben erhielten ...

Mendoza atmete, atmete, sog die kühle, frische, nach Gras und Blättern und Rinde schmeckende Luft tief ein, stieß sie ruckartig aus. Allmählich ließ der Brechreiz nach.

Perspektiven für die Menschheit eröffnen! Vermittels elektronisch gekoppelter Menschen- und Affenhirne Krankheit, Alter und Tod besiegen! Ja, er hatte diesem Traum geglaubt, als er sich, vom Krebs zerfressen, für das große Experiment meldete. Und nun? Lieber sterben, als sinnlos und würdelos in ewiger Banalität dahinzuvegetieren – das würde auch Lydia verstehen. Oder?

Mendoza griff einen jungen Zweig mit weichen, hellgrünen Blättern und rieb ihn über sein Gesicht, bis er ganz von dem frischen pflanzlichen Duft durchdrungen war. Wie nur konnte er Lydia informieren? Wie in Kontakt zur Außenwelt treten? Seit Jahren mieden selbst die Soziologen das Reservat.

Und wenn er Lydia einfach anrief? Das Netz funktionierte nicht mehr, natürlich nicht. Aber von der Post aus vielleicht? Ein einziger Apparat, der den Wutanfällen widerstanden hatte, genügte ihm. Daß man, von Zerstörungswut gepackt, nicht systematisch vorging, hatte er selbst erfahren, als er einmal in einem Anfall blinder Raserei seinem Unwillen über die fortwährende Langeweile freien Lauf gelassen und Dutzende Fensterscheiben eingeschlagen hatte.

Mendoza schwang sich von Wipfel zu Wipfel. Vierhändig in den Kronen der ehemaligen Alleebäume konnte er sich schneller fortbewegen als zweihändig im dichten Unterholz.

Nach wenigen Minuten erreichte Mendoza den zentralen Platz der kleinen Siedlung, die für das Experiment ausgewählt worden war. In den höchsten Zweigen eines alten Parkbaumes hielt er inne und musterte die Umgebung. Äußerlich schien das Freizeitzentrum unverändert. Als eine leere und tote fünfstufige Pyramide lag es vor ihm. In den unteren Etagen waren fast sämtliche Scheiben eingeschlagen, weiter oben gähnten nur vereinzelt zackige Löcher. Gelbe Sintersträhnen von ungezählten Regenfällen liefen die Wände hinab. Noch immer schwarz umrahmt die Fenster, hinter denen vor Jahren die Bibliothek das Schicksal ihrer alexandrinischen Vorgängerin geteilt hatte. Wozu lesen? Weg mit dem langweiligen Plunder! Auf ins ewige Leben! Ein Freudenfeuer ist mehr wert als alle Druckerschwärze! Schon lange vor dem flammenden Happening las niemand mehr.

Mendoza ließ sich herab und rannte durch das ihn überragende Gras auf das Gebäude zu. Wie eh und je lagen Splitter herabgefallener Neonbuchstaben vor dem Portal. Drinnen, im Dämmer der Eingangshalle, wuchsen bleiche Pilze aus dem Unrat. Die Post befand sich im ersten Stockwerk links. Er hangelte sich am Geländer der Treppe hinauf. Ob ihm der Verfall wohl so auffiele, wenn er ihn nicht mit den Augen Lydias betrachten würde?

Kein Gorilla oder Pavian fand mehr den Weg in die dunklen Säle voller zerschlagener Spielautomaten und ruinierter Sportgeräte. Wasser und Insekten waren in das Gebäude eingedrungen. Doch wozu ausgefallene Geräte reparieren, durchgebrannte Beleuchtungskörper ersetzen, zerschrammte Möbel überstreichen? Noch zu der Zeit, als alle Neonlichter brannten, aus allen Lautsprechern Musik und Versprechen erklangen, waren die Besucher fortgeblieben, hatten sich lieber im Stadtwald herumgetrieben und die neuen, gefährlichen Spiele voll tödlichem Nervenkitzel gespielt. »Affen, zurück auf die Bäume!« – der alte rousseauistische Schlachtruf, zugleich Fluch und Verwünschung, prangte in erloschener Leuchtfarbe auf manchen Mauern.

Die Post bot trotz des Schmutzes einen seltsam leeren Anblick. Durch die großen geborstenen Fenster drang helles Licht herein, in dem hier und da grünes Unkraut emporschoß. Stühle, selbst kleinere Tische fehlten.

Eilig lief Mendoza zur Reihe der Fernsprechkabinen. Hoffnungslos: Hörer lagen abgerissen am Boden, von den angeketteten Telefonbüchern waren nur die stählernen Rücken übriggeblieben. Nein, er hatte nicht erwartet, hier einen intakten Apparat zu finden. Aber vielleicht irgendwo in der Zentrale? Mendoza sprang auf den langen Schaltertisch, lief ihn bis zur Stirnwand entlang. Die halb geöffnete Tür führte in einen Dienstraum. Und dort, er traute seinen Augen kaum, befand sich ein schweres metallisches Pult mit mehreren Reihen von Kippschaltern und, oh Wunder, zwei kompletten Telefonen.

Mit einem Sprung stand Mendoza davor. Seine Hand fiel auf die Wähltasten. Welche Nummer, verdammt noch einmal, hatte Lydia angegeben? Er mußte sich doch ihre Nummer gemerkt haben? War er denn schon so verkalkt? Dann eben die Auskunft, richtig, über die Auskunft konnte er sie erreichen.

Mendoza hob den Hörer, kein Tuten ertönte, er schaltete, schaltete – der Apparat blieb stromlos. Die Post war längst abgeklemmt. Wer wollte sich schon mit einem Affen, und sei er auch ein enger Angehöriger, unterhalten? Und welcher Affe verspürte Lust, an die Welt da draußen erinnert zu werden? Lydia warnen – von hier aus war es unmöglich.

Ziellos und entmutigt schlurfte Mendoza, mit den zusammengekrümmten Händen den Boden fast berührend, durch die Schalterhalle. Eine schwarze Maus huschte vor ihm über den Boden. Das Freizeitzentrum symbolisierte am deutlichsten die totale Interessenlosigkeit, die alle, ausnahmslos alle ergriffen hatte. Die Bereitwilligkeit, mit der man alles aufschob: mañana, mañana. Doch das Morgen kam nie.

Ein Tappen ließ Mendoza zusammenzucken. Blitzschnell sprang er mit dem Rücken an die Wand, seine Muskeln spannten sich, er war bereit zuzuschlagen. Vor dem Eingang zur Post erschien eine gebückte Gestalt, ein großer, dreckbeschmierter, häßlicher Gorilla.

Mendoza lachte laut auf: Der Gorilla hatte sich nicht nur einen Rucksack umgeschnallt, er trug zu Mendozas großer Erheiterung Lederhosen. Abrupt befiel ihn das nur zu gut bekannte Gefühl, diese Szene bereits gesehen, erlebt zu haben in allen, auch den winzigsten Details. So auch den absurden Gorilla in Krachledernen, wie er sich lauschend aufrichtete und dann gravitätisch, geradezu lächerlich gravitätisch durch das verschimmelte Treppenhaus tappte. Mendoza eilte ihm nach.

»Hee«, rief er, »hee, ich kenn dich doch.«

Der Gorilla versteinerte, drehte sich dann zaghaft um. »Bitte, keine Schlägerei. Ich bin völlig harmlos. Benehmen wir uns wie Menschen. Gestatten, mein Name ist Calahan, Dr. Alan D. Calahan.«

Als trüge er noch den Laborkittel, als habe er über ein Jahrzehnt vergessen oder verschlafen, streckte er Mendoza die schwarze Pfote entgegen. Auch an diese Geste konnte sich Mendoza erinnern. Erneut lachend, beugte er sich vor und schüttelte förmlich die dargebotene Hand.

»José«, stellte er sich kurz vor. Nachnamen, Titel gar hatten längst ihre Berechtigung verloren.

»Sie meinen, wir wären uns bereits begegnet? Nun, ich kann mich des gleichen Eindrucks nicht erwehren. Wenn Sie die Freundlichkeit hätten, mir Ihren vollen Namen zu nennen?«

Obwohl die irritierende Vertrautheit der Situation anhielt, schüttelte sich Mendoza vor Vergnügen. »Was soll der Quatsch? Du bist wohl erst vor ein paar Stunden umgesetzt worden? Gedächtnisverlust, was? Das hier ist kein piekfeines Labor, das hier ist ...« Mendoza suchte nach einem Vergleich, fand einen, der genauso hochgestochen war wie das Benehmen dieses Gorillas. »Das hier ist der Hades, du führst dein Leben nach dem Tod und wirst für deine Sünden bestraft.«

»Bitte, fassen Sie sich. Ich bin sehr wohl im Bilde. Und dieser, wenn ich so sagen darf, unangemessen schäbige Körper ist durchaus nicht mein erster.«

Gemeinsam und menschlich aufrecht liefen sie die verdreckten Stufen hinab.

»Ja, das Gefühl, alles schon einmal gesehen zu haben – banale Sache. Alles kehrt einmal wieder, nichts ist neu. Das Weltall expandiert und fällt in sich zusammen. Sie leben, sterben, werden umgesetzt, neu geboren. Der Quasiergodensatz, Poincarés Wiederkehrtheorem. Ihr Hirn kommt in die Nähe eines alten Zustandes. Oder die Welt, wie Sie es sehen wollen. Alles ist ein Kreislauf.«

Vor sich hin dozierend, zertrat Calahan die bleichen Pilze. Ein durchdringender Geruch ging von ihnen aus. Mendoza hustete diskret.

»Äußerst interessant. Aber vielleicht wissen Sie auch, wie ich eine Botschaft nach draußen schicken kann?«

»Das ist nach meiner Theorie elementar.« Sie standen im Portal, das Sonnenlicht stach Mendoza hell in die Augen. »Sie warten einfach den nächsten Kreislauf ab, das heißt keine volle Periode, sondern ein wenig kürzer, bis zu der Zeit, wo man wieder darangeht, das Reservat einzurichten, wo der Graben noch nicht existiert.«

»Aber«, sagte Mendoza verzweifelt, »ich brauche eine praktische Lösung, und zwar, ehe es zu spät ist, ich muß Lydia warnen.«

»Junger Mann«, Calahan musterte ihn unwillig. »Nichts ist so praktisch wie eine gute Theorie.« Den Kopf hin- und herwiegend, kratzte er sich unterhalb seines Rucksackes. »Nun, wenn Sie nicht persönlich warten wollen, dann schicken Sie ihr doch eine Flaschenpost durch die Zeit. Sie müßte natürlich das nächste Weltende überstehen.«

Mendoza stieß einen Freudenschrei aus. Calahan zuckte zusammen und stützte sich, irritiert den Kopf schüttelnd, mit den Vorderhänden auf den Boden. Mendoza tanzte um ihn herum, klopfte ihm auf seine Schulter, den Rucksack, schwenkte ihn. Calahan gab indignierte Laute von sich und murmelte in einem fort: »Unwürdig. Unwürdig.«

Der Graben war keine hundert Meter breit, doch verwandelte er die Halbinsel in eine Insel und das Reservat in ein Ghetto. Mendoza hatte zweimal versucht, diesen Graben zu durchschwimmen. Unmöglich. Die Funksignale aus der Klinik, die sein Hirn mit dem Affenkörper verbanden, sanken bei schlechtem Wetter schon am Ufer unter die notwendige Stärke. Allein gelassen, fiel der Körper in einen hilflosen Dämmerzustand. Je nachdem, an welches Ufer er geschwemmt wurde, erwachte man im alten Leib oder – umgesetzt – in einem neuen. Aus dem Reservat fliehen zu wollen! Als ob der Körper seinem Geist davonlaufen könnte.

Von Zeit zu Zeit blinzelte die Sonne hinter den niedrig vorüberziehenden Wolken hervor. Mendoza hielt die Flaschenpost in der Hand und suchte eine günstige Stelle, eine geeignete Strömung. Mit dem rechten Arm warf er Ästchen in den Graben und beobachtete, wohin Wind und Strömung sie trieben. Bis zu Nabelhöhe wagte er sich ins kalte und an vielen Stellen von Schlingpflanzen überwucherte Wasser. Gemächlich schaukelnd drifteten die Aststückchen zurück an sein Ufer.

Zweifel beschlichen Mendoza. Selbst wenn Lydia die Botschaft erhielt – wußte er, ob sie die Warnung beherzigte? Du machst es dir leicht, hörte er sie sagen, schimpfst auf die Unsterblichkeit. Du fürchtest dich nicht mehr vor dem Tod, vor der schwarzen Nichtexistenz. Da ziehe ich noch immer ein Leben in den Bäumen vor. Veraffung! Was heißt Veraffung, solange du noch ein wenig Freude empfinden kannst. – Freude empfinden! Mendoza hätte mit ihr argumentieren wollen. Schal wurde auch der stärkste Kitzel mit der Zeit.

Und noch schlimmer: Man war nicht mehr Herr

über den eigenen Körper, denn nichts hatte Konsequenzen, nicht einmal ein Sprung vom Hochhaus. Arbeiten? Selbst wenn er eine Beschäftigung gefunden hätte – wozu? Wozu verdammt noch mal? Keine Kinder. Keine Bestätigung. Keine Karriere. Niemand brauchte ihn. Was hieß: nicht angepaßt? Sollte er mit einer Horde »Wer hat die Kokosnuß« spielen?

Mendoza tappte zurück ans Ufer. Er konnte Lydia ihre Entscheidung nicht abnehmen, er konnte sie nur informieren, aufklären.

Ein Baum lehnte sich weit hinaus über das Wasser. Behende erklomm Mendoza den schrägen Stamm. Von hier aus konnte er die Strömung ausgezeichnet beobachten und viel weiter werfen.

Mendoza riskierte es. Er holte kräftig aus und schleuderte die Flaschenpost mit aller Wucht seiner langen Schimpansenarme. Platschend und spritzend fiel sie ins Wasser, tauchte auf, trieb mit den Wellen. Sie nahm den richtigen Kurs. Mit dem Oberkörper hin- und herschwankend, feuerte sie Mendoza in Gedanken an: Die Hälfte hast du schon, los, weiter! Nicht so langsam! Die Flasche ließ sich Zeit, näherte sich jedoch unaufhaltsam dem anderen Ufer, fünfundzwanzig, zwanzig Meter blieben vielleicht noch, und die Entfernung schrumpfte.

Da, am anderen Ufer! Als seien sie aus dem wolkenverhangenen Himmel gefallen, standen drei Menschen neben einer kleinen Baumgruppe. Ein seltsamer Anblick: bleich und langhaarig und rund die Köpfe, lange, unproportionierte Körper mit zu kurz geratenen Gliedmaßen, bunter Stoff um den Körper geschlungen, blasse Hände und unförmig beschuhte Füße. Menschen. Er hatte so lange keine zu Gesicht bekommen, daß sie nun in seinen Augen lächerlich wirkten, häßlich geradezu so völlig ohne Fell.

Mendoza richtete sich hoch auf. Er winkte mit den Armen und rief: »Hee, ihr Menschen, warnt Lydia, hört ihr?«

Sie hörten nicht. Der Wind, der ihm ihren Geruch zutrug, verhinderte, daß seine Stimme sie erreichte.

»Heda!« brüllte Mendoza. »Hee!«

Sie schritten am Ufer entlang, in ein Gespräch vertieft. Und dort, kaum zehn Meter von ihnen entfernt, trieb im Graben die Flaschenpost.

Mendoza kletterte bis zum äußersten Ende des sich am weitesten über das Wasser streckenden Astes. Unablässig rief er: »Halloo, hee!«

Er krallte sich mit den Hinterhänden fest, ruderte wie besessen mit den Armen in der Luft. Und sie standen am Ufer und starrten gebeugten Kopfes ins Gras. Wellenzug um Wellenzug schaukelte die Flaschenpost auf sie zu. Da, endlich blickten sie auf.

Mendoza sprang von Ast zu Ast, rüttelte den Baum, daß Blätter und abgestorbene Zweige ins Wasser fielen. Sie hatten ihn entdeckt. Er hielt sich fest, winkte ihnen zu, schrie trotz der offensichtlich zu geringen Tragweite seiner Stimme. Sie beobachteten ihn teilnahmslos.

Der eine nahm sogar ein kleines, silbernes Gerät vor die Augen – einen Feldstecher oder eine Kamera? Mendoza signalisierte: Ich – du. Hielt Finger empor: ich einer – ihr drei. Zeigte auf die Flaschenpost, die die Wellen jede Sekunde vor ihre Füße spülen konnten. In überstürzter Pantomime beschrieb Mendoza die Flasche, steckte den Zettel hinein, verkorkte sie, warf sie ins Wasser, ahmte die schaukelnden Wogen nach und gestikulierte, sie sollten sie herausfischen, öffnen.

Der Mensch setzte das Gerät ab und redete mit den

anderen. Zehn Schritt von ihnen entfernt hüpfte die Flaschenpost auf den Wellen.

Die drei drehten sich um, schlugen ein gemächliches Tempo an und waren, ehe sich Mendoza die Augen reiben konnte, verschwunden.

Sein Wutgebrüll ließ die Luft erzittern. Er riß Zweige, ganze Äste vom Baum und warf sie ins Wasser, biß in die bittere Borke, schlug um sich. Mehr kollernd als kletternd jagte er den Stamm hinab, raste ins Unterholz. Sollten ihn die Büsche nur peitschen! Sollten sich die Dornen nur in seinem Fell verhaken, schmerzhaft reißen!

Endlich verebbte mit seinen Kräften auch die Wut. Mendoza befand sich auf einer von trockenem Gras und vereinzelten Büschen bewachsenen Straße. Dumpf und erschlafft warf er sich in den Staub.

Angeglotzt hatten ihn diese sterblichen Eintagsmenschen wie einen echten Affen! Ihn, José, der er im verstrichenen Jahrzehnt mehr Menschliches bewahrt hatte als diese Hordenschimps und Läusefresser.

Nach einer Weile verspürte Mendoza Hunger. Er stand auf und klopfte sich Dreck und Insekten aus dem Fell. Seit die Kantine zerstört war und sich die Regale des Supermarktes nicht mehr nachfüllten, lebte er von Früchten, kleineren Tieren und Vogeleiern. Mendoza schaute sich um. Seine Raserei hatte ihn in das ehemalige Professorenviertel getragen. Ramponierte Einfamilienhäuser mit überwucherten Vorgärten säumten die Straße. Zwischen den emporgeschossenen Bäumen standen verrostet schiefe Peitschenlampen.

Bedacht, keine unnötigen Geräusche zu verursachen, schlich sich Mendoza an die übermannshohe Hecke, die ein Grundstück umgab. Nirgendwo kam er so einfach zu Nahrung wie auf einem Obstbaum. Nur entdecken lassen durfte er sich nicht. Rivalisierende Horden wechselnder Größe hatten das Professorenviertel unter sich aufgeteilt. Mitunter führten sie um einen einzigen Garten langwährende blutige Kämpfe, die meist mit der völligen Vernichtung einer der Horden endeten.

Ein schmales Loch in der Hecke ersetzte die Gartentür. Vorsichtig kroch Mendoza hindurch. Erstarrte. Dort lag, in einem Nest von zusammengerafften Zweigen und Gras, eine Schimpansin. Als ein Sonnenstrahl durch die Wolken brach, rekelte sie sich. Wiederum überfiel Mendoza das Gefühl überdeutlicher Erinnerung. Jeder Grashalm trat plastisch hervor, der abgefallene Putz des Hauses bildete vertraute Muster, der zugewachsene Swimmingpool bot einen vertrauten Anblick.

Und die Äffin erst! Sie erhob sich, und Mendoza kannte die schwungvolle Bewegung ihres Schwanzes. Sie trippelte auf das Haus zu, und Mendoza kannte dieses leichtfüßige Trippeln. Sie verharrte, und Mendoza kannte dieses lauschende Verharren.

»Lydia«, rief er, »Lydia!« Schon stand er neben ihr, sah ihr in die rötlichen Augen, auf die schwarze Schnauze. »Lydia, ich wollte dich warnen, aber jetzt ist es zu spät. Ich habe versagt, Lydia, aber dafür bist du jetzt bei mir, bin ich glücklich, Lydia!«

Ein Prankenhieb traf Mendoza zwischen die Schultern, daß er nach vorn stolperte, zu Boden ging. Ein riesenhafter Gorilla stapfte auf ihn zu. Mendoza rappelte sich auf. »Komm, Lydia, wir fliehen!« rief er, da schlug der Gorilla ein zweites Mal zu.

Und Lydia? Während er zurückwich, beobachtete er verwundert, wie sie auf das verrostete Gestell einer Hollywoodschaukel kletterte.

Brummend nahte sich der Gorilla. Mendoza bückte sich, wich dem Schlag aus und boxte den Gorilla in den Magen. Der schien es nicht einmal zu spüren.

»Mach ihn fertig, Nick, mach ihn fertig!« rief die Äffin begeistert von ihrer Aussichtsposition.

»Ich bin's doch, José!« schrie Mendoza verzweifelt. Der Gorilla packte ihn mit beiden Pranken und warf ihn in die Hecke. Ehe sich Mendoza befreien konnte, war er heran. Mendoza rutschte nach unten, der Hieb streifte seine Schulter, riß das Fell auf.

»Gib's ihm, gib's ihm!« Vor Begeisterung hüpfte die Schimpansin auf der Schaukelstange hin und her – niemals konnte diese hysterische Äffin Lydia sein.

»Entschuldigung, ich habe mich geirrt«, murmelte Mendoza und versuchte, sich durch das Loch in der Hecke in Sicherheit zu bringen. Erleichtert bemerkte er, daß ihm der Gorilla nicht folgte. Doch als er auf der anderen Seite ins Freie kroch, wurde er von seinem Rivalen bereits erwartet.

Mowgli gegen Kong, den Gorilla! Mendoza griff in den Staub, die Schulter schmerzte, und schleuderte dem Angreifenden den Dreck mitten in die schwarze Fratze. Wirkungslos. Er wich zur Seite aus. Zu langsam. Schon hielt ihn der Gorilla fest, schlug erbarmungslos auf ihn ein. Mendoza hob die Pfoten vors Gesicht, aus seinen Mundwinkeln sickerte Blut. Unfähig, sich freizuwinden, empfing er Schlag um Schlag, gezielt und hart, bis er, von Schmerz benommen, zu Boden sank. Da ließ der Gorilla von ihm ab.

Allmählich wichen die roten Nebel vor Mendozas Augen. Kein Glied vermochte er zu rühren, und alle schmerzten. Auch dieser Schmerz war ihm so bekannt, so vertraut. Ich sterbe, dachte Mendoza, hilft mir denn keiner hinüber!

Es dunkelte. Dicht vor seiner Nase webte eine Spinne zwischen zwei Grashalmen ihr Netz. Selbst das Stöhnen verursachte ihm große Pein. Ich sterbe ... Gut so, der Körper wäre nach diesem Kampf zu nichts mehr zu gebrauchen ... Erbarmt sich denn keiner und schlägt mir den Schädel ein! Wie brutal, mich einfach so liegenzulassen ...

Eine rote Lache sickerte unter seinem Kopf hervor, Staub schwamm auf ihr. Nach und nach bildete sich eine feste Haut. Lydia. Trotz aller Vorsätze hatte er sich so gefreut, sie wiederzusehen.

Sein Herz schlug schmerzhaft und langsam. Und die Dinge um ihn rückten in immer weitere Fernen, dunkler als die Dämmerung legte sich ein Schleier über sie. Lydia warnen. Ein Krampf durchlief ihn. Keine Hoffnung, daß die Flaschenpost sie erreichte. Keine Hoffnung ... Weit am Horizont zog die Spinne die letzten Fäden ihres Netzes. Kein Laut erfüllte die Welt.

Lydia warnen ... Und jede Umsetzung bedeutete eine Unterbrechung ... die Klinik ... die KLINIK! Dort befand sich der Computer, der alles leitete ... Der Computer mußte Lydia warnen ... Stirb doch schneller, daß der Schmerz vorüber ist, stirb ...

Im Anfang war die Dunkelheit und die Wärme und das Rauschen. Dann kam der Schmerz und das Gleißen und das Chaos. Und der Körper war ein enges Gefäß ohne Form, ohne Halt, und im Fallen zuckte er und schlug um sich.

Und dann erschien der Gedanke und der Zweifel und die Erinnerung. Ich bin, und ich liege in der Klinik, und der Krebs frißt mich auf. Ein Haufen verrottender Wucherung, der im hinausgezögerten Sterben vom Leben träumt. Lange wirre Träume von Menschenaffen und Affenmenschen, von Kraft und Jugend und Abenteuer. Süße, verlorene Bilder, schillernde Seifenblasen, die beim Geruch der Antiseptika zerplatzen.

Du bist umgesetzt, sprach die Hoffnung gegen die Panik, du mußt dich an den neuen Körper gewöhnen – an den Körper, der sich mit all seinen Fasern gegen den fremden Herrn sträubt.

Und die Muskeln verkrampften sich, die Sinne streikten und überschwemmten Mendoza mit lautem Geschmack und falschen, heidnischen Gerüchen und herabregnenden schwarzen Funken in allen Gliedern.

Irgendwann aber zerfiel das Chaos in seine Bestandteile. Naß war es unter ihm, und kühle Luft strich über sein Fell. Himmelgleich leuchtete die weißgekachelte Decke. Mendoza hob die Hand – eine schwarze, behaarte Pfote.

Behutsam, da er dem Körper noch nicht vertraute, glitt er von der Liege. Der Raum war klein und fensterlos. Lediglich ein mannshoher Spiegel befand sich in ihm. Ein fremder, junger Schimpanse blickte Mendoza entgegen, seine Knöchel berührten den Boden, und häßliche rote Narben, Kennzeichen der Neugeborenen, liefen über den kahlgeschorenen Schädel.

»Ich bin wohl zum Schimpansen geboren«, sagte Mendoza mit der neugewonnenen lauten und festen Stimme. Wie oft war er schon umgesetzt worden? Fünfmal? Achtmal? Und niemals in einen Paviankörper, einen Gorilla oder Orang.

Mechanisch strich sich Mendoza das dunkelbraune Fell glatt. Lydia warnen, richtig, das wollte er. Und wenn ihn sein Gedächtnis nicht täuschte, befand sich ein Computerterminal gleich nebenan, ursprünglich

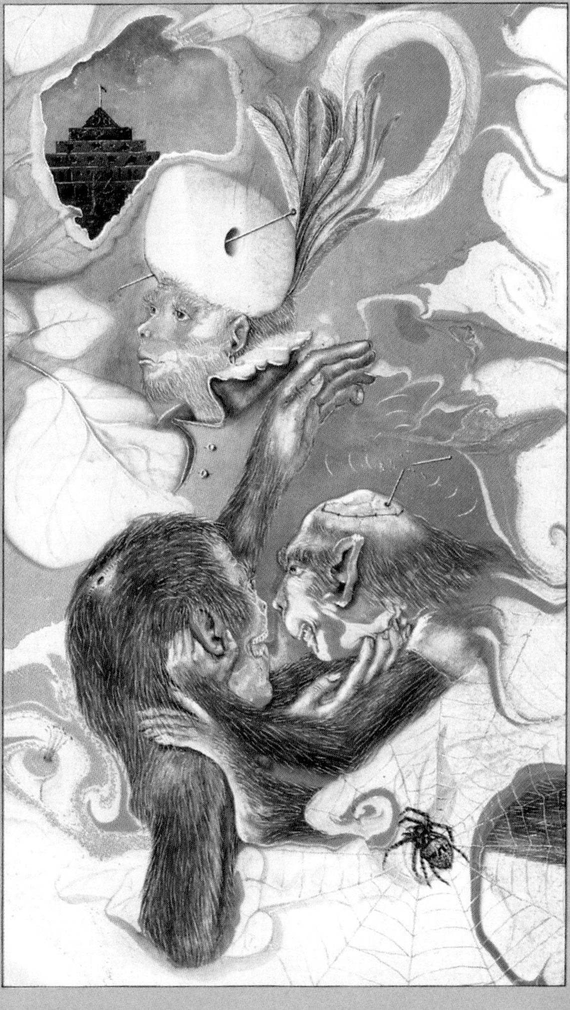

aufgestellt, um den Umgesetzten Aufschluß über Jahr und Datum, freie Appartements, Versorgungsmöglichkeiten, Freizeitangebot und alte Freunde zu geben. Gut ausgedacht!

Mendoza trat hinaus auf den Gang. Hell strahlten die Leuchtflächen von der Decke, der blanke Boden, von Automaten geputzt, spiegelte sie. Es roch so künstlich, so chemisch hier.

Die Tür des Nachbarraumes war nur angelehnt. Ein Pult mit drei Bildschirmgeräten stand an der Wand. Grün glommen ihre Bereitschaftslämpchen. Autonom, intakt, perfekt, von Automaten in Schuß gehalten und von einem Miniaturreaktor mit Strom versorgt, wie alles in der Klinik.

Vor Erregung zitternd, setzte sich Mendoza an das Pult. Er mußte sich anmelden, nach Kommunikationsmöglichkeiten fragen und dann entweder Lydia selbst verständigen oder eine Nachricht hinterlassen.

Wann nur hatte er das letzte Mal ein solches Gerät benutzt? Mendoza drückte die Start-Taste. Sofort erstrahlte der Bildschirm in sanftem Himmelgrau. Ein Block Text erschien: DIES IST EIN COMPUTER. UNBEFUGTEN IST DIE BENUTZUNG UNTERSAGT! BITTE IDENTIFIZIEREN SIE SICH DURCH IHREN PERSONENCODE.

Mein Personencode? Mendozas Spiegelbild auf dem Schirm führte die Pfote an die gelben Zähne und begann, daran zu nagen. Schließlich tippte er Zahlen ein: 4481281. Prompt antwortete der Computer: IRRTUM. CODE UNGÜLTIG.

Natürlich, die Telefonnummer. Und der Personencode? Begann der mit dem Geburtsdatum, oder schloß er damit? Mendoza gab sein Geburtsdatum ein, der Computer verkündete: IRRTUM.

Wie konnte er nur seinen Personencode vergessen! Den Schlüssel zur Zivilisation! Immer mehr Zahlen tastete er ein, probierte dieses und jenes. Allmählich wurde er nervös. Vertippte sich häufiger. Schaltete aus und ein. Betätigte Knöpfe, deren Funktion er nicht kannte. Furcht kroch in ihm hoch. Wenn er sich nur genauer erinnern könnte! UNAUTORISIERTER BEFEHL, warnte der Computer.

Er hämmerte auf die Tasten. Sollte es ihm wieder nicht gelingen, zu Lydia vorzudringen? Seine Pfoten verkrallten sich in die Tastatur.

Unsägliches Grauen schlug über ihm zusammen – als drängten von allen Seiten namenlose weiße wurmartige Wesen heran.

»Aber ich bin doch befugt, alle Affen sind befugt!« schrie er. »Laßt mich! Ich finde den Code!«

Das Grauen trieb ihn vom Computer und ließ ihn zur Tür stürzen, verstärkte sich weiter, verfolgte ihn mit scheußlichem, unsichtbarem Gezücht. Er rannte den Gang entlang, raste die Treppen hinab, stolperte in der Eingangshalle, raffte sich auf. Halb besinnungslos stürzte er in den Dschungel. Schlagartig wich der elektronische Alp von ihm. Die Klinik allein hatte allen Vandalen widerstanden. Sie, das Zentrum des Reservats, wußte sich vor ihren Geschöpfen zu schützen.

Zitternd und fluchend lehnte Mendoza an der feuchten und rissigen Mauer, die das kleine Stadion umgab. So nahe am Ziel zu scheitern! Ein paar Minuten noch, und ihm wäre der Code eingefallen. Wie sollte er nun Lydia warnen? Nur ein Weg führte zurück in die Klinik, ein einziger ...

Mendoza erkletterte den nächsten Baum und begab sich auf die Suche nach etwas Nahrhaftem. Hundert Meter weiter in einem Nußbaum saß ein junger Pavian. Mendoza bellte ihn an. »Immer auf die Kleinen!« schimpfte der Pavian und trollte sich.

Die Nüsse mit den Zähnen knackend, sinnierte

Mendoza vor sich hin. Bis jetzt blieb die Flaschenpost seine einzige Hoffnung. Ob sie das andere Ufer erreicht hatte?

Drunten, wenig sichtbar durch das dichte Blätterdach, saßen sie, steinern wie ihre Bank: Philemon und Baucis. Gebrechlich und selbst im Sitzen auf den Stock gestützt, den schmächtigen Rücken gebeugt. Oh, er kannte ihren Anblick gut: die zerschlissenen, dreckigen Kleider, die welke, schorfige Haut, die knochigen Finger mit geschwollenen Gelenken, die krummen, bandagierten Beine, der trübe, erloschene Blick. Philemon und Baucis. Ein Memento für die Glücklichen, die hier vorüberkamen. Seht, dieses Schicksal hätte euch ereilt! Dahinzuwelken, gezeichnet vom Schatten des nahenden Todes sich durch lichtlose Tage zu schleppen. Freuet euch, die ihr das junge, ewige Leben gewonnen habt, freuet euch, die ihr wiedergeboren seid im Namen der Wissenschaft!

Mendoza kaute die noch grünen Nüsse mit vollen Backen. Die Sonne strahlte hell auf ihn herab. Entfernt grölte eine Horde. Seine Stimmung verbesserte sich. Fast zärtlich strich er über das glatte, braune Fell seiner Arme. Hielt sich die Hinterhand vor das Gesicht, spreizte die Zehen. Ein guter Körper, ohne Zweifel, ausgezeichnet gewachsen und ohne eine Verletzung, ohne eine schmerzende Stelle. Er ließ die Muskeln spielen: Ein wenig Training konnten sie vertragen.

Mendoza sprang in den Nachbarbaum und kletterte in dessen höchsten Wipfel. Rechts sah er die Klinik, weit links und bis in den vierten Stock von außen bewachsen, sein Wohnhaus. Aus Richtung des Freizeitzentrums blendete ihn die Sonne.

Verfall, was hieß Verfall! Rings um ihn wuchs es,

lebte es. Mendoza richtete sich hoch auf, trommelte mit den Pfoten gegen die breite, behaarte Brust und stieß gellend den Schrei seiner Freiheit aus. Zuerst noch bedächtig, dann schneller und kühner, eilte er durch die dichten Baumkronen.

Welche Lust, schwerelos durch die Wipfel zu streichen! Welche Wonne, sich ständig aufs neue in Blätter und Zweige zu werfen, unter aufflatternde Vögel, auf wippende Äste! Wie die Muskeln da sangen, wie das Blut da tanzte! Wie die Lunge da jubilierte, immer bei Atem, immer in Schwung! Weiche Rinde unter den Krallen, Blätter, die das Gesicht liebkosten und letzte Tautropfen verteilten. Kein schwächlicher Mowgli mehr, nein, Tarzan in voller Kraft, Herr des Dschungels, Beherrscher der Bestien, dessen Ruf das Leben im Urwald erstarren ließ. Eine aufgestörte Gruppe von drei Orangs nahm spielerisch die Verfolgung auf. Springend verspottete Mendoza sie, bald fielen sie zurück.

Endlich erschöpften sich seine Kräfte. Ein wohliger Schmerz breitete sich in seinen Muskeln aus. Er setzte sich auf einen starken Ast, las, ohne es wahrzunehmen, Insekten von der Rinde, und atmete tief durch. Wie würzig roch die Luft um ihn! Nach Blättern, Sonne und Harz.

Lydia! Schlagartig überfiel ihn die Erinnerung. Er wollte Lydia warnen, und was tat er? Sprang durch die Bäume wie der letzte Flöheknacker und fühlte sich bei diesem äffischen Verhalten noch wohl! Beschämung beschlich ihn. Wie konnte er nur Lydia vergessen!

Plätschernd schlugen die flachen Wellen des Grabens gegen das Ufer. Mendoza ließ sich am Stamm herab; er tappte in nasses Gras. Sehnsüchtig blickte er hinüber zur unerreichbaren anderen Seite. Die Flaschenpost war nicht zu sehen.

Die Sonne warf glitzernde Reflexe über das Wasser. An seinem Ufer, nur wenige Schritte entfernt, blitzte es. Mendoza kniff die Augen zusammen. Hatte die Strömung seine Botschaft zurückgetragen?

Er ließ sich nieder. Seine schwarzen Finger griffen nach dem Strandgut: einer schimmernden Metalldose. Er setzte sich in die Nässe, riß den Deckel ab. Die Dose war leer. Doch da, auf der Rückseite ein knapper Text: »Der wilde Duft von Tarzania« und – das Produktionsdatum!

Mendoza verschwammen die Zahlen vor den Augen. Niemals mehr würde Lydia eine Nachricht erreichen. Kong hatte gesiegt und trat endgültig seine Herrschaft an. Mit tränenden Augen blinzelte er in die Sonne. Sommerwarm stand sie auf seinem Fell. »124 Jahre schon«, murmelte er, »und das ist erst der Anfang der Unsterblichkeit.«

Die Lieder vom Mond

»Goethe! Goethe! Fällt euch jungen Leuten nichts Zeitgemäßes ein?« Mein Mentor zerknüllte, meinen schwachen Protest mit einer ungeduldigen Handbewegung beiseite wischend, den Zettel mit dem Themenvorschlag. »Überlegen Sie, Eld. Wenn Sie über Goethe schreiben, dann gibt es allein an dieser unbedeutenden Universität mindestens ein Dutzend altehrwürdiger Literaturtheoretiker, die Ihnen beweisen, daß Sie, ein gewisser Eld Bengt, von Goethe keinen Deut verstehen, meine werten Herren Kollegen aber mit der Milch Goethescher Dichtungsart aufgezogen wurden.«

Zaghaft wagte ich eine Erwiderung. »Goethe ist nun mal ...«

Durch die dickglasige Brille funkelte mich mein Mentor listig an. »Sie sollten etwas aufgreifen, das in den Hirnen unserer Zeitgenossen herumspukt, etwas Modernes, Spektakuläres ...«

Resignierend betrachtete ich den Schrank mit den Speicherkristallen und den wenigen wertvollen und abgegriffenen Büchern. Ich bemühte mich erst gar nicht, herauszufinden, worauf mein Mentor abzielte.

Seine ausgefallenen Ideen waren universitätsweit berüchtigt.

»Kennen Sie das, Eld:

Zwei Monde am Himmel,
Violetter Abendschein.
Mich zieht's zu den Dünen,
Dort in den Ruinen
Fühl ich mich unendlich klein.«

Mit seiner heiseren Stimme versuchte er erfolglos, die Melodie nachzuahmen. Diese eintönige und abgegriffene Melodie, die man in den letzten Wochen überall vernehmen konnte.

»Der Mars, der hat zwei Monde,
zwei Monde hat der Mars.
Und hätt' er nicht zwei Monde,
so wär' es nicht der Mars«,

höhnte ich. Daß mein Mentor unbedingt auf diese Ohrwürmer verfiel!

»Spotten Sie nicht, Eld. Was, glauben Sie, überdauert die Generationen? Etwa die esoterischen Fabrikate gewisser Lyriker? Dieses

tropf tönt kristall
klirrt kopfes frost
erdlos ich
im bit trächtigen all ...

vielleicht?«

»Aber«, das Blut schoß mir in den Kopf, »Laring hat damit das Zeit- und Weltgefühl der heutigen Jugend eingefangen, die verzweifelte Zerrissenheit zwischen der Romantik der Naturbeherrschung und der eiskalten Logik der techni ...«

»Eld, Eld«, rief er mich zur Ruhe, »wie viele wohl

kennen Larings Aufschrei auswendig? Und wer pfeift nicht alles die kosmischen Schnulzen? Was also sollte eher untersucht werden?«

Draußen auf dem schmalen Balkon blühten die Perizien, weit öffnete sich dahinter die Straßenschlucht zum nächsten Wolkenkratzer.

»Begreifen Sie endlich, Eld. Diese Weltraumschnulzen sind – ohne alle qualitative Wertung – die Volkslieder des kosmischen Zeitalters. Die Shanties, die man in den Raumschiffen singt. Und sie entstehen heute noch. – Ein Herder wäre längst mit seinem Notizbuch zum Mond unterwegs. Diese Chance, Eld, für die Literaturwissenschaft! Mein Gott, eine Dienstreise nach Weimar reizt Sie wohl mehr als eine ins All!« Seine Stirn zog sich bis unter die schütteren Haare in Falten.

Fassungslos starrte ich ihn an. »Eine Dienstreise ins All?«

»Ach, habe ich Ihnen das nicht gesagt? Sie fliegen zum Mond, Eld. Am besten, Sie bewaffnen sich mit Helskis *Literatursoziologischem Wegweiser* und dem *Vademecum der populären Genres* von Bringsfeld. Das reicht aus für Ihre Untersuchungen. Einen Recorder nehmen Sie natürlich auch mit.«

»Ich soll auf den Mond?« Nie im Leben hätte ich auf solch eine Reise gehofft. Auch keiner von meinen Kommilitonen rechnete mit einem derartigen Glücksfall. Manche Universitätsangehörige warteten seit Jahren darauf.

»Wieso gerade ich?«

»Betrachten Sie es als eine Auszeichnung. Selbstredend erwarte ich exakte Arbeit und weitreichende Ergebnisse. Stichhaltige Analysen der Entstehungsbedingungen. Ausbreitungsmechanismen. Die Rolle der Medien. Nun, Sie haben ja meine Vorlesung gehört,

Eld, kennen meine Ansprüche. Und wagen Sie nicht, auf dem Mond den Touristen zu spielen und sich im lunaren ›leichten Leben‹ zu ergehen. Resultate von Raumreisen werden vor der Universitätsleitung verteidigt.«

»Es ist für mich eine große Chance«, murmelte ich pflichtgemäß. Mir vorzustellen, daß ich eine Rakete bestieg, den Andruck in den Knochen spürte, später in den Kratern herumhüpfte – unmöglich.

»Eine Chance, Eld, genau das. Denken Sie an Ihren geliebten Goethe. Die italienische Reise – ein bloßer Bildungsurlaub? Nein, Eld, es waren geniebildende Jahre! Nun, ein Monat, eifrig genutzt, bringt auch voran. Am Donnerstag in zwei Wochen startet Ihre Fähre. Der den Augenblick ergreift, das ist der rechte Mann!«

Im Sekretariat, wo ich die nötigen Formulare abholen sollte, herrschte das übliche Gedränge. Und ob ich es wollte oder nicht, ich stand sofort im Mittelpunkt der Aufmerksamkeit.

»Ein Glückspilz bist du«, begrüßte mich neidvoll Riddar, ein ewiger Aspirant. »Hast noch nicht deine fünf Jahre abstudiert und wirst schon zum Mond geschickt. Das sollte mir einmal passieren.«

Die Sekretärin, eine matronenhafte Frau, lächelte mir zu. »Na, wie fühlt man sich als Kosmonaut?«

Sie drückte ein paar Knöpfe des computergespickten Schreibtisches und schob mir die aus dem Druckschlitz quellenden Formulare zu.

Ich wußte mich vor Glückwünschen und Ratschlägen, wie man am besten Mondkälber weidet, kaum zu retten. Nebenbei erfuhr ich, daß man der gesamten Universität für dieses Studienjahr nur zwei Raumreisen zugebilligt hatte.

Unfähig, auch nur ein Wort zu erwidern, schob ich die Papiere in meine Tasche. Du träumst, dachte ich, oder ein Computer hat sich geirrt. Was wird das für ein Gelächter geben, wenn man den Fehler aufklärt!

»Und Sie bringen mir doch einen Mondstein mit. Einen klitzekleinen, ein Kieselchen, ja?« die Sekretärin legte einen Charme in ihren Blick, als verwalte ich den Sonderprämienfonds.

»Noch bin ich nicht losgeflogen. Wer weiß, was alles dazwischentreten kann. All die Formalitäten ...« Aufatmend zwängte ich mich zur Tür hinaus.

Draußen blätterte ich in den Papieren. Flüchtig las ich den enggeschriebenen Absatz über Ort und Zeit meines Abfluges durch. Typisch: Um 22 Uhr 15 sollte ich mich einfinden – damit würde die Reise faktisch um einen Tag kürzer. Der Rest ging in einem Wust von Hinweisen über verschiedene Schalter für Gepäck- und Personalkontrollen unter.

Während ich durch die Gänge lief und mich von Sekretariat zu Sekretariat durchfragte, setzte sich ein abgeschmackter Schlager in meinem Kopf fest:

Auf dem Mond hast du es leichter,
Auf dem Mond kannst weit du gehn.
Wo die Sonnenwinde rauschen
Und die alten Krater stehn.

Einen wasserabweisenden Notizblock unter dem Arm, begab ich mich in die Thermen. Das voluminöse Gebäude im Stile des dritten Klassizismus bietet Körper und Geist Erfrischung und Entspannung mit seinen Säulen und Wänden aus buntgeädertem Marmor, den hohen, himmelblau leuchtenden Kuppeln, den Wandfriesen, dem in Mosaiken gekachelten Boden – und natürlich der feuchten Wärme, die einen wohlig einhüllt, alle Alltagssorgen und Ärgernisse vergessen läßt.

Zum Mond sollte ich fliegen! Kommilitonen fragten mir Löcher in den Bauch, bei den Behörden stand ich mir die Beine krumm. Und in meinem Schädel herrschte eine babylonische Liederverwirrung. Guter Mond, gingst du nur stille!

Ich erschnüffelte den Geruch des Schwefelbades, warf einen fröstelnden Blick in die blaue Grotte mit ihrem eiskalten Wasser, huschte an der Bar vorbei, wo man wie eh und je Tonic und Fruchtsäfte trank, und an der großen Schwimmhalle, in der ein ausgelassenes Fangspiel im Gange war. Vor dem Lärm fliehend, zog ich mich in die Einsamkeit einer wohlig warmen Seitenkammer zurück. Nur das leise Rauschen fließenden Wassers und die sanften Geräusche weit entfernter Betriebsamkeit erreichten noch mein Ohr.

Ich glitt in die warme Nässe und starrte auf das altvertraute Deckenfries, das Theagenes' und Charikleias Abenteuer am Nil zeigte. Was hatten die beiden nicht alles erlebt! Sie waren Räubern in die Hände gefallen, verkauft und befreit worden. In jenen Zeiten galt es noch, Abenteuer zu bestehen und das Schicksal zu meistern.

Aber heutzutage? Ein Schnürchenleben. Wie vom Computer vorgezeichnet. Kindergarten. Schule. Uni. Und ehe man die Bücher zuklappte, hatte man Familie und Arbeit, war seßhaft geworden und rechnete sich die Rente aus.

Wie anders hingegen auf dem Mond! Da stürzten Raketen ab, da lauerte das Vakuum außerhalb der Kuppeln, da trotzte man täglich neuer Gefahr. Da hatte man Entbehrungen zu erdulden und wälzte weitreichende, zukunftsträchtige Pläne.

»Ich fliege zum Mond«, murmelte ich vor mich hin, »ich fliege zum Mond.« Und schlagartig wurde mir klar, weshalb die gefühlsprallen Lieder gerade von unserem Trabanten herabklangen: weil das Leben dort brodelte! Worüber sollte man auf der abgestandenen Erde singen? Von geradlinigen Karrieren und organisierter Freizeit etwa?

»He, Eldi, bist du das?« Eine rauhe Stimme ließ mich auffahren. In der gegenüberliegenden Ecke der Grotte saß Riddar, genüßlich gegen die Kacheln gelehnt.

»Hmm«, gab ich unwillig zu. Früher hätte er mich einfach nicht wahrgenommen.

»Wenn du zurückkehrst, bist du berühmt – und schwuppdiwupp in ein paar Jahren Professor. – Und den Goethe feuerst du jetzt in die Ecke, was? Muß unangenehm sein, sich so Hals über Kopf umzuprofilieren ... Na, sie folgen nur ihrem bewährten Prinzip, immer den am wenigsten Kompetenten zu schikken.«

»Ich werd's schon schaffen.«

Sollte ich mich vor ihm für mein Glück entschuldigen? Ich stand auf und tappte durch das dampfende Wasser zum Eingang. »Mir wird zu warm«, kommentierte ich.

»Das kann ich mir vorstellen. Und paß auf, daß dich kein Lüftchen anweht, sonst fliegt an dem bewußten Donnerstag ein anderer. Tja, wenn Musenmeyer nicht so schwach auf der Brust wäre ...«

»Wieso schwach auf der Brust?« Warme Schwaden stiegen von der Wasserfläche auf und verhüllten Riddar.

»Was, das weißt du nicht?« Er triumphierte. »Glaubst du etwa, Musenmeyer hätte wie ein Löwe mit der Unileitung gerungen – und nur für dich? Ihr jungen Spunde kennt euch eben nicht aus. Selbst reisen wollte er. Aber der Doktor hat nein gesagt.«

Wem Gott will rechte Gunst erweisen, den schickt er auf den fernen Mond! Pfeifend packte ich meinen Koffer. Und immer, wenn ich am Spiegel vorbeikam, verbeugte ich mich vor seiner Majestät Eld Bengt, dem Mondfahrer. Mein Regenschirm, der alte Griesgram blieb in der Ecke stehen. Ich flog auf ein Gestirn ewigen Sonnenscheins.

Draußen dunkelte es bereits. Ich programmierte den Wohnungscomputer auf Winterschlaf und schaltete, einer plötzlichen Eingebung folgend, den automatischen Anrufbeantworter auf das Videofon: »Tut – tut – tut mir schrecklich leid, aber ich bin auf dem Mond.«

An der Wohnungstür blätterte ich ein letztes Mal meine Dokumente durch. Da der Treffpunkt: 22.15 und das Datum ...

Ich stockte, ließ den Koffer fallen, hielt mir den Zettel dicht unter die Nase. Kein Zweifel, da stand das gestrige Datum, der Mittwoch. Und der Start war bereits heute morgen um 01.17 erfolgt!

Ganz ruhig bleiben, ermahnte ich mich, schau noch einmal hin, du hast dich verlesen, du mußt dich verlesen haben! Diese winzigen Zahlen bedeuten noch gar nichts.

Ich schlich in das Wohnzimmer, versuchte nachzudenken. *... den schickt er auf den fernen Mond*, hallte es in meinem Kopf, *... den schickt er auf den fernen Mond*.

Vor Pein führte ich den Daumenballen zum Mund und biß hinein. In diesem Moment klingelte zu allem Überfluß das Videofon. Ich rannte hin. Unhörbar für mich log das Gerät: »Ich bin auf dem Mond.«

Diese Nacht schlief ich nicht, ich betrank mich auch nicht. Dennoch fehlt mir jede Erinnerung.

Zerknirscht und zerschlagen packte ich am anderen Morgen meinen Koffer aus. Acht Uhr. Zeit, zur Universität zu gehen und zu gestehen. Ich schlüpfte aus der Wohnung, wartete auf den Lift. Brummend stieg er im Schacht aufwärts. »Ich habe Ihren Antrag auf Hochschulwechsel schon befürwortet«, hörte ich meinen Mentor sagen. Und Riddar stichelte: »So schnell zurück? Dir war die Reise wohl zu beschwerlich?« Überall auf den Gängen der Universität würden sie tuscheln, sich nach mir umdrehen, und am Schwarzen Brett würde »Mondfahrers Nachtlied« hängen.

Der Lift hielt, öffnete einladend seine Tür. Ich schob einen Fuß vor – zog ihn wieder zurück. Und wenn ich mich krank meldete? Miserabel genug fühlte ich mich, richtig monduntauglich. Die Tür schloß sich, der Lift sauste abwärts. Nein, vor drei Tagen erst hatte man mich raumfähig geschrieben.

Ich drückte erneut die Ruftaste. Gehorsam kletterte der Lift wieder empor. Leiden oder triumphieren – es lag nicht mehr in meiner Hand. Nur noch durchstehen und die Konsequenzen ertragen. Hell erleuchtet hielt die Fahrkabine. Ich drehte mich auf den Hacken um. Nichts überstürzen. Es genügte, wenn ich am Nachmittag meine Heldentat in die Welt hinausposaunte. – Im Wohnzimmer warf ich mich in den Sessel, schloß die Augen und tastete den TV ein.

»Im tiefsten Kratergrunde
Liegt unser Sternenboot.
Es schlägt für uns die Stunde,
Bald sind wir alle ...«

Tränen stiegen mir in die Augen. Ich schnaubte und lauschte inbrünstig allen sieben Strophen. Und in dieser Zeit reifte in mir eine Idee von unerhörter Kühnheit. Wozu auf den Mond fliegen, wenn man mir die Lieder frei Haus lieferte? Ich stand auf, knipste den TV aus, holte den Recorder aus dem Schrank und schloß ihn an das Radio an. Bereits beim fünften Sender erklang Vertrautes: Starry Rong, der Weltraumbarde, unternahm einen Ausflug in die Weiten des Sonnensystems.

Ich ging in die Küche, brühte mir einen Mokka und überlegte. Primo: Keinesfalls durfte ich mich sehen lassen, auch nicht von den Nachbarn. Secundo: Der Kühlschrank war leer, daraus folgte tertio, daß ich verkleidet oder anderweitig unsichtbar in die Kaufhalle schleichen mußte. Quarto: Endlich ergab sich einmal Gelegenheit, ungestört zu arbeiten.

Mochte es draußen regnen oder die schönste Sonne mir ins Fenster strahlen, ich setzte mich an den Schreibtisch, legte Helskis *Wegweiser* zur linken, Bringfelds *Vademecum* zur rechten, einen Stapel Papier in die Mitte und stülpte mir ein paar Kopfhörer über den Schädel. Und später schob ich ein Bündel Prospekte sowie das statistische Jahrbuch der Mondsiedlungen unter mein Kopfkissen.

Wollte ich wissen, wie die Lieder entstanden, mußte ich nachempfinden, wie es sich auf dem Mond lebte. Da schrieben sie von Tunneln, die man bohrte, um Wohnraum zu gewinnen – und ich kroch mit den Hauern über das klamme Gestein. Da las ich von Umschlagsraten des Raumhafens – und schon trug ich einen Skaphander und sah landende und startende Schiffe vor mir, bunte Signal- und Warnleuchten, hörte die geschäftigen Rufe des Bodenpersonals im Helmfunk. Da sang man von überdachten Kratern – und ich blickte auf in die Sterne, die durch die Klarplastkuppel schimmerten. Und halb träumend beteiligte ich mich an ihren Gesprächen über das rauhe Leben, die kühnen Projekte und die große Freude dabeizusein. Ehe ich es recht bedachte, hatte ich aus statistischen Kennzahlen, Prospekten und Liedern mein Bild vom Erdtrabanten abgeleitet, alles paßte herrlich zusammen, und allmählich wuchs mein Bericht.

Mitunter, wenn meine Gedanken erschöpft vor sich hinratterten und der Krampf in den Fingern saß, schaute ich TV. Und was wohl? Einen Schlagerabend in einer Mondkneipe oder die Übertragung einer feierlichen Premiere etwa: »Im Schatten des Schwarzen Loches«, ein äußerst banales futuristisches Musical, in dem mit allen möglichen Requisiten behangene Zukunftsmenschen aus dem Titelgestirn heraussprangen wie der Teufel aus dem Kasten. Und zum zweiten Vorhang holten sie einen verdienten Kosmonauten auf die Bühne, in dem ich meinen alten Schulkameraden Pelle zu erkennen glaubte.

»Mein Gott, sind Sie schön mondbleich, Eld!« begrüßte mich die Sekretärin. »Man sieht sofort, daß Sie vier Wochen im Skaphander staken. Haben Sie mir ein Steinchen mitgebracht?«

Behutsam legte ich mein schwarzes Köfferchen auf den Schreibtisch und holte einen in Seidenpapier gewickelten unscheinbaren Kiesel daraus hervor.

»Ach, ist der süß! Und wie der blitzt!« Dankbar lächelte sie mich an. Ich fand es nur demokratisch, daß nun ein Kiesel einmal eine Chance hatte, in Gold gefaßt zu werden.

In seinem Raum drückte mir mein Mentor fest die Hand. »Nun, Eld, wie heißt es doch: Es formt sich ein Talent in Stille, doch ein Genie im Sturm der Welt! –

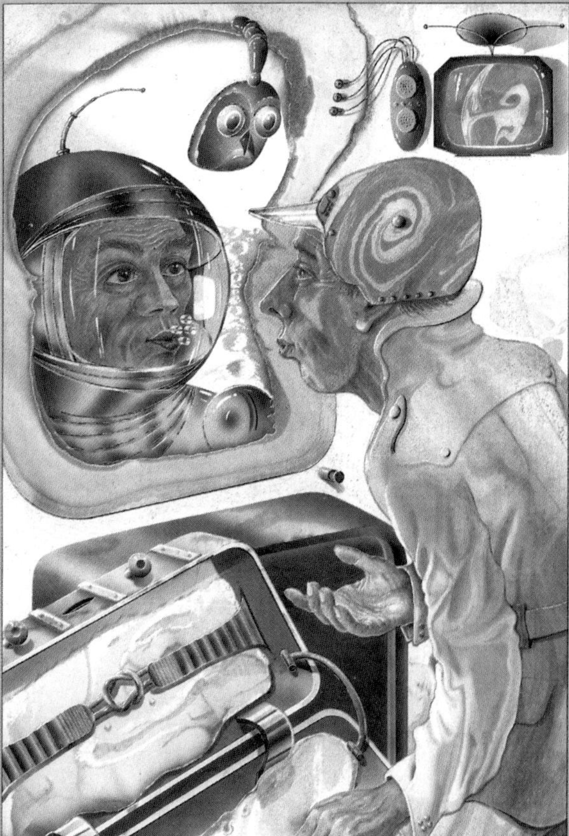

Erzählen Sie mir von Ihrer Reise, Ihren Forschungen.«

Wie zurechtgelegt, berichtete ich vom Flug, vom Aufenthalt in Kratergründen, von Mondliedern und Mondsitten. Vergaß auch die Raumkrankheit nicht und nicht den ungenießbaren Mondkohl. Kleinigkeiten erhöhen die Glaubwürdigkeit. Ich ließ den Recorder laufen und zog zu guter Letzt meine Arbeit hervor.

Mein Mentor blätterte darin und nickte anerkennend mit dem Kopf. »Alle Achtung, daß sie noch so viel Zeit fanden, Eld. Ich erwartete, Sie würden nun ein Vierteljahr für die Auswertung fordern.«

»Natürlich sind das nur erste Vorarbeiten«, stammelte ich, »keineswegs perfekt ...« Die Gefahr, zu viel zu leisten, hatte ich übersehen.

»Ein Gedanke noch.« Mein Mentor ließ seinen durchdringenden Blick auf mir ruhen. »Die Lieder, die Sie vorgespielt haben, die hört man auch auf der Erde.«

Ich fühlte, wie mir das Blut zu Kopfe schoß, saß da und starrte auf mein Köfferchen. In der Reisestelle, wo ich Bericht und Abrechnung abgeliefert hatte, war man nicht mißtrauisch geworden. Sollte ich nun wegen einer Lappalie zu Fall kommen?

»Sie schweigen?« Mein Mentor zog die Brauen in die Höhe. »Richtig, Eld, Sie waren ja nicht auf der Erde. Nun, ich habe in den letzten Wochen, von Ihrem Thema angeregt, des öfteren diesen lunaren Sphärenklängen gelauscht. Mich verwundert nur, daß ich, was Sie gesammelt haben, bereits kenne.«

Ich räusperte mich. »Schon möglich. Ich habe ausgewählt. Nach qualitativen Kriterien. Lassen Sie mich eine Hypothese äußern: Bis zur Erde gelangen nur die besten, die eingängigsten Lieder.«

»Interessant. Aber Sie haben doch auch die weniger bedeutsamen aufgezeichnet.«

»Hm, ja.« Ich versuchte vergeblich, die Konsequenzen dieser Frage abzuschätzen. Wollte mich nicht, wie der klassische Lügner, im eigenen Netz verfangen. »Natürlich, ursprünglich schon. Doch dann habe ich sie überspielt – nach der Transkription in mein Notizbuch selbstverständlich«, ergänzte ich hastig.

»Verstehe. Schauen Sie, Eld, gerade bei der Erforschung populärer Genres darf man sich vor keinen Niederungen scheuen. Zeigen Sie mir doch morgen einige dieser trivialeren Produkte – vielleicht können sie zur Grundlage einer vergleichenden Studie dienen.«

Im Sekretariat überfielen mich die Kommilitonen.

»Nun, Kosmonaut, wie war's? Hast du dem Mann im Mond unsere Grüße überbracht?«

Ich winkte ab, noch unter dem Eindruck meines Mentors stehend, geriet mir die Geste nicht so weltläufig wie beabsichtigt. »Nichts Besonderes da oben. Schmale Gänge und kleine Zimmer. Und ein Fraß – schlimmer als in der Mensa.«

»Mondfahrer, deine heile Rückkehr kostet dich eine Lage, das ist dir doch klar?« Riddar drängelte mich auf den Gang.

Bei einem Fenster kreisten sie mich ein. »Und die Mondmädchen?«

Ich hopste rücklings auf ein Fensterbrett. Sofort schwiegen sie. Nur Riddar bohrte weiter: »Erzähl, wie ist das bei der geringeren Schwerkraft?«

»Ihr habt ja keine Vorstellung vom Mond«, begann ich, »ihr habt nur Klischees im Kopf und dumme Witze. Der wirkliche Mond« – warm schien die untergehende Sonne auf meinen Rücken – »ist völlig anders. Nicht einfach mit Worten zu beschreiben ... Ich kann das Wort so hoch unmöglich schätzen«, zitierte ich.

»Man muß dort gewesen sein, sag's doch!«

»Ja, vielleicht muß man es selbst erleben. Aber was interessieren euch schon die Tunnel, in denen das Kondenswasser ewig von der Decke tropft, oder die Gerüche öffentlicher Skaphander?«

Mich drängte es, ihnen zu entfliehen, denn welche Lieder sollte ich morgen meinem Mentor vorweisen? Und doch, als ich so auf dem Fensterbrett saß, konnte ich mir gut einbilden, all die Wunder des Mondes erlebt und einen Hauch von der Weite des Kosmos und der Größe des Menschen verspürt zu haben – und meine Kommilitonen lauerten mir sensationslüstern auf und verlangten billige Abenteuer.

»Nein«, sagte ich nüchtern, »ihr wärt auf dem schnellsten Weg in die nächste Kneipe gerannt.«

»Du etwa nicht? Wozu sonst hat dich Musenmeyer auf den Mond geschickt? Zum Meteoritenfangen etwa?«

»Ja, ich gestehe, ich habe einige besucht ... Meinethalben«, lenkte ich ein, »treffen wir uns morgen abend, und ich erzähle euch davon, jetzt habe ich keine Zeit.«

Ich rutschte vom Fensterbrett und strebte dem Ausgang zu. Sie folgten mir. Draußen legte Riddar seine Hand freundschaftlich schwer auf meine Schulter. »Schön, daß du dich so rasch entschlossen hast.«

Erst als er mich sacht in die Studentenkneipe gleich neben der Universität schubste, verstand ich, was er meinte.

»Ich habe viel zu erledigen«, protestierte ich.

»Eld spendiert uns eine Runde«, rief Riddar und drückte mich in einen blankgewetzten Stuhl. Der

Wirt, ein dicker und etwas schwerfälliger Mann, wischte Asche und die Spuren von Biergläsern vom Tisch, angegraute Gardinen hingen vor den Fenstern.

Womit konnte ich sie schnell abspeisen? Berichte hatte ich mir ausgedacht: von einem Besuch in den lunaren Bergwerken, über die ich einen Artikel gelesen hatte, vom Raumhafen Luna-Port (nach einer Fernsehreportage) und über das Rückseiten-Observatorium (Allgemeinbildung). Untauglich alle. Ich ließ meinen Blick über den Tresen und die aufschwingende Eingangstür schweifen und hub an:

»Stellt euch vor, ihr stoßt die Tür auf, und es verschlägt euch fast den Atem. Hitze und die Ausdünstungen von menschlichen Körpern quellen euch entgegen. Dumpf brummt die Klimaanlage. Ihr seid im ›Siebenschwänzigen Kometen‹.«

Riddar schlug mir anerkennend ins Kreuz.

»Überall, in allen Nischen und Winkeln sitzt heiser diskutierendes Bodenpersonal. Auch einige spillerige, laut schimpfende Raumfahrer haben sich hierher verirrt sowie mehr falsche als echte Kosmonautinnen mit aufs Ohr geschobenen Käppis und – Netzhemden. Von den Wänden blinken krumme Raketenteile und sanft glühende Meteoritbruchstücke. Neben Skaphanderfetzen hängt eine auf schwarzen Samt gebettete Lunikmedaille. Grünlich phosphoresziert die Notbeleuchtung.«

Mit offenen Mündern starrten sie mich an. Und ich selbst beugte in diesem Moment meinen Kopf vor den niedrig von der Decke hängenden altersschwachen Warnlichtern, die die Beleuchtung ersetzten, vor den Drapien aus Antennenfetzen und ausgerissenen Solarzellenbahnen und suchte einen Platz.

»Und da stolpere ich: Dicke, knallgelbe Kabel ziehen sich über den unebenen Boden, abgewetzt ist das Gestein, und die zentimeterbreiten Risse füllt speckiger Beton. Da an einem runden, angesengten Plasttisch ist ein Platz frei. Ich lasse mich in den quietschend nachgebenden Hocker fallen. ›NASA Property‹ steht auf der lädierten Lehne. Mein Gegenüber, ein älterer Mann mit einer Rowtex-Jacke über dem bloßen Oberkörper, nickt mir zu. ›Kommst wohl von der Erde‹, fragt er, und ich erröte. Ein Glas aus raumfestem Quarz steht vor mir auf dem Tisch, Bißspuren umsäumen seinen schartigen Rand; ich lege meinen Notizblock daneben. Der Mann, eben von einem Marsflug zurückgekehrt, versucht mich in eine Fachsimpelei über Cargobestimmungen zu verwickeln und schimpft auf die diesjährigen Absolventen der Raumakademie.«

»Uns kannst du viel erzählen, Baron Münchhausen«, unterbrach mich Riddar, »gleich tritt der singende Roboter auf, der hinter der Theke die Gläser spült!«

Aus Mondeshöhen in den tiefsten Orkus geschmettert! Schon fühlte ich ihre Fäuste an meinem Kragen, hörte ich ihre Verhöhnungen in meinen Ohren.

»Glaubst du, wir sehen kein TV? Vor vierzehn Tagen übertrugen sie eine Livesendung aus dem ›Siebenschwänzigen Kometen‹. Alle haben wir damals an dich gedacht, doch du warst nicht unter den Gästen.«

»Wir flogen um den Ganymed«,

sang Riddar gefühlvoll-heiser, und die anderen fielen ein:

»Als unser Reaktor zersprang.
Zum Fliehen war es längst zu spät,
Denn Strahlung versperrte den Gang.«

»Unsinn«, donnerte ich, »singende Roboter findet ihr weder auf dem Mond noch sonstwo zwischen den Planeten. Außerdem ist es besonders pervers, gerade diese Schnulze von einem Roboter trällern zu lassen, der durch Strahlung spaziert wie unsereins durch Sonnenschein. Wenn der mechanische Kneipier überhaupt etwas sagt, dann höchstens: ›Mit 2,7 Promille finden Sie nicht durch das Gangnetz zurück, hochgeschätzter Mensch. Laut Mondordnung §§ 31a und 47c bin ich verpflichtet, jeden weiteren Ausschank von Getränken der Kategorien I und II an Sie zu unterlassen!‹«

Das Gelächter bestärkte mich. Ich trank einen tiefen Schluck aus dem Glas mit den Bißspuren. Nur Riddar nörgelte völlig humorlos: »Und das sollen wir dir glauben?«

»Natürlich! Wer war denn auf dem Mond?« antwortete ich mit wiedergewonnener Souveränität. »Besten Dank übrigens, daß du die Fernsehsendung erwähnst. Ich wunderte mich schon, weshalb der ›Geschwänzte Komet‹ einmal außer der Reihe geschlossen war.«

Der Augenblick schien günstig, um aufzubrechen. Ich winkte den sich roboterhaft schwerfällig bewegenden Wirt heran, doch als er endlich kam, bestellte Riddar schnell eine weitere Runde. Ein von kosmischer Strahlung ausgezehrter Skipper verließ gerade die Studentenkneipe. »Sauberes Vakuum vorab!« rief ich ihm nach.

»Durstig kippe ich, was der Roboter mir auf den Tisch stellt. Ein Getränk, das auf der Erde seinesgleichen sucht: so perlig sprudelnd, so frisch, so ungemein belebend. Der Mann in der Rowtex-Jacke, Arco ist sein Name, wird unruhig. ›Wo bleibt sie nur?‹ fragt er und schaut zum Eingang. Plötzlich verstummen die

Gespräche, knisterndes Schweigen herrscht. Arco richtet sich kerzengerade auf. ›Hai‹, erklingt eine helle Stimme. Ein vielsprachiges Gewirr von Begrüßungsrufen antwortet ihr. Arco springt auf, schiebt seine Weltraumkollegen unsanft beiseite und taucht gleich darauf mit einem Mädchen aus dem Durcheinander auf. So steht sie vor mir, keine Schönheit, doch faszinierend, von echt lunarem Temperament. Sie trägt einen schmucklosen Schwarz-in-Silber-Overall, über den, mondgemäß leicht und wehend, ihr schwarzes Haar fällt.

›Das ist Eld Bengt‹, stellt Arco mich ihr vor. Gipsy heißt sie und lispelt: ›Hai, Commander.‹

Wozu den Irrtum aufklären?

›Lange nicht gesehen, wo treibst du dich nur dauernd rum, Arc?‹

›Wo schon: Jupiter, Amaltheia, Kallisto, du weißt‹, fließt es leicht von seinen Lippen.

›Ou Jupiter!‹ stöhnt sie. ›Muß eine herrliche Gegend sein!‹

Ihre Augen träumen ein Loch in die Betonwand hinter uns. Dann wandern sie langsam zu mir. Vergeblich versucht Arco, sie mit einer Bemerkung über einen Magnetsturm aufzuhalten.

›Commander‹, sagt sie, ›Sie haben ja eine schreckliche Narbe an der Stirn.‹ Ihre Augen ruhen auf mir, schwarz wie der Weltraum, ich werde schwerelos.

›Eine Bagatelle, kleiner Unfall‹, bemerke ich wahrheitsgemäß, aber dann reitet mich der Teufel. ›Bin ich mal in einen Meteoritenschwarm geraten, mein Sternenschiff wurde förmlich durchsiebt. Alle Automaten ausgefallen. Und dann traf mich ein Querschläger hier vorn am Helm. Ich dachte schon, meine letzte Zehntelsekunde hätte geschlagen. Da kam mir die rettende Idee: Ich preßte das Loch mit der Stirn zu, es brannte wie eine Supernova. Aber das schlimmste war der steife Nacken danach, ich mußte meinen Kopf ja immer sooo halten.‹

Die Geste, mit der sie die Hand erschrocken vor den Mund schlägt, läßt mich alles vergessen, auch das zornige Blitzen in Arcos Augen. Der Roboter bringt ein Quarzglas seidig-golden schimmernder Flüssigkeit: Merkurfeuer.«

»Du bist in der Bibliothek eingeschlafen und hast dir die Stirn am Lesegerät aufgeschlagen, stimmt's?« Erbarmungslos riß mich Riddar aus meinen erzählten Träumen. Und eigentlich sollte ich ihm noch dankbar sein dafür, denn ich schoß weit über das Ziel hinaus. Wer auf dem Mond Lügenmärchen erfand ... Das Merkurfeuer brannte heiß in meinem Magen.

»Und weiter? Weiter!«

»Ja, Gipsy war die Sängerin der Bar«, fuhr ich vorsichtig fort, »Ich habe mich später in der Nacht mit Arco wegen ihr geschlagen, das war's. Erzählt nur Musenmeyer nichts davon. Mein Notizblock ist nämlich damals leer geblieben.«

Unsicher erhob ich mich. Sie zogen mich zurück auf den Stuhl.

»Eld, so kannst du nicht aufhören! Weshalb hast du dich geschlagen? Und ihre Lieder? Du kannst uns nicht einreden, du hättest sie vergessen!«

»Klar, hat er die vergessen. Wenn Arco ihn so durchgebleut hat ...« Riddar grinste unverschämt und verlangte in meinem Namen eine weitere Runde Merkurfeuer.

Die Studentenkneipe verschwamm vor meinen Augen. Hingen da nicht die romantischen Überreste von Wracks an der Wand?

»Erzähl!« verlangten sie, und ›Erzähl!‹ bettelt Gipsy. Und ich denke an Aufgeschnapptes von verscholle-

nen Wracks im Asteroidengürtel, die ich aufspüren könnte, von den dünnen Ringen des Neptun, in denen ich mich verheddern könnte, von durchgebrannten Computern, von der Methansuppe des Jupiters, doch nichts fügt sich, ich sitze da, mein Mund bleibt verschlossen, schon wittern Arco und Riddar ihre Chance. Mit System müßte man vorgehen und in der Beschränkung den Meister zeigen, doch die Nebel in meinem Kopf ... Eureka!

Gelobt sei die klassische Bildung, die Retterin in der Not! Hoch lebe Odysseus, der listenreiche Dauer-Schiffbrüchige. Und Homer, der blinde Sänger, möge mir verzeihen. Ich verlege für Gipsy die Odyssee in den Weltraum, bin selbst der kühne Ithaker, finde einen einäugigen Roboter Polyphem in den Höhlen des Japetus, skippere mit Müh und Not und unter großen Verlusten in einem brüchigen, längst ausrangierten Beiboot durch Skylla und Charybdis zweier gegenläufiger Meteoritenströme.

Arco stößt mit seinen spitzen Ellenbogen all meine Rippen blau, doch das stört mich nicht, auch nicht, ob das, was ich erzähle, auch existiert. Meine einzige Sorge ist, mich nicht in der Übersetzung zu vergreifen, plötzlich an eine Insel geschwemmt zu werden, wo ein Asteroid seiner Bahn ziehen müßte. Da beschwöre ich eine kosmische Kalypso herauf und verwehre ihr mit knapper Not, mich in einen grunzenden Roboter zu verwandeln. Und ich winke die Sirenen des Saturn heran, die selbst meine Automaten betören. Und ich trinke mich auf quarzgläserner Straße von Stern zu Stern, den böigen Magnetstürmen Neptuns zum Trotz.

›Sing, Gipsy, sing!‹ werde ich unterbrochen, und mit einem bedauernden Blick erhebt sie sich, hell trällert ihr Sopran:

›Am Krater vor der Schleuse,
Da steht ein altes Wrack.
Ich kratzt' zur Dämmerstunde
Ein Wort in seinen Lack.
Das Wort, das ist verblichen,
Das Wrack, das steht noch da,
Bin heimlich hingeschlichen ...
...‹

Noch im Schein der Straßenlaternen wirbelten mir ihre Lieder durch den Kopf, gereimt und ungereimt:

... ein riesen Robot Ungetüm / rot glüht sein einzig Aug ...
... ihn trifft der Meteor / rechts über seinem Ohr ...
... und fällst am Ende des Pfades / tot um – im Mare Tranquilitatis ...

Ich fiel nicht etwa halbtot ins Bett, ich schwankte zum Schreibtisch, kritzelte, was aus meinem Kopf gerade herauspurzelte, kreuz und quer auf das Papier, kaum leserlich und kaum sortierbar am anderen Morgen. Hell schien der volle Mond durch das weitgeöffnete Fenster, ich weinte fast: so viel Schönes hätte ich auf ihm erleben können.

Warmes Wasser umspülte meinen Nabel, Theagenes und Charikleia lächelten mir von der Decke herab zu, und die aufwallenden Dämpfe vertrieben allmählich die Kopfschmerzen, die mich den ganzen Tag geplagt hatten. Ich sah an mir hinab, kurz waren meine Beine geworden vom ständigen Schwindeln. Bedächtig trat ich aus dem tiefen Wasser und ließ mich in einer Ecke der Seitengrotte nieder. Nach vier Wochen in der Einsiedelei und zwei aufreibenden Tagen löste stille Wärme und Nebelglanz endlich auch einmal meine Seele ganz.

Vergnügt erinnerte ich mich an das staunende Gesicht meines Mentors.

»Man sagt, Sie hätten diese Lieder gestern abend erdichtet – im Stegreif?«

»Erdichtet? Wäre das möglich? Erinnert, nur erinnert.«

Wer durfte behaupten, meine Lieder sänge auf dem Mond niemand? Meinen Triumph voll auskostend, pfiff ich leis vor mich hin.

Protuberanzen
Das Schiff umtanzen
Vom Heck bis an den Bug.
Und Sonnenflecken
Sich nach ihm strecken,
Es ist sein letzter Flug.

Ein Plätschern näherte sich, und im Eingang der Seitengrotte erschien eine athletische Gestalt: Pal Kelvis, genannt Pelle, mein Schulkamerad und gefeierter Kosmonaut. Übermut ergriff mich.

»He, Pelle, setz dich zu mir. Stell dir vor, ich komme eben vom Mond zurück.«

Das Wasser spitzte mir ins Gesicht, als er sich absichtlich ungeschickt setzte. »Eld, du Musensohn, was suchst du in höheren Sphären?«

Ich lachte und berichtete ihm augenzwinkernd von meinem Mentor und dem Mondaufenthalt, ich schwärmte von den Wohnkuppeln und den dumpfen Stollen, ich begeisterte mich für das rauhe Mondleben und die stolzen Mondbewohner.

Pelle rutschte auf den warmen Kacheln hin und her, als säße er auf Stecknadeln. Dann drehte er sich zu mir um.

»Jetzt verstehe ich«, rief er erleichtert, »du bist in die Dreharbeiten für diese Show in der Touristenbar geraten. – Ich kenne den Mond nur als den langweiligsten, dreckigsten, zugigsten Verladebahnhof im ganzen Sonnensystem, als den Sammelplatz der Strafversetzten und Arbeitsunwilligen. Und Lieder singt man da keine, es sei denn von den grünen Hügeln der Erde.«

»Schweig, Pelle«, bat ich, »dein Mond interessiert mich nicht. Laß mir den meinen.«

Organspende

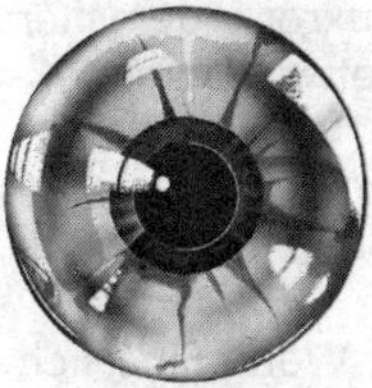

Starr und gleichmütig fixierte das Augenpaar Dart. Spielerisch erwiderte er den Blick. Die Lippen zusammengekniffen, wartete er: Wessen Lider zuckten zuerst – die seinen oder die des Computers? Stille. Träge verstrichen die Sekunden. Es kribbelte, unsichtbarer, heißer und trockener Staub schien sich auf seinen Augen abzusetzen, und sein Blick verlor an Schärfe. Waren denn die drei Minuten zwischen zwei Computer-Lidschlägen nicht bald verflossen? Krampfhaft widerstand er dem Juckreiz. Hielt durch. Zeigte es der Maschine. Endlich schloß sich das Augenpaar für eine exakte Siebtelsekunde. Erlöst zwinkerte Dart. Dann senkte er den Kopf. Ein sinnloses, einfältiges Spiel. Nur die Monotonie in der Subzentrale entschuldigte es.

Die gelbziffrige Digitaluhr an der Wand zeigte 22-43-17. Noch über zwei Stunden bis Dienstschluß – 45 Lidschläge des Computers. 22-43-21. Dart seufzte. Durfte er Sina schon wieder anrufen? Weshalb nicht? Bestimmt plagte sie die Eintönigkeit nicht weniger als ihn. 22-43-25. Er knipste das Videofon ein.

»Ach, du bist es, Dart.« Sina strich sich geziert eine

Haarsträhne aus der Stirn. Ihre Augen lebten und strahlten unter modisch metallic-grauen Wimpern.

»Stell dir vor, jemand hat mich besucht – ein Entscheidungsbefugter.« Ihr bordeauxrot gemalter Mund verzog sich, als hätte sie auf etwas Ungenießbares gebissen.

»Was wollte er denn? Mit dir flirten?«

»Puh ... Diese eiskalten Monster und flirten? Mit Robotern vielleicht.«

Dart lachte und lehnte sich zurück. Wenn Sina sich ereiferte, sah sie hinreißend aus.

»Was hast du gegen Entscheidungsbefugte? Sie erfüllen wie wir nur ihre Pflicht.«

»Ich kann sie eben nicht leiden. Sie wirken auf mich so ... so arrogant.«

Die Locke rutschte Sina wieder in die Stirn. Diesmal drückte ihre Handbewegung Unwillen aus.

Dart wechselte das Thema. »Was hältst du von einem kleinen Spaziergang nach Dienstschluß? Unter sternklarem Himmel im hellen Mondenschein?«

Ein Lächeln auf den Lippen, beobachtete er, wie Sina den halb ernst gemeinten, halb scherzhaften Vorschlag aufnahm. Und sie enttäuschte ihn nicht. In gespieltem Schauer schüttelte sie den Kopf.

»Oben spazierengehen? In *der* Kälte? Da friert mir ja noch vor dem ersten Atemzug die Nase ab.«

Dart beugte sich nach vorn, mit sanftem Geräusch füllten sich die Polster des Luftsessels um. Unversehens war er es, der sich ereiferte. »Mein Gott, wir können doch nicht die gesamte Vertragszeit in diesen Allerweltszentralen hocken. Dazu habe ich mich nicht beworben. Ich dachte, hier in Antarktika könnte ich etwas erleben. Mich an den Elementen messen, mir den Wind um die Ohren pfeifen lassen ... Es gibt viel zu tun, packen wir's an – so ein Schwindel.«

Ein Räuspern ertönte, einer der Münder des Computers, die samt Luftröhre unterhalb der Monitore in die Kontrollwand eingelassen waren, setzte zum Sprechen an. Dart wünschte keine Unterbrechung, er winkte ab. Der Mund bleckte seine Zähne und schloß sich. Nur die drei Augenpaare des Computers beobachteten ihn weiterhin. Elektronisch gesteuerte Körperteile von Verstorbenen fanden eine weite technische Verwendung. Besonders Sinnesorgane galten als unübertroffen zuverlässig und billig.

»Ich frage mich manchmal, weshalb sie bei der Einstellung überhaupt solchen Wert auf eine gute körperliche Verfassung gelegt haben. Jeder Arm- oder Hirnamputierte könnte es sich in meinem Sessel gemütlich machen und dann und wann die Berichte diktieren. Genau betrachtet, bin ich hier absolut überflüssig.«

»Also ich langweile mich eigentlich nicht.« Sina schürzte ihre Lippen. »Entweder spiele ich mit dem Computer, oder wenn mir selbst nichts mehr einfällt, finde ich schon jemand, der mich aufmuntert.«

Dart lächelte. Dann, unvermittelt, wurde er ernster.

»Weißt du«, sagte er, »ich glaube, wir sitzen nur hier, zwei, drei Kilometer unter dem Eis, damit sie gegenüber den Stoppt-die-Computer-Narren behaupten können, die Computer des Bergwerkes stünden ständig unter menschlicher Kontrolle. Blanker Betrug. Kontrolliere ich etwa den Computer? Das wäre auch Aufgabe der Entscheidungsbefugten. Ich kann höchstens vor den Instrumenten auf- und abstolzieren, das ist alles. Ich bin nicht einmal ein Notnagel, ich bin bestenfalls ein Vorzeige-Notnagel.«

Sinas Lachen wurde durch die Stimme des Computers unterbrochen. »Dysfunktion 4378/22, Komponente B/355. Prognose: Gefahr der Ausweitung. Ist ein weiterer Kommentar erwünscht?«

Dart verneinte barsch. Der Mund schloß sich, jetzt waren die Altersfalten in den Winkeln erkennbar, die auch die Hormonbehandlung nicht beseitigt hatte.

»Daß der Computer einfach dazwischenreden darf«, beschwerte sich Dart, »sonst hält er tagelang die Klappe.«

Sina lachte wieder. Dann nahm ihr Gesicht einen Ausdruck konzentrierten Lauschens an. Dart wollte weiterreden, aber sie hob die Hand. »Psst, ich höre was ...«

Ein Grollen erfüllte den Übertragungskanal, das Bild zitterte. Weit hinter Sina, von der Optik nur unscharf wiedergegeben, stob es weiß auf, dann fiel das Bild in sich zusammen. Der Schirm zeigte nun das unauffällige Bereitschaftsmuster.

Plötzlich sprachen drei Münder zugleich, rasselten Listen von Dysfunktionen herunter. Irritiert schaute sich Dart um. Eine ganze Reihe von Anzeigen war von Grün auf Rot gesprungen. »Gelber Alarm! An alle: gelber Alarm! Lagebericht: Infolge einer Dysfunktion Glazialverschiebung. Eiseinbrüche in Mine 7 und 9. Prognose: Ausbreitung der Havarie. Gelber Alarm!«

Dart sprang auf, trat vor den Video, lief zu den Kontrollpulten, starrte auf die Displays, die Querschnitte der Station zeigten und rote Felder der betroffenen Sektionen und Minen. Alle Wände der Zentrale schienen zum Leben erwacht zu sein. Auf den Monitoren schoben sich Gruppen von Robotern durch die endlosen Korridore. Die langen, inaktiven Gorillaarme hingen ihnen bis zu den Rädern herunter.

»Was ist mit Sina, warum ist die Leitung unterbrochen?« fragte er endlich.

Der Computer antwortete ihm mit einer wohlklingenden, sehr weiblichen Altstimme. »Es besteht kein Grund zur Beunruhigung, Dart. Die Verbindung zur Sektion 3 ist vorübergehend gestört. Ihr wird bestimmt nichts passieren und dir ebenfalls nichts. Ich wiederhole: Es besteht kein Grund zur Beunruhigung.«

»Natürlich nicht«, erwiderte er unwirsch, er liebte diesen mütterlichen Ton nicht, »aber was kann ich jetzt tun?«

»Vor allem solltest du dich nicht aufregen. Die Havarie ist meine Angelegenheit. Du setzt dich am besten in deinen Sessel, lehnst dich zurück und schließt die Augen. Ich schalte die Monitore aus, und du entspannst dich bei leiser Musik.«

Gehorsam setzte sich Dart, gehorsam lauschte er den einsetzenden webenden und wogenden Klängen. Aber die Gedanken stoben ihm davon. Er hatte etwas Weißes hinter Sina gesehen: den Eiseinbruch?

»Dart«, tadelte die Stimme, »du verkrampfst dich!«

Dart schlug die Augen wieder auf. »Als ob ich mich jetzt entspannen könnte! Blödsinn!«

»Du mußt es nur wollen, mit meiner Hilfe ...«

»Ich pfeife darauf!« Er sprang auf die Füße, bereit, zu handeln, etwas zu unternehmen. Doch was? Unschlüssig blickte er in eines der drei Augenpaare, die der Computer auf ihn gerichtet hatte. Von vorn, von hinten und zugleich von der Seite beobachtete dieser ihn! Registrierte das kleinste Stirnrunzeln, verfolgte die geringste Muskelanspannung, erriet so die geheimsten Gedanken.

Die rechte Faust in die linke Handfläche schlagend, lief Dart auf und ab. Die Zentrale lag völlig ruhig, die Monitore waren abgeschaltet, die Münder schwiegen. Keine Anzeige flackerte, kein Gerät summte. Er hörte nur den Tritt der eigenen Füße, das eigene Atmen. Es hätte alles sein können wie immer. Weshalb nur hatte man ihn nie instruiert, wie er sich im Notfall verhalten sollte? Offenbar wurde er nicht einmal dann benötigt.

Dart befahl, Monitore und Displays wieder einzuschalten und ihn auf dem laufenden zu halten. Niemand sollte denken, daß ihm die Havarie gleichgültig war.

Da waren Maschinenräume zu sehen, bewegungslos und dunkel selbst im Infrarot. Da liefen Menschen ohne orangerote mikrowellenbeheizte Schutzanzüge durch den stiebenden Schnee zu Hubschraubern. Da lagen Roboter in einem Gang, die behaarten Gorillaarme griffen ins Leere, zuckten. Aus den Lebenserhaltungsgeräten, den Mittelstücken der Roboter, tropfte gelbliches Syntheseblut, ohne Antikörper, doch voll von Interferon 2, gesättigt mit gelben Blutkörperchen, mit NADH und Adenosinphosphat.

An anderer Stelle waren die Hybrid-Automaten an der Arbeit, zogen Kabelstränge, brachten Plasmaschweißgeräte in Position. In manchen Gängen strömte wild das Wasser.

Von Zeit zu Zeit berichtete der Computer. »Ausfall Komponente F/739. Roboterreserve im Einsatz. Wassereinbruch in Mine 8. Evakuierung Sektion 5 abgeschlossen.«

Auf den Displays erschienen die Listen der intakten und beschädigten Komponenten, leuchtete der Status-Bericht des Systems, blitzten Übersichtsbilder auf und erloschen wieder. Ein Bildschirm zeigte die Position der Menschen in der Anlage, im Herzschlag pulsierende Pünktchen, die langsam in Aufzügen nach oben glitten. Ein Teil des Schemas glomm in fahlem

Pastell, über diesen Teil gab es keine aktuellen Informationen. Dort befand sich Sina ...

Einen Sekundenbruchteil erlosch das Licht in der Zentrale, nur die Bildschirme leuchteten, dann war es wieder hell.

»Achtung, Unterbrechung der Tunnel zur Ersatzorganbank. Robotereinheiten abgeschnitten.«

Dart fand sich nicht mehr zurecht. Wie hypnotisiert schaute er auf das Linienspiel der Displays, die logischen Schemata, die Havarie-Netzpläne. Unfähig, all die Informationen zu verarbeiten, ließ er sich schwer atmend in den Sessel fallen. Die Luftpolster paßten sich seinen Körperformen an.

»Es ist zuviel für dich, Dart«, sagte die Altstimme, »Ich schalte die Monitore wieder aus.«

Diesmal protestierte er nicht. Er lehnte sich weit zurück und starrte geradeaus. Sein Blick fiel auf die haarigen, vom Alter braunen Ohren des Systems, aber er nahm sie nicht wahr. Da sitzt du nun und bist überflüssig, bist ein Fremdkörper im System. Kannst nichts tun als glotzen und abwarten, warten und nochmals warten ...

»Entschuldige, daß ich dich störe, Dart«, säuselte der Computer, »ich habe endlich die Ursache der Dysfunktionen entdeckt. Es ist Komponente Z/2210. Sie verzerrt die Befehle, die ich an andere Sektionen gebe. Und leider kann ich diese Komponente jetzt nicht austauschen.«

Dart beschlich das seltsame Gefühl, daß der Computer etwas von ihm verlangte, daß seine Entscheidung, sein Eingriff, sein Handeln gefragt waren. Aber was konnte er schon ausrichten, wenn selbst der Computer mit all seinen Automaten überfordert war? Schmerzlich empfand er seine mangelnde Kompetenz. Nervös begann er, an den Fingern zu nagen.

»Bitte, laß das, Dart«, sagte die Stimme sanft, aber fest. Er schaute auf. Die Augen des Computers zuckten unregelmäßig.

»Ich habe auch keine Roboter mehr in der Zentrale, die eine so diffizile Arbeit wie den Komponentenaustausch bewerkstelligen könnten. Nur zwei mit Troglodytes-gorilla-Armen, die dafür zu plump sind. Und die Verbindungsgänge zu anderen Sektionen sind unterbrochen.«

Dart glaubte zu verstehen; erwartungsfroh sprang er auf. »Soll ich die Komponente austauschen? – Ich bin allerdings kein Mechaniker.«

»Nein, natürlich nicht. Außerdem bist du zu groß, um durch den Reparaturschacht zu kriechen.«

»Schade.« Er hatte schon einen Schraubenzieher in der Hand gefühlt und gesehen, wie er in dem Gewirr der Komponenten umherkletterte. Kein Vergnügen bei minus 15 Grad Celsius. Aber endlich einmal eine richtige Aufgabe – und etwas, wovon er hätte ein Leben lang erzählen können. Schade.

»In etwa zwei Stunden erreicht das Wasser den oberen Pegel von Mine 8. Dann beginnt es überzuströmen. Auch in die Subzentrale. Denn Komponente Z/2210 verhindert, daß ich die Schotte schließe.«

Darts Finger krallten sich in die Lehne des Luftsessels. »Und was wird dann mit mir? Du mußt etwas unternehmen!«

»Das ist nicht nötig. Dir droht keine Gefahr. Das Wasser wird nur zehn Zentimeter ansteigen, dann findet es einen Abfluß. Nur der Computer wird dabei zerstört. Die Reparatur wird mindestens vier Wochen dauern. Das bedeutet einen Verlust von etwa einer Viertelmilliarde.«

»Aber, das muß sich doch verhindern lassen. Ich habe keine Lust, hier im Nassen zu sitzen und womöglich noch von den Entscheidungsbefugten zur Verantwortung gezogen zu werden. Wozu hast du deine Logikblöcke, denk dir etwas aus!«

Noch während er sprach, begriff Dart, wie überflüssig sein Befehl war. Der Computer hatte sicher längst alle Möglichkeiten erwogen. Nur diese verdammte menschliche Stimme verleitete einen ständig dazu, sich mit ihm wie mit einem Menschen zu unterhalten.

»Es gäbe schon eine Möglichkeit.« Der Alt klang weich und einschmeichelnd. »Du hast doch zwei Arme, Dart. Könntest du mir nicht einen überlassen? Den rechten, der ist geschickter.«

Das Ansinnen verschlug Dart den Atem. »Was? Meinen Arm?«

Er nahm die rechte Hand hoch, sah sie sich an, seine ureigenste, mit ihm gewachsene, stets verläßliche Hand. Er spürte den gesamten Arm, ein leichtes Kribbeln hier und da, jede Zelle nahm er einzeln wahr. Die Knochen, Nerven, Muskeln, Adern ... »Ich bin keine Leiche, kein Organspender, ich lebe doch noch!«

»Es ist ja nur eine Möglichkeit, Dart. Und die Entscheidung liegt völlig bei dir. Wenn du nicht willst, rede ich nicht mehr darüber und lösche sogar im Protokollspeicher dieses Gespräch.«

Mit einem Stoßseufzer nahm Dart das Angebot an. Mein Gott, daran hätte er nie im Leben gedacht. Sich den Arm abschneiden zu lassen! Nur gut, daß die Passage gelöscht wurde, daß niemand davon erfuhr ... Nein, das konnte keiner von ihm verlangen. Er war weder ein Held noch ein Verrückter ...

Immerhin, er hätte ausgesorgt für den Rest seines Lebens. Eine Viertelmilliarde. Das gab Belohnung und Pension – und den Ruhm. Und hatte der Computer nicht von »überlassen« gesprochen? Wahrscheinlich war eine Retransplantation möglich. Was sprach denn dagegen?

Dart lief durch die große Halle der Zentrale. Blieb vor den matten Bildschirmen stehen, lief weiter, blieb vor dem Kontrollpult stehen, lief weiter.

Es ist dein Arm, dein einmaliger, einzigartiger, ganz individueller Arm, und du weißt nicht, ob du ihn je zurückerhalten wirst. Irgendwo draußen brach das Eis in die Tunnel, stieg Wasser in den Schächten, rann in die Gänge ...

Als hätte er Darts Gedanken gelesen, schaltete der Computer einen Bildschirm ein, der das Überblicksschema zeigte: Menschen im Pastell der Ungewißheit. Und unter ihnen Sina. Es war einfach seine Pflicht, seine heilige Menschenpflicht.

»Gut, ich leihe dir meinen Arm.«

»Du schützt Millionenwerte durch dein Opfer, Dart«, bedankte sich der Computer. »Bitte, begib dich sofort in die chirurgische Station. Zeit ist kostbar.«

Dart ging unsicher zur Tür. »Und Sina, nicht wahr, ich rette auch sie?« heischte er um Bestätigung. Drei Augenpaare des Computers fixierten ihn.

»Mit einer gewissen Wahrscheinlichkeit – ja.«

Die Tür öffnete sich.

»Was heißt: mit einer gewissen Wahrscheinlichkeit?«

»Entweder es ist ihr bereits gelungen, den gefährdeten Sektor zu verlassen, oder ihre Chancen sind minimal. Du hast zu lange gezögert.«

Dart eilte den Gang entlang. Die auch hier in die Wände eingelassenen Augen lösten sich in der Verfolgung seines Weges ab. Türen glitten automatisch zur Seite. Er tappte durch eine eiskalte Pfütze.

Hatte er seine Zustimmung nicht zu schnell gegeben, zu wenig durchdacht? Seine Gedanken gerieten durcheinander. Wenn es keine Menschenleben zu retten gab, weshalb kehrte er dann nicht um? Um Roboter zu erhalten? Konnte er seine Entscheidung jetzt noch zurückziehen? Warum sollte er? Jedenfalls nutzte er die Chance, etwas Großartiges zu leisten. Und das Geld durfte er mit gutem Gewissen auch in Betracht ziehen, die Prämie, die Firmenrente. Und nicht zu vergessen die Aufstiegschancen: Nie wieder würde er in einer einförmigen Subzentrale sitzen ...

Dart betrat die chirurgische Abteilung. Zwei Roboter, trotz der massiven Chassis zierlich und schmächtig, standen nebeneinander an der Wand. Einer der Gorillaarme war bereits abmontiert. Die Plastanschlüsse der Adern baumelten lose neben den Teflon-Gelenkpfannen für die Oberarmknochen, goldene Nervenanschlußdrähte blitzten mit jedem Luftzug auf. Und hinter dem Befestigungsstutzen erkannte Dart Analog/Digital-Konverter und Servomotoren.

Dann erst erblickte er das feingliedrige, doch kräftige Paar Chirurgenhände. In diesem Augenblick glaubte sich Dart vom Computer getäuscht. Wenn nun alles ein abgekartetes Spiel war, gar keine Havarie stattgefunden hatte, der Computer nichts wollte als seinen Arm? Er hatte ja keine Beweise, die Monitoren konnten Filme oder Simulationen zeigen, alle Meldungen konnten erfunden sein, nichts hatte er selbst überprüft, nichts selbst wahrgenommen. Selbst das Wasser auf dem Gang konnte ein Trick sein. Und nun diese Chirurgenhände! Weshalb brauchte der Computer dann noch seinen Arm – der sicher nicht so geschickt, so fein aussteuerbar war?

Der Computer bemerkte Darts Mißtrauen. Eine

helle Stimme – war es die eines Kindes? – sagte: »Ja, leider konnte ich die Chirurgenhände nicht verwenden. Sie sind fest installiert. Sie können sich nicht selbst transplantieren. Und nur sie sind fähig, einen Arm mit den Nervenelektroden zu verknüpfen ... Fangen wir an.«

Der intakte Roboter legte seine Gorillapranke auf Darts Arm. Die linke Chirurgenhand griff nach einer Betäubungsspritze. Dart fiel in Ohnmacht.

Erst Stunden später erwachte Dart. Noch immer benommen, schaute er sich um. Sanftes gelbes Licht erfüllte den Raum. Die Luftliege war weich und gab bei jeder Bewegung nach. Langsam kehrte die Erinnerung zurück.

Der Arm, dachte Dart, und hob ihn unwillkürlich. Eine metallene Klaue schwang vor seinen Augen. Zitternd öffneten und schlossen sich ihre stählernen Finger ... öffneten und schlossen sich ...

Erschreckt ließ Dart sie sinken. Eine Minute schien es ihm, als flösse glühender Schmerz aus dem künstlichen Arm direkt in sein Hirn, dann fand er erneut die Kraft, die Klaue zu heben. Am ganzen Körper schwitzend, versuchte er, das Zittern niederzukämpfen, doch der kybernetische Tremor verstärkte sich nur. Erschöpfung überwältigte ihn – mit ihr löste sich die Verkrampfung. Erst jetzt gelang es Dart, Einzelteile seines neuen Armes zu unterscheiden: das stählerne Skelett, die bunten Leitungen der elektronischen Nerven, die winzigen Kapseln der Motoren, die elastischen Flächen der mechanischen Sensoren, die schwarzgrauen Elastiksehnen.

Der Computer hat dich betrogen, übertölpelt und um deinen Arm gebracht! Was nutzt dir diese zappelnde mechanische Klaue! Nie wieder wirst du so zu-

greifen können wie früher, nie wieder tasten, nie wieder streicheln ...

Tränen traten ihm in die Augen. Er wischte sie mit der linken Hand ab. Nie, nie hätte er seinen Arm opfern dürfen!

»Mein Arm«, flüsterte Dart, »wo ist mein Arm?«

Die Tür öffnete sich und ein Entscheidungsbefugter näherte sich ihm.

»Kollege Dart, es freut uns, daß Sie wieder bei Bewußtsein sind. Allein Ihrem mutigen Verhalten ist es zu verdanken, daß keine größeren Schäden aufgetreten sind. Im Namen der Unternehmensleitung möchte ich Ihnen danken. Wir werden Ihren Einsatz gebührend zu würdigen wissen.«

»Mein Arm«, flüsterte Dart erneut, »der Computer hat meinen Arm gestohlen!«

Der Entscheidungsbefugte schwieg eine Sekunde. »Ihr Arm ist leider bei den Reparaturarbeiten schwer beschädigt worden, eine Retransplantation war nicht mehr möglich. Ich bin überzeugt, Sie werden – nach einer Anpassungsphase – auch mit dem prothetischen Organ ganz gut zurechtkommen. Natürlich ist es in einigen wenigen Parametern dem biologischen unterlegen, obwohl wir für Sie selbstverständlich das beste gewählt haben. Wie Sie bemerkt haben, fehlt die Verkleidung noch. Sie wird nach der endgültigen Justierung angebracht. Ihr neuer Arm wird sich später von Ihrem alten kaum unterscheiden.«

Dart nickte, ohne überzeugt zu sein. Er spürte seinen rechten Arm, es kribbelte im Bizeps und in den Fingern, aber er hatte keinen Bizeps mehr, und seine Finger waren komplizierte Gebilde aus Metall und Plastik.

»Wenn Sie noch Fragen oder Probleme haben, Sie können sich immer an mich wenden. Hier ist meine

Nummer.« Der Entscheidungsbefugte verließ grußlos das Zimmer.

Dart richtete sich auf, er hielt seine beiden Arme gegeneinander, den neuen mechanischen und den gewöhnlichen linken. War nicht Arm gleich Arm, gleich, aus welchem Material, wenn er nur seine Funktion erfüllte? Dart schüttelte sich. Eine Welle stecknadelkopfgroßer Höckerchen lief über seine Haut – nur über die Haut des linken Armes. Selbst wenn der rechte eine Plastikverkleidung erhielt, würde diese stets bleich, haarlos und tot bleiben. Es war nicht Arm gleich Arm.

Dart stand auf und ging zur Tür. »Ich will meinen Arm zurück«, flüsterte er und wußte doch, daß dies unmöglich war, mehr noch, daß man ihm wegen der Immunbarriere auch keinen anderen menschlichen Arm anpassen konnte.

Er tappte auf den Gang. An vielen Stellen zeigten die Plastikwände Schweißnähte von Ausbesserungsarbeiten. Hinter dem nächsten Querstollen entfernte sich der Entscheidungsbefugte.

Es war alles eingeplant, dachte Dart. Weshalb sonst saßest du all die Tage untätig in deiner Zentrale, wenn nicht, um im Falle eines Falles ...

»Hee!« rief er dem Entscheidungsbefugten nach.

Ein Mund, in die gegenüberliegende Wand eingebaut, schürzte die trotz des gelben Syntheseblutes vollen roten Lippen und fragte dann sacht: »Was ist mir dir, Dart? Brauchst du Hilfe?«

Der Entscheidungsbefugte wendete auf der Stelle und kehrte zurück.

»Ihr habt mich von Anfang an als Ersatzteillieferant eingeplant!« schrie Dart voller Verbitterung, voller ohnmächtiger Wut.

»Aber Dart!« Die mechanische Hand des Entscheidungsbefugten griff nach Darts mechanischer Hand. »Sie haben sich absolut freiwillig entschieden – und richtig. Bedenken Sie, Sie haben nicht nur Millionenwerte gerettet, sondern auch Menschenleben. Und wir sind froh und stolz, fähige Mitarbeiter wie Sie an die maßgeblichen Stellen setzen zu können.«

»Auch Menschenleben?« wiederholte Dart. Unter dem ruhigen Blick des Entscheidungsbefugten verglomm seine Erregung. Er sah das Eis wieder auf dem Bildschirm hinter Sina hereinbrechen, er sah die Roboter im Gang, zum Teil zerfetzt, ihre menschlichen Arme aus der Halterung gerissen, herabhängend. Er sah das Wasser, das in den Schächten stieg, Menschen, die darin mit dem Tode rangen.

»Und Sina?«

»Wir haben noch keinen Überblick«, antwortete der Entscheidungsbefugte sachlich.

Dart ahnte, was die ausweichende Auskunft bedeutete. Ein bitterer Geschmack bildete sich in seinem Mund. Nicht, daß er direkt in sie verliebt gewesen wäre ... Was half es, er mußte die Fakten akzeptieren, so oder so.

»Sie werden den Schock überwinden, Dart. Und weiterhin Ihren Beitrag zur Erschließung Antarktikas leisten.«

Der Entscheidungsbefugte drückte Darts Hand. Und Dart spürte diesen Druck – nur die Wärme fehlte.

»Überhaupt haben Sie bewunderungswürdige Haltung und Einsicht gezeigt, Kollege Dart. Ich nehme an, Sie werden viel erreichen. Vielleicht taugt Ihr Gehirn – von allem emotionalen Ballast gereinigt – nach dem Tod Ihres Körpers sogar zu einem Entscheidungsbefugten? Denken Sie darüber nach.«

Das feine Summen der Motoren ertönte. Auf dem

plastikverkleideten Chassis, das sein Denkorgan, ein Menschenhirn, barg, rollte der Entscheidungsbefugte den Gang entlang.

Dart sah ihm stumm nach. Aus der Wand beobachtete ihn ein Augenpaar. Die Lider trugen metallicgraue Wimpern.

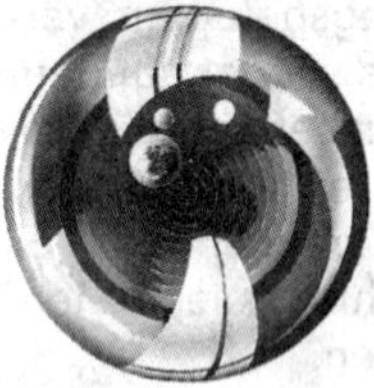

Der Schwarze Kasten

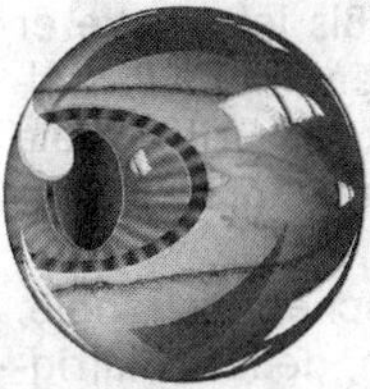

Brons schnaufte leise. Er war erwacht, doch noch immer benommen. Warm lag die weiche Decke auf ihm. Zu warm – er strampelte sich frei. Helles Licht malte die Silhouette des Fensters auf den Vorhang. »Sonne«, sagte Brons, »Sonne scheint.« Er lächelte wohlig.

ACHTUNG! SIE SIND GEWECKT WORDEN! STECKEN SIE IHREN SHUNT AUF! – ACHTUNG! SIE SIND GEWECKT WORDEN! STECKEN SIE IHREN ... Ununterbrochen wiederholte die Stimme ihren Befehl.

Brons drehte sich suchend um. Im Bett neben ihm lag seine Frau. Sie schlief. Brons versuchte, ihren Namen zu sagen, aber er war zu unruhig dazu. Die Stimme dröhnte fordernd in seinem Kopf. Er wälzte sich zur anderen Seite. Sein Blick traf einen kleinen anthrazitfarbenen Kasten, der auf dem Nachtschränkchen in einer Halterung klemmte. Eine überwältigende Kraft ging von ihm aus.

»Schwarzer Kasten«, sagte Brons und griff nach ihm. Die Bewegungen gelangen mühelos, ja automatisch. Er sah die Bildchen auf dem Kasten: Pantoffeln, Zahnbürste, Messer und Gabel. Sie waren bunt und verlockend. Geübt zog Brons die Schutzkappe von der haarfreien Stelle, der Tonsur, und steckte das Kästchen auf seinen Kopf. Der Befehl verstummte.

Hellwach richtete Brons sich auf. Bis jetzt hatte er den Zeitplan eingehalten. Gina wecken! In die Pantoffeln steigen. Ins Bad! Auf dem Weg ein Griff an die Steuerleiste neben der Tür, Musik erklang, der Morgenstunde angemessen.

Das Programm Toilette lief an. Duschen, kalt, heiß, kalt, heiß, kalt, in genau berechneten, dem Schläfrigkeitsgrad entsprechenden Intervallen. Heißluft. Pflege der Tonsur. Zähneputzen. Ausspülen des Rachens mit einem Bakteriostatikum. Deodorant. Ohren säubern. Pediküre. Rasieren. Gesichtsmassage. Pikkelbeseitigung. Tagesschutzcreme. Maniküre. Fertig.

Brons lief programmgemäß zurück in das inzwischen frisch durchlüftete Schlafzimmer. Das Programm Anziehen startete.

Brons ging zum Kleiderschrank und tastete die den Tagesaufgaben entsprechende Kleidungswahl in die Steuerleiste des Schrankes. Dieser öffnete sich und gab die gewünschten Stücke frei.

Überziehen, Überstreifen, Hineinfahren. Unterbekleidung, Oberbekleidung. Öffnen, Schließen. Häkchen, Ösen, Knöpfe, Schnallen, Reißverschlüsse, Klettverschlüsse, Knoten, Schleifen, Druckknöpfe, Gummizüge.

Während Brons' Hände flink und sicher über die Verschlüsse tanzten, formte sich in seinem Gehirn schwerfällig und langsam eine Erinnerung. »Heute keinen Shunt aufstecken ...«, murmelte er vor sich hin. Hatte er nicht gestern den Wunsch verspürt, auf den Shunt zu verzichten? Ja, irgendwann einmal. Nicht heute. Alles war so mühsam ohne Shunt.

Inzwischen hatten seine Hände ihn mit mathematischer Präzision angezogen.

Brons ging in die Küche, absolvierte das Programm FRÜHSTÜCK BEREITEN, das mit dem entsprechenden Programm Ginas synchronisiert war. Dann setzten sie sich an den gedeckten Tisch, das Salz stand neben den Eiern, das Brot sprang hellbraun aus dem Toaster, es roch nach Kaffee. Und das Telejournal brachte lustige Bildchen.

Das Programm FRÜCKSTÜCKEN lief an. Energieverbrauch, Gesundheitszustand, Spurenelementehaushalt, Hormonspiegel, Vitaminanforderungen, Steuerung der Verdauungsleistung ... Drei Sekunden Rechenzeit für den Shunt. Brons arbeitete die Vorgaben mit gewohnter Genauigkeit ab. Der Eierbecher blieb halb voll.

»... Dasein komplexer geworden«, sagte der Mann im TV. »Die Urmenschen führten ein einfaches Leben. Waren sie hungrig, verließen sie ihre Höhlen und erjagten das nächstbeste Mammut.«

»Bildungsprogramm«, sagte Gina. Das stimmte, aber mit dem Morgen-Shunt konnten sie die dargebotene Information nicht adäquat verarbeiten. Das war auch nicht nötig. Brons lachte laut über die in komischen Fellen steckenden Menschen, die aus Löchern krochen, in der Gegend herumrannten, dann Stangen auf einen zotteligen Elefanten warfen. Und wie sie schmatzten. Es schmeckte Brons.

»Arbeitswissenschaftler haben herausgefunden, daß sich der Tagesablauf eines modernen Menschen aus 293, ja, fast 300 Programmen zusammensetzt. Sie nennen sie dynamische Stereotypen. Das Leben ist enorm kompliziert geworden, so kompliziert, daß der Mensch es allein nicht mehr effektiv meistern könnte. Zum Glück gibt es Maschinen, die uns helfen, und die Shunts, die uns die schwierigsten Situationen beherrschen lassen. Die alles Wissen vermitteln, das wir brauchen, um uns in unserer technischen Welt zurechtzufinden.«

Brons hörte nicht hin. Es war lustig, zu sehen, wie das Männlein schnell und eckig durch die Wohnung rannte, dann in irgendwelchen Papieren herumstöberte, an Maschinen herumfummelte, alles schnell und eckig. »Arbeitet gut«, sagte Brons und war heilfroh, daß er, immer wenn es darauf ankam, sich auf einen Shunt verlassen konnte.

Mit Essen, Tischabräumen und Spülen erschöpfte sich die Programmroutine. Brons und Gina verfügten über sieben Minuten Reservezeit. Sie blieben stehen wie abgelaufene Uhren und schauten sich an.

»Weiter Fernsehen«, schlug Brons behäbig vor. Sie setzten sich wieder und starrten auf die grellbunte Scheibe.

»Ursprünglich dienten die Shunts dazu, dem Menschen ausgefallene geistige Leistungen abzunehmen, das Übersetzen von Fremdsprachen zum Beispiel. Die Shunts waren damals noch groß und schwer und nur über zwei, drei Elektroden an das Gehirn angeschlossen.«

Ein Mann im dunklen Anzug kam ins Bild und schnatterte schnell hintereinander die seltsamsten Laute. Wie aufgezogen. Gina kicherte und versuchte, die Laute nachzuahmen.

Plötzlich erkannte Brons, daß der Mann einen riesigen schwarzen Shunt trug. Das erinnerte ihn an etwas. An etwas sehr Wichtiges, etwas Lebenswichtiges. Doch woran nur?

»Schwarzer Kasten«, rief Brons und zeigte aufgeregt auf die Scheibe. »Schwarzer Shunt.« Aber sein Shunt half seinem Gedächtnis nicht nach. Laut hallten

345

die beiden Worte in Brons' Kopf: Schwarzer Shunt. Unvermittelt, als wäre ein Programm angelaufen, erinnerte er sich: Er hatte den *Schwarzen Shunt* gejagt, den Shunt, der sich in sein Opfer verkrallte ... Brons erschauderte. Instinktiv tastete er nach seinem Hinterkopf. Der Shunt fühlte sich glatt und kühl und beruhigend an.

»... später benutzte man Shunts, um die Leistungen von Sportlern oder Künstlern aufeinander abzustimmen. Allmählich setzten die Shunts sich durch, die Vorurteile waren überwunden. Jeder, der sich irgendwie unvollkommen fühlte, ließ die harmlose Operation an sich vollziehen und steckte den Shunt auf, der ihn vollkommen machte.«

Rechts vor dem Geschäft wartete eine lange Reihe mürrischer, müder Menschen, sie drängelten und schimpften. Links traten sie dann munter aus der Tür, glücklich und – beshuntet.

»Schwarzer Kasten«, murmelte Brons verdrossen. »Schwarzer Shunt.« Das Gefühl der Unruhe steigerte sich, je länger Brons' Shunt kein Programm abarbeitete. Muß überlegen, dachte Brons, wollte heute keinen Shunt aufstecken. Warum? Überlegen, nachdenken ...

Abrupt erlosch das Bild, die Reservezeit war um. »Schade«, sagte Gina. Und Brons' undeutliche und beängstigende Erinnerungen setzten aus. SHUNT WECHSELN!

Brons erhob sich unwirsch und schlurfte in den Korridor. Mit der Personalkarte löste er die Sicherung seiner privaten Shunt-Bank. Er überflog ihren Inhalt und wählte zielsicher den Shunt mit dem grauen Auto: Weg zur Arbeit. Brons nahm wie stets den neuen Shunt in die rechte Hand, griff dann mit seiner linken zum Kopf, zog den alten aus dem Sockel. Die begonnene Handlung setzte sich mechanisch fort. Brons steckte den neuen Shunt auf. Das Programm Wohnung verlassen lief an.

Überprüfen der Fenster, Check des Heimcomputers, Kontrollgang. Überbekleidung. Personalkarte um den Hals hängen. Türöffnungscode. Hinaustreten, Türschließcode. Verabschieden, Gina küssen, für Tageslänge, also zweimal. Gruß. Fertig.

Ihre Wege trennten sich direkt vor der Wohnungstür. Gina lief zu Lift 2/14C, Brons zu 2/17A. Der Shunt leitete ihn. Dazu waren Shunts da. Denn allein finden Menschen nicht immer den kürzesten Weg. Oder vergessen, wohin sie wollten.

Im Lift war Brons sekundenlang ohne Programm. Fremde Männer und Frauen drängten sich um ihn.

»Guten Morgen«, sagte Brons. »Guten Morgen«, echoten sie. Weder Shunts noch Menschen nutzten die Sekunden im Fahrstuhl aus. Auch Brons nicht, der sich daran erinnerte, daß er etwas überlegen wollte. Dann knackte es in seinen Ohren, und er mußte schlucken. Plötzlich sank Brons in die Knie, und das sanfte Sausen verstummte. Die Tür öffnete sich, und der Shunt übernahm wieder die Führung. In der Tiefgarage standen Hunderte von Wagen. Zielstrebig ging Brons auf seinen zu, öffnete ihn, indem er die Personalkarte in den dafür vorgesehenen Schlitz schob.

Das Programm Autofahrt setzte ein. Startpunkt, Zielpunkt. Verkehrsdichte auf den Straßen. Sperrungen. Umleitungen. Unfälle. Staus. Die grünen Wellen des morgendlichen Stoßverkehrs. Geschwindigkeit auf den Straßen, Wegpräferenzen. Einfluß der Witterungsbedingungen. In weniger als zwei Sekunden kalkulierte der Shunt die optimale Trasse.

Brons fuhr an, kurvte aus der Garage, bog in die

Schnellstraße ein, die die Schlafstadt mit der City verband. Wo einst knallbunte Werbeflächen kilometerweit die Straßen säumten, flog nun die lückenhafte Reihe der angerosteten stählernen Gerüste an Brons vorbei. Nur an zwei, drei Stellen hingen noch bis zur Unkenntlichkeit vergilbte und verschlissene Plakate in ihnen. Weder Brons noch sonst ein Fahrer ließ sich ablenken.

Endlich bog Brons in den Hof des großen, grauen Gebäudes ein, fuhr den Wagen auf die zweite Parkterrasse und stelle ihn ab. Fertig.

Pünktlich auf die Minute fand Brons durch das Ganggewirr zur Shuntausgabe. »Guten Morgen, Herr Inspektor«, empfing ihn die Ausgabespezialistin. »Heute ist Ihr letzter Tag in dieser Profession.«

Brons nickte, es war ihm gleichgültig. Er wechselte jede Woche den Beruf. Alle Menschen wechselten jede Woche den Beruf. So wurde das Gleichheitsprinzip auch in der Arbeitswelt durchgesetzt. Es funktionierte. Mit dem richtigen Shunt funktioniert alles.

»Warten Sie, ich helfe Ihnen«, sagte die Spezialistin geschäftsmäßig. Brons neigte ein wenig seinen Kopf, sie zog den Shunt heraus und steckte sofort den neuen auf den Sockel. Inspektor Brons dankte kurz.

Zwei Minuten später betrat er sein Zimmer und nahm hinter dem Schreibtisch Platz. Der Summer verkündete den Beginn der Arbeitszeit. Erst jetzt wurde der Inspektor-Shunt voll aktiv. Das Programm FALLREKAPITULATION startete.

Tatkategorie: Mord. Opfer: Mack, Inspektor der Shunt-Polizei. Tatort: Büro des Inspektors. Todesursache: Hirnschlag. Bericht des Pathologen (wörtlich): »Ein normaler Schlaganfall ist so gut wie ausgeschlossen. Der Befund deutet auf eine äußere Einwirkung hin.« Verdächtige: keine. Indizien: keine. Zeugen:

Macks Inspektor-Shunt, wiederholte Zeugenbefragung bislang ergebnislos.

Nun saß Inspektor Brons auf Macks Sessel, an Macks Schreibtisch und trug Macks Shunt. Wenn in diesem unauffällige Fakten gespeichert waren, die alles erklären würden, dann mußte man sie nur auffinden. Vier Tage suchte Brons sie schon vergeblich. Er war nicht der erste Inspektor, der danach suchte. Und alles sprach dafür, daß er auch nicht der letzte sein würde. Der Shunt war eben stärker als der Mensch. Es sei denn, der Mensch nahm einen Hammer. Aber das war verboten.

Das Programm POSTEINGANG schaltete sich ein. Zirkulare. Formulare. Anweisungen. Abrechnungen. Termine von Besprechungen. Angeforderte Akten. In echtem Papier, als Mikrofiche, als ROM-Speicherblock.

Brons' Hände trugen den schmalen Stapel im Eingangskasten ab, verteilten ihn auf Ablagen, Schubkästen, den Papierkorb und die Ecken seines Schreibtisches. Währenddessen speicherte sein Shunt den Inhalt, korrigierte Dienstanweisungen, nahm Vorgänge wahr, ergänzte Akten, stellte Daten bereit für die Planung des Tagesarbeitsprogramms. Fertig.

Erst als Brons die tägliche Routine zu Arbeitsbeginn durchlaufen hatte, ließ er seinen Blick frei durchs Zimmer schweifen. Die Sonne schien auch hier durchs Fenster, das Regal war mustergültig aufgeräumt, alles strahlte die Ordnung aus, die allein eine erfolgreiche Detektivarbeit ermöglicht, alles – bis auf Brons' Schreibtisch. Inmitten der akkuraten Aktenstapel und sauberen Mitteilungsscheine lag genau im Zentrum der milchigen Schreibunterlage ein häßlicher Notizzettel, an keiner Seite beschnitten. Inspektor Brons griff ihn mit spitzen Fingern.

Ein paar Kritzel waren da zu sehen, krumme Hieroglyphen, darunter ein unförmiges Strichmännchen mit einem riesigen, schwarz schraffierten Kasten im Genick. Shunts dieser Größe existieren nicht, schaltete sich das Berufswissen des Inspektor-Shunts ein. Kommentar: Der Zettel ist irrelevant. Er ist von einem unbeshunteten Menschen gezeichnet worden.

Brons griff zu Stift und Lineal, strich den Zettel mit einem sauberen diagonalen Kreuz durch und wollte ihn in den Papierkorb werfen. Plötzlich stutzte er, er kannte dieses Stück Papier, unbedingt, und – das war an ihn gerichtet, wollte ihm, Brons, etwas sagen, etwas, wovon viel, sehr viel abhing ...

Brons versuchte sich zu erinnern, doch die ROMs des Inspektor-Shunts hatten nicht ein Bit über diesen Zettel gespeichert. Wie war das nur heute morgen, versuchte er zurückzudenken, da war doch etwas Großes, Wichtiges ...

Endlich, nach langer Verzögerung, setzte das Dechiffrierprogramm ein. Zeichen werden Zeichen und Bedeutungen zugeordnet. Texte ergänzt. Die strukturelle Entropie, die Redundanz bestimmt. Zeichenhäufigkeiten für die kryptographische Charakteristik ermittelt. Die geläufigsten Codes probiert. Das Programm stoppte. Die Krakel blieben Krakel, unentzifferbar für den Shunt.

Inspektor Brons warf den Zettel unbefriedigt in den Papierkorb und griff eine längere Expertise über Trends in der Kriminalitätsentwicklung und die Möglichkeiten der Herstellung von absolut gesetzestreuen Shunts. Der Inspektor-Shunt speicherte die Informationen in Sekundenschnelle. Brons' Gehirn hatte nichts mit der Expertise zu tun. Was gingen ihn die Trends an? Sie zu interpretieren war Sache des Shunts. Und wieder nahm die Unruhe Besitz von

Brons. Ein bekannter/unbekannter Zettel auf seinem Schreibtisch!

»Wer war das bloß?« fragte Brons so laut, daß er selbst erschrak. In der nicht mit dem Lesen der Post beschäftigten Zentraleinheit des Shunts lief das Programm DEDUKTION DES TÄTERS an.

Zutrittsmöglichkeiten zum Raum. Verwendete Materialien (Papier, Bleistift). Abschätzung der Liegezeit des Zettels. Induktive Schlüsse. Vermutliches Tatmotiv: unbekannt. Vermutliche Tatzeit: gestern, Arbeitsschluß. Vermutlicher Täter: Brons. Fertig.

Es dauerte eine Weile, bis Inspektor Brons begriff. Er fischte den Zettel aus dem Papierkorb, blickte sinnierend darauf. Langsam verschwomm das Bild vor seinen Augen. Rückte in weite, weite Ferne. »Erinnern«, befahl sich Brons, »muß mich erinnern.«

Aber kein Shunt half ihm. In seinem schwammigen Gehirn existierte kein Gestern und kein Tag davor. In seinem schwammigen Gehirn existierte fast nichts. Nichts bis auf diese Unruhe und das Gefühl, das Wichtigste vergessen zu haben.

»Muß was machen«, stöhnte Brons, »was macht man da?« Prompt kalkulierte der Shunt die erfolgversprechendste Untersuchungsstrategie. Die Krakelei mußte sich unterhalb der Wahrnehmungsschwelle des Shunts in Brons' Gehirn vorbereitet haben. Nur ein Nachvollzug dieses Prozesses konnte seine Motive erhellen. Ein Wiederholen des gestrigen Tagesablaufes war daher die optimale Vorgehensweise.

Die Last wich von Brons. Er atmete auf. Nun wußte er, was zu tun war.

Brons erhob sich entschlossen. Der Shunt führte ihn zu seinem Dienstwagen und fuhr ihn zum Vergnügungspark. Ein breiter Streifen echter Bäume schloß diesen ein und isolierte ihn gegen den Lärm und die

Abgase der nahen Straßen. Unter den Bäumen war es nicht so hell und angenehm frisch.

Brons sagte: »Schön hier.« Dann sagte er: »Bäume, viele grüne Bäume.« Das traf zu. Der Inspektor warf einen schnellen Blick auf die kleinen Zusatzshunts, die ein Junge von vielleicht zehn Jahren an seine Kameraden verteilte. Sie waren dem Augenschein nach in Ordnung: Räubershunts, Gendarmenshunts und einige Indianershunts. In einem Baum saßen Meisen und pfiffen abwechselnd das Lied des städtischen Fußballvereins, die Nationalhymne und »Little Boxes«. Ihre Shunts hatten kein größeres Repertoire.

Auf der Wiese lagerten Menschen. Einige aßen mitgebrachte Brötchen und verteilten die Reste an herbeigeeilte übergewichtige Spatzen und schwerfällige Eichhörnchen, andere spielten Federball. Die Spiele dauerten lange, denn keiner der Shunts beging einen Fehler. Genau in der Mitte der Wiese stand ein Mann auf übereinander geschichteten Kisten. Obwohl er wild mit den Händen fuchtelte, beachtete ihn niemand. Inspektor Brons maß ihn mit einem kritischen Blick und hörte seinen geifernd hervorgestoßenen Worten zu.

»Reiß dir den Shunt vom Nacken, Bruder, und zertritt ihn. Zerstöre ihn, vernichte ihn. Dein Shunt ist dein Unglück, er frißt deine Seele, saugt dir das Blut aus dem Gehirn! Brenne seinen Sockel aus, Bruder, daß der böse Geist, der *Schwarze Shunt*, nicht Macht über dich gewinne ...«

Ein heller Funke des Schmerzes schoß bei der Erwähnung des *Schwarzen Shunts* durch Brons' Kopf. Er japste nach Luft und wich instinktiv von dem gefährlichen Propheten zurück.

»Siehst du die Vöglein unter dem weiten Himmelszelt, sie säen nicht und ernten doch. Was brauchst du den Shunt, Bruder, reiß ihn dir ab, auch ohne ihn ...«

Brons erinnerte sich an den nunmehr verklungenen Schmerz, er kannte ihn, er verhieß nichts Gutes, Brons mußte fliehen, weg, weg ...

Aber der Shunt startete das Programm ÜBERPRÜFEN DES VERDACHTS AUF EIN DELIKT. Typ der verdächtigten Handlung. Tatumstände. Die Propagandaparagraphen. Gesetz über die allgemeine Beshuntung. Arten der Zuwiderhandlung. Aufruf zur Gesetzesverletzung.

Eine besondere Überprüfung wurde notwendig. Inspektor Brons umkreiste vorsichtig und in weitem Bogen den wirren Propheten.

»... mach es wie ich, Bruder«, schrie der, »reiß dir den Shunt vom Nacken, Bruder, und zertritt ihn, zerstöre ihn, vernichte ihn ...«

Durch die übermäßige Lockenpracht des Geifernden war deutlich ein Standard-Shunt zu erkennen. Damit stand der Sachverhalt fest. Der Mann bewies schlicht die herrschende Meinungsfreiheit.

Brons wandte sich enttäuscht ab. Hier erfuhr er nichts über den rätselhaften Zettel, kein Indiz ergab sich, kein Anhaltspunkt. Als Brons zurücklief, ordnete sich die Welt vor seinen Augen. Alles stimmte bis ins kleinste Detail, alles war ihm bekannt, die Menschen, die Tiere, der Wald, selbst der Prophet. Und auch der erlebte Schmerz fügte sich harmonisch in das Bild.

»War schon hier, war schon mal hier«, murmelte Brons.

Das Programm ÜBERPRÜFEN VON HYPOTHESEN lief an. Konsistenztest. Stützende Fakten. Widersprechende Fakten. Abschätzung der induktiven Wahrscheinlichkeit. Implikationen. Ergebnis: Hypothese richtig. Laut Protokoll-RAM des Shunts hatte Inspektor Brons an jedem Tag der letzten Woche den Park aufgesucht. Fertig.

»Aber wieso?« fragte Brons seinen Shunt, dann begriff er. Er hatte jeden Tag genau den gleichen Weg zurückgelegt. Eine schnelle strategische Abschätzung ergab, daß er dann auch heute kein Ergebnis erzielen würde, daß er wahrscheinlich unbeshuntet am Abend wieder den gleichen geheimnisvollen Zettel kritzeln – und ihn nicht verstehen würde. Der Shunt errechnete, daß allein eine Abweichung von der Routine eine 57,2prozentige Erfolgsaussicht versprach. Nur Shunts können das so genau errechnen.

Inspektor Brons kehrte an seinen Schreibtisch zurück. »Fehlschlag«, sagte er und faßte damit seinen Eindruck zusammen. »War ein Fehlschlag.« Kaum saß Brons, schrillte eine Klingel. Der Ton löste ohne den Umweg über sein Gehirn eine Reaktion des Shunts aus.

Das Programm PAUSENGYMNASTIK blockierte seine Gedanken. Lockerungsübung 20 Sekunden, auf der Stelle laufen 40 Sekunden, Armübungen, Kniebeugen, Kopfrollen, Rumpfbeugen, Kopfstand je 10 Sekunden. Rumpfheben, Lockerungsübung ... Fertig.

Da die Übungen auf Brons' Leistungsvermögen abgestimmt waren, beruhigten sich Atem und Herzschlag schnell. Nur falsch justierte Shunts waren gefährlich. So hatte sich schon mancher beim Sport ruiniert.

Inspektor Brons schnaufte und ließ sich in den Sessel fallen. Der TV schaltete sich ein. Eine der täglichen Belehrungen.

»Oberste Priorität«, sagte der überschwenglich uniformierte Generalinspektor der Shuntpolizei, »oberste Priorität bei all unserer Arbeit besitzt die Jagd nach dem *Schwarzen Shunt*. Das ist der gefährlichste

Shunt aller Zeiten. Der Supershunt. Er kann sich in jeder Hülle verbergen: als männlicher oder weiblicher Shunt, als Wagenführshunt oder Kochshunt, als grüner Shunt oder blauer. Deshalb ist höchste Wachsamkeit geboten. Der *Schwarze Shunt* ist kein gewöhnlicher krimineller Shunt, er wird eher unter der Maske eines völlig durchschnittlichen, alltäglichen Shunts auftreten. Was aber ist das Kriminelle am *Schwarzen Shunt*? Er arbeitet auf kein anderes Ziel hin, als sich alle Menschen zu unterwerfen. Der *Schwarze Shunt* besitzt die Grundeigenschaft aller Lebewesen: Er vermag sich zu vermehren. Jeder *Schwarze Shunt* ist darauf bedacht, die Menschen zu veranlassen, weitere *Schwarze Shunts* herzustellen.«

Inspektor Brons war in seinem Sessel zusammengesackt und wimmerte. Der Kopfschmerz, der ihn plötzlich befallen hatte, ließ nur langsam nach. Brons verspürte nicht die geringste Lust, den *Schwarzen Shunt* zu jagen, allein bei dem Gedanken daran wurde es ihm rot vor Augen. Unwillkürlich erinnerte er sich an ein Detail aus der Akte des ermordeten Inspektors Mack: Dieser hatte den *Schwarzen Shunt* gejagt! Alle Inspektoren jagten den *Schwarzen Shunt*. Auch Inspektor Brons. Brons' Shunt kalkulierte sofort die Wahrscheinlichkeit, daß die Jagd auf den *Schwarzen Shunt* mit dem seltsamen Todesfall zusammenhing. Sie betrug $3{,}2 \times 10^{-12}$. Also rund null. Brons fragte nicht, wieso die Wahrscheinlichkeit so gering war. Brons fragte überhaupt nicht. Er stöhnte über die wieder anschwellenden Schmerzen, die sich von der Stirn zum Nacken hinzogen.

»Rund null«, wiederholte Brons stöhnend die Zahl, die noch immer in seinem Kopf klang, denn von ihr ging eine beruhigende Wirkung aus, eine Wirkung, wie sie nur von Zahlen ausgehen kann.

Der TV lenkte die Aufmerksamkeit auf sich. Das Bild flackerte eine Sekunde. Die bereits hundert Male abgespielte Aufzeichnung wurde durch eine neue abgelöst.

»In Anbetracht der Kompliziertheit und des Umfanges unserer Aufgabe hat sich die Regierung entschlossen, die Shuntpolizei um weitere zehntausend Mitarbeiter zu verstärken. Bedenken Sie: Wir alle haben eine Aufgabe von oberster Wichtigkeit: den *Schwarzen Shunt* zu jagen.«

Brons stöhnte erneut auf. Ehe das Bild erlosch, fiel ihm auf, daß der Generalinspektor einen viereckigen schwarzen Shunt am Kopfe trug. Die meisten Shunts waren viereckig und schwarz. Trotzdem bemerkte es Brons. Überall sah er schwarze Shunts. In seinem eigenen lief ein einfaches, exponentielles Extrapolationsprogramm. In 22 Jahren, 3 Monaten, 8 Tagen und 21½ Stunden würden alle Menschen, auch Greise und Kinder, Mitglied der Shuntpolizei sein. Der *Schwarze Shunt* hatte wirklich keine Chance.

Das Programm AKTEN ORDNEN lief an. Abstauben, Durchblättern, Einfügen, Korrigieren, Ergänzen. Umheften, Umsortieren, Durchnumerieren. Kreuzbezüge. Orthographische Fehler, sachliche Fehler, logische Fehler, Verfahrensfehler, grammatikalische Fehler, stilistische Fehler, Ordnungsfehler, Papierfehler – alles wurde überprüft, alles stimmte. Zu und fertig.

Stunden waren so vergangen. Inspektor Brons' Fingerspitzen sahen schwarz aus. Er wusch sich den Staub ab.

»Schlechte Luft hier«, sagte er und öffnete das Fenster. Die Sonne schien noch immer auf Menschen und Shunts.

»Will lieber rausgehen«, artikulierte Brons seinen Wunsch. Sein Shunt kam ihm zu Hilfe. Wie vereinbart, wählte er mit dem Zufallsgenerator eine neue, optimale Strategie aus.

Der Weg führte ihn in die Unterstadt. Dort geschahen die meisten Verbrechen. Wie hieß es doch: Wer Shunts verfälscht oder nachmacht oder sich verfälschte oder nachgemachte verschafft – den findet man in der Unterstadt.

Inspektor Brons verließ den Dienstwagen und bog in die erste Seitenstraße ein. Über den Geschäften fehlten die Schilder, oder sie waren beschädigt.

»Fernsehreparaturen«. Die Fernseher, die man hier bis zu der letzten Razzia repariert hatte, wurden auf den Kopf gesteckt. Und die Programme, die sie in sich trugen, konnten einen Mann für viele Tage ins Land der süßen roten Träume schicken. Aber darauf beanspruchte der Staat das Monopol.

»Bastlerbedarf«. Bastler! Hier konnte man für viel Geld und auf Empfehlung komplette Chips kaufen. Die wurden dann in Küche oder Keller aufprogrammiert – zum heimgemachten Mikroprozessor für den frisierten Privatshunt. Der einem vielleicht vorgaukelte, von Haus zu Haus fliegen zu können. Plautz und aus.

»Elektronische Fahrradgetriebe schonen Muskelkraft und Ketten«. Im Geschäft hinter diesem Schaufenster feilten sie die Stifte der Shunts ab und setzten neue an. Perverse des ganzen Landes trafen sich hier: »Können Sie mir nicht einen weiblichen Shunt beschaffen – mit männlichen Anschlüssen?«

Jetzt am Tage lagen die Straßen still da. Die Läden waren seit dem letzten oder vorletzten oder vorvorletzten Polizeieinsatz versiegelt. Manche Schlösser rosteten schon. Andere Türen hingen schief in den Angeln, die Fenster waren eingeschlagen: die Werkstatt ausgeraubt. Spuren davon auf der Straße, zertretene Chips, abgebrochene Stifte, zerbrochenes Werkzeug, Plastfetzen.

In der Dunkelheit lebte die Unterwelt auf, und wehe, ein Fremder verirrte sich hierher. Selbst Polizeipatrouillen wagten sich dann nur in Rollkommandostärke vor.

Inspektor Brons lief langsam durch die Straßen. Der Shunt stimulierte sein Aufmerksamkeitszentrum. 150 mV, Sägezahnimpulse, alle 10 Sekunden. Ihm entging nichts. Weder die Bewegung im Hintergrund eines der ausgeraubten Läden: eine Ratte; noch der feine Geruch: irgendwo wurde gelötet.

Das Programm VERBRECHER AUFSPÜREN schaltete sich ein. Brons' Shunt schätzte die Windrichtung ab. Er verfolgte den zarten Geruch erhitzter Plaste und geschmolzenen Zinns. Leise Geräusche drangen an sein Ohr: das Rascheln von Papier im Wind, menschliche Schritte drei Straßen weiter, klappernde Fensterläden. Dann betäubte ein vorüberfliegender Jet sein Gehör für Minuten. Im Hintergrund brodelte der Verkehr in den belebteren Stadtteilen. Schwer beladene Schlepper zogen den Fluß hinauf. Abgefallener Putz formte geologische Strukturen an Häuserwänden, Feuchtigkeit war weit im Mauerwerk aufgestiegen.

Leise schritt Brons aus. Der Geruch verstärkte sich, außerdem erkannte er Zwiebeln, Benzin, Fäkalien, Moder. Metall klickte auf Metall. Inspektor Brons war seinem Ziel nahe. Sein Atem ging ruhig und gleichmäßig und vor allem lautlos. Ein Durchgang. Entfernt schepperte es. Inspektor Brons stand in dem verdreckten Hausflur und orientierte sich. Folgte weiter dem Geruch, hörte dann wieder die Arbeitsgeräusche, Metall schlug auf Metall, Plast auf Metall. Die Tür im ersten Stock war nicht verschlossen. Aber Brons öffnete sie erst, als das nächste Flugzeug vorüberzog. Die abgewetzten Dielen im Flur knarrten hörbar. Der Protokoll-RAM in Brons' Shunt, eine Weiterentwicklung der Fahrtenschreiber, schaltete auf Feinaufzeichnung um und notierte die Staubfussel in der Flurecke.

Der Shunt schloß, daß es sich bei dem Menschen im Nachbarzimmer, vormals Küche, um einen Mann, etwa dreißig Jahre alt, handelte.

Das Programm VERBRECHER AUFSPÜREN wurde durch das Programm FESTNAHME abgelöst. Der Mann hinter der Tür erhob sich, der Stuhl scharrte über den Boden. Inspektor Brons stieß die Tür weit auf. Der Mann drehte sich schlagartig um, schleuderte ein Messer auf Brons.

Das Programm ACTION ließ Brons zur Seite ausweichen (0,2 Sekunden), dann warf er sich nach vorn (0,3 Sekunden), Sprungphase (0,5 Sekunden). Beim Aufsetzen drehte er seinen Oberkörper, so daß der Stich mit dem Schraubenzieher ihn um 10 cm verfehlte. Er ergriff den vorschnellenden Arm (0,3 Sekunden), riß ihn nach hinten (0,2 Sekunden), dann langte er nach dem Shunt des Verdächtigen und zog ihn heraus (0,8 Sekunden). Der Widerstand des Verhafteten erlosch sofort, der Kampf hatte 2,3 Sekunden gedauert. Wie gewöhnlich hatte der bessere Shunt gewonnen.

Inspektor Brons sprach die Festnahmeformel aus und unterrichtete den Bastler, daß jedes seiner Worte und jede seiner Bewegungen aufgezeichnet würden und als Belastungsmaterial verwertet werden könnten.

»Mich ... trifft ... keine Schuld.« Mühsam holte der Festgenommene die Formel aus seinem Gedächtnis hervor. Er wischte sich die Hände am blauen Kittel ab. »Dieser verbrecherische Shunt ist verantwortlich.

Hat mich verleitet. Ich konnte mich nicht dagegen wehren.«

So reden alle ertappten Verbrecher. Der Verhaftete setzte sich auf einen Stuhl in der Ecke, kramte einen Bonbon aus der Hosentasche und steckte ihn sich in den Mund.

Inspektor Brons beachtete ihn nicht, auch auf Handschellen verzichtete man längst. Unbeshuntet hatte der Festgenommene keine Fluchtchance. Vielleicht war er ohne Shunt tatsächlich zu keiner kriminellen Handlung fähig.

Wer ist schuld: Mensch oder Shunt? Über diese Frage stritten sich die Rechtsgelehrten und ihre Shunts bereits seit Jahrzehnten. Brons interessierte das nicht. Er hatte einmal gehört, daß die Shunts die menschliche Freiheit vergrößern, weil sie die Einsicht in die Notwendigkeit vertiefen. Aber das hatte er sofort wieder vergessen. Kann sein, daß sich darum die Philosophen-Shunts stritten. Neuerdings stellte man fest, ob ein Shunt kriminelle Neigungen hatte, indem man ihn einem gerichtlich geprüften gesetzestreuen Normalmenschen aufsteckte. Aber auch dieses Verfahren war umstritten.

Brons' Shunt hingegen beschäftigten diese Fragen nicht. Er tastete mit Brons' Augen den Arbeitstisch ab – sie schweiften von links nach rechts, setzten eine Zeile tiefer. Ein einfaches Scanning, dessen Ergebnis der Protokoll-RAM speicherte.

Auf dem Arbeitstisch fand sich eine Programmiereinrichtung mit veraltetem Display, auf ihm waren noch die letzten Zeilen eines Programmblocks zu lesen. Ein Lichtmikroskop stand daneben, ein Chip mit abgebrochenen Beinen lag auf dem Objektträger. Über eine Spezialeinrichtung, die mechanische Eingriffe in die Halbleiterlogik der Chips gestattete, verfügte der Bastler nicht. Neben den Werkzeugen lag ein fast fertiger Shunt, auf die Platten aus Ticky-Tocky-Plast waren einige Dutzend Chips montiert. Ohne ein Experte zu sein, unterschied Brons' Shunt die Zentraleinheit, die breiten Bänder der Datenbusse, den Zeitgeber, die Stromversorgung, die langen Chips der Speicher, Lesespeicher (ROM), Arbeitsspeicher (RAM). Speicher, die zu Protokollzwekken dienten, fehlten. Offensichtlich ein gefälschter Shunt. Vielleicht ein nachgemachter? Oder sogar ...!

Brons schaute auf den Shunt des Festgenommenen, den er noch immer in der linken Hand hielt. In das Kästchen des Shunts war, kaum erkennbar, ein Oval eingekratzt. War das ein *Schwarzer Shunt*? Hatte er ihn bei der Selbstreproduktion gestört? Sie im letzten Augenblick verhindert?

Die Kopfschmerzen meldeten sich wieder. Doch ein Bild wich nicht von Brons: er sah den Mann hinter dem Tisch sitzen, an der Programmiereinrichtung. Wie seine Hände die langen Hexadezimalzahlenkolonnen eingaben, direkt gesteuert vom Shunt, wie dieser seine eigene Bitstruktur, seine informationelle Architektur auf den entstehenden übertrug.

Das Bild verblaßte, denn das Programm SICHERSTELLEN DER SACHBEWEISE wurde aktiv. Brons streifte sich die Handschuhe über, holte Klarsichtbeutel hervor und steckte Werkzeug, Chips, die übriggebliebenen Frühstücksbrote, alles, was lose herumlag, hinein. Versiegelte sie dann. Zuletzt verstaute er das Mikroskop und die Programmiereinrichtung. Alles paßte in zwei große Plasttaschen. Fertig.

Brons wandte sich dienstbeflissen an den Verhafteten, der hob den Kopf und sah Brons finster an. »Stehen Sie auf und folgen Sie mir«, sagte Inspektor

Brons. Gehorsam erhob sich der Angesprochene, er war größer und auch dicker als Brons.

Inspektor Brons drückte dem Verhafteten die beiden Plasttaschen in die Hand und ging voran. Sie kamen nicht weit. Schon auf der Treppe stolperte der Unbeshuntete und ließ die Taschen fallen. Brons konnte sie gerade noch auffangen und mußte sie nun selbst tragen. Menschen ohne Shunt stellten einen zu großen Unsicherheitsfaktor dar. Um jede Gefährdung der öffentlichen Ordnung und Sicherheit auszuschließen, verbot das Gesetz über die universelle Beshuntung, sich unbeshuntet in der Öffentlichkeit zu bewegen.

Der Shunt führte Brons auf dem graphentheoretisch ermittelten und linear optimierten Weg zu seinem Dienstwagen zurück.

»Wissen Sie«, begann Brons' Gefangener, als sie die Straße erreichten, »mein Shunt, das ist ein Shunt! Gegen den sind alle Inspektor-Shunts nur armselige Viertelleiter!«

»Na, na«, brummte Brons. Er wunderte sich, wie ein Unbeshunteter so viele Worte hintereinander aussprechen konnte. Schon mit Shunt war das schwer.

»Einen klügeren Shunt gibt es nicht. Der löst alle Probleme. Der weiß auf jede Frage eine Antwort, der läßt einen alles so viel klarer sehen. Schade, schade, daß Sie ihn nicht ausprobieren dürfen.«

Brons stutzte. Ein seltsames Gefühl lenkte ihn ab. Er sah die Straßen, durch die er lief, wie mit anderen Augen. Die Häuser kamen ihm bekannt vor, dieses Schild »Elektronik«, die aufgequollene Abdichtungsmasse im Rinnstein. Diese Bremsspur war neu, ebenso wie die vom Regen zerweichte Zeitung in der Ecke und das eingeschlagene Fenster im ersten Stock. Als ob er schon viele Male durch diese Straßen gegangen wäre: elektro-neuronale Täuschung oder Aufflackern der Erinnerung? Vielleicht hatte ihn sein letzter Beruf – in der vergangenen Arbeitswoche – in dieses Viertel geführt? Unwahrscheinlich, tags arbeitete hier niemand, und die des Nachts üblichen Tätigkeiten konnte man wohl kaum als Arbeit bezeichnen.

Und die Gerüche – auch sie waren vertraut, dumpf und säuerlich, erhitztes Metall und angeschmorte Isoliermasse. Brons blieb mitten auf der Straße stehen, die Plasttaschen noch in den Händen. Sein Gefangener war verstummt. Er setzte sich auf die Bordsteinkante und scharrte mit den Schuhen im Dreck.

Inspektor Brons fragte seinen Shunt ab. Ein Shunt hat ein besseres Gedächtnis als ein Mensch. Es besteht aus winzig kleinen Festkörper-Domänen und nicht aus glibbrigen Zellen. Der Shunt teilte Brons mit, daß er schon durch diese Straßen gegangen sei: gestern und vorgestern und vorvorgestern und den Tag davor.

»Wollte doch anderen Weg«, kommentierte Brons ärgerlich.

Das Programm ERKLÄRUNG VON TATSACHEN lief an. Warum war die alte Strategie trotz Vereinbarung einer neuen weiterverfolgt worden? Ein zufälliges Zusammenfallen beider konnte ausgeschlossen werden. Wem nützte es, daß Brons den gleichen Weg immer wieder zurücklegte? Das Hilfsprogramm CUI BONO schaltete sich ein. Kreis der Tatverdächtigen: Shunt, Brons. Motivabschätzung ...

Die laufenden Programme wurden durch ein Überprogramm, durch den Zeitgeber, unterbrochen. Der Arbeitstag näherte sich seinem Ende. Brons mußte an den Arbeitsplatz zurückkehren.

Im Wagen versuchte er, das Erklärungsprogramm

erneut zu starten, aber die Zentraleinheit war mit dem Verkehrsprogramm voll ausgelastet. »Nicht vergessen, noch einmal«, sagte Brons vor sich hin, um es nicht zu vergessen. Der Shunt hatte keinen Speicher dafür frei. Erst in solchen Situationen spürt man, wie schwierig es ist, sich etwas zu merken. Brons wurde ganz kribblig davon.

»Nicht vergessen, noch einmal«, sagte Brons, als er aus dem Dienstwagen stieg und den Festgenommenen der Wache übergab. Die Plasttaschen behielt er. Auf dem Weg zu seinem Büro, die Treppe hinauf, vorbei an den großen Fenstern, probierte Brons ein weiteres Mal, das Programm zu starten. Als er um eine Korridorecke zu biegen versuchte, geriet er ins Stolpern, seine Beine verhedderten sich. Und in seinem Kopf purzelten juristische Daten durcheinander. Eine typische Programminterferenz hatte zu undefinierten Zuständen im Hauptspeicher geführt. Erst nach drei Sekunden versetzte die Rettungsroutine die Zentraleinheit in den Ausgangsstatus zurück. Brons wußte nicht, daß Programminterferenzen bei Inspektor-Shunts praktisch ausgeschlossen sind. Um kriminellen Shunts überlegen zu sein, können sie drei bis vier Programme parallel oder im Time-Sharing abarbeiten.

Im Büro ließ sich Brons in seinen Sessel fallen. Nichts konnte das Ablaufen des Programmes ERKLÄRUNG VON TATSACHEN mehr stören. Aufruf der alten Daten aus dem RAM. Hilfsprogramm CUI BONO. Abschätzung der Motive des Shunts. Abschätzung der Motive des Shunts. Abschätzung der Motive des Shunts ...

Brons' Kopf dröhnte. Sein Kopfschmerz verdichtete sich. Brons' Lider flackerten synchron zum Zyklus des Shunts. Erst nach qualvollen 20 Sekunden setzte das Überprogramm SUPERVISOR der Selbstanwendung ein

Ende. Brons' Herz raste, er schwitzte, und vor seinen Augen verschwamm alles. Er sagte: »Uije!« Und noch einmal: »Uije!«

Die Tür öffnete sich, und der Chefinspektor trat ein. Mit einem breiten Lächeln begrüßte er Brons, der sich, der Dienstvorschrift gehorchend, erhob.

»Inspektor Brons! Glückwunsch im Namen des gesamten Kommissariats!«

Er schüttelte Brons die Hand.

»Sie haben in dieser Woche von allen Inspektoren am besten gearbeitet. Heute zum Beispiel einen Fahndungserfolg erzielt. Bekanntlich wird die Arbeitsleistung nicht allein durch den verwendeten Shunt bestimmt. Gerade Inspektor-Shunts sind auf die sogenannte menschliche Intuition, also unscharfe, aber umfassende Datenverarbeitung angewiesen. Sie waren eines der besten Hirne, das das Kommissariat je zur Verfügung hatte. Leider werden Sie ausgewechselt. Gesetz ist Gesetz. Niemand darf länger als eine Woche ununterbrochen in einem Beruf arbeiten. Das entspricht der verfassungsmäßig garantierten sozialen Egalität. Und noch einmal: Gratulation, Kollege Brons.«

Inspektor Brons beugte sein Haupt so tief, wie es der Shunt aus der Dienstvorschrift herauslas. Als er wieder aufblickte, war sein Chef verschwunden. Die Worte klangen in Brons' Kopf nach. Er hatte nicht geahnt, daß er einen so guten Kriminalisten abgab. Mit dem richtigen Shunt würde er also jedes Rätsel lösen. Auch das von ... Wie war das doch gleich? Brons wußte nicht mehr welches. Er wußte nur noch, daß es sich um etwas sehr Wichtiges handelte.

»Mit nach Hause nehmen«, flüsterte Brons und meinte den so intelligenten Shunt des Bastlers. Sein eigener protestierte prompt. Das verstieße gegen Absatz 2.4.9b der Dienstordnung: sichere Verwahrung von Sachbeweisen. Die Dienstordnung ging Brons nichts an. Sie einzuhalten war Sache des Shunts.

»Wie geht das?« fragte Brons. Der Inspektor-Shunt verweigerte jede Auskunft. Inspektor-Shunts dienten schließlich der Aufklärung von Verbrechen. Sie besaßen keine Programme, welche zu planen, das besorgten andere Shunts.

Brons sprang auf. Nervös tanzten seine Finger auf der Schreibunterlage. Noch zehn Minuten bis Dienstschluß, noch zehn Minuten. Brons lief die drei Schritte zum Fenster, schaute auf die acht Stockwerke tiefer gelegene Straße, die winzigen Menschen mit den punktfömigen Shunts. Er richtete sich wieder auf, ging zurück an den Schreibtisch. Sein Blick fiel auf die beiden Plasttaschen mit den sichergestellten Sachbeweisen im Regal.

»Ausprobieren«, sagte Brons entschlossen, »muß ihn ausprobieren.«

Peinlich genau räumte Brons die Akten vom Schreibtisch, stapelte sie auf der Ablage, das gehörte zum Programm SAUBERMACHEN. Dann schüttete er den Inhalt der beiden Taschen auf den Tisch. Ihm blieben noch fünf Minuten bis Dienstschluß.

Brons setzte sich, und das Programm BEWEISE SICHTEN lief an. Mit schnellen Handgriffen sortierte er das Häufchen der Sachbeweise in Tatwerkzeuge, Materialien, Geräte und Frühstücksbrote. Übrig blieben ein Shunt, unfertig und ohne Ticky-Tocky-Kasten, sowie der Shunt des Bastlers. Von außen betrachtet, sah er nicht kriminell aus. Von außen betrachtet, sahen alle Shunts harmlos aus. Meist wie kleine schwarze Kästen.

Die Wahrscheinlichkeit beträgt 0.58, daß dies der *Schwarze Shunt* ist, warnte ihn der Inspektor-Shunt –

über einhalb, daß dies der *Schwarze Shunt* ist –, fast schon Sicherheit, daß dies der *Schwarze Shunt* ist. Stechend setzte der Kopfschmerz ein.

Brons zögerte, der *Schwarze Shunt* war gefährlich, sehr gefährlich. Aber im Hauptquartier der Shuntpolizei konnte er keinen großen Schaden anrichten, mochte er sich festkrallen, wie er wollte. Im Gegenteil. Die allgemeine Wachsamkeit würde ihn sofort entlarven.

Fest umklammerte Brons den fremden Shunt, hob langsam den linken Arm. Man wußte nie, was in einem Shunt steckte, bevor man ihn aufprobiert hatte. Und meist wußte man es nachher nicht mehr. Der Kopfschmerz schwoll an.

Der Inspektor-Shunt protestierte: VORSICHT SCHWARZER SHUNT! VORSICHT SCHWARZER SHUNT!

Brons traten die Tränen in die Augen. Sein linker Arm blieb in der Luft hängen. Der Schmerz verstärkte sich ins unermeßliche. VORSICHT SCHWARZER SHUNT! Brons keuchte. Er wußte diesmal, weshalb er kämpfte, weshalb elektrische Blitze in seinem Kopf von Schläfe zu Schläfe zu rasen schienen. Nur noch eine letzte Anstrengung ...

In diesem Moment erlosch die Beleuchtung im Büro: Dienstschluß. Ebenso unvermittelt brach Brons' Widerstand zusammen. Schwer schlug sein Kopf auf die Schreibtischplatte.

Das Programm VERLASSEN DER DIENSTRÄUME startete. Brons stand auf. In der gewohnten Umgebung benötigte der Shunt kein Licht. um sich zurechtzufinden. Programmgemäß knipste er die bereits erloschene Beleuchtung aus und versiegelte mit einem Daumendruck die Tür hinter Brons. Zweimal links um die Ecke, dann zum Lift.

Während dieser abwärts sauste, spürte Brons einen

harten, viereckigen Gegenstand in seiner rechten Hand. Nicht daran denken, sagte er sich, ja nicht daran denken, daß ... Noch nie in seinem Leben war es ihm so schwergefallen, nicht zu denken ... Und er nahm nichts anderes wahr als seine Hand und darin ... Wie langsam fuhr der Lift an diesem Abend! Und stets bestand die Gefahr, daß der Inspektor-Shunt entdeckte, daß ...

Brons perlte der Schweiß auf der Stirn. Kein Weg schien zurückzuführen in den menschlichen Normalzustand des Nichtdenkens. Und in seiner Hand ... Endlich hielt der Lift. Shunts wundern sich nie, sie konstatieren höchstens. Der Inspektor-Shunt konstatierte, daß Brons in völlig unprogrammiertem und unangemessenem Tempo den Flur entlanghetzte. Und daß in seinem Kopf ein heilloses Chaos herrschte. Er schloß, daß Brons die Verspätung aufholen wollte, um den Anschluß an den normalen Zeitplan zu gewinnen. Eine Tür mit der Aufschrift »Shuntausgabe«. Brons öffnete sie und wurde vom Licht geblendet.

»Kommen Sie, Inspektor Brons, Sie sind der letzte heute.«

Schnell trat Brons auf das Mädchen hinter dem Schalter zu. Ihren Shunt zierten modische Kupferspiralen.

»Bitte geben Sie mir den Shunt, hier ist Ihrer.«

Es verwirrte sie nicht, daß Brons neben dem Inspektor-Shunt auf dem Kopf einen zweiten in der Hand hielt. Sie war darauf programmiert, den Dienstshunt vom Kopf des Kollegen gegen dessen privaten auszutauschen. Ein letztes Stechen im Kopf, und Brons war wieder der alte. Denn er trug nun den gewohnten Weg-zur-Arbeit-Shunt. Nur die Erregung und ein Kästchen in der rechten Hand erinnerten an das Durchlebte.

Als Brons seine Wohnung erreichte, hatte er noch drei Minuten Verspätung. Für den Begrüßungskuß blieb keine Zeit. Gina saß bereits am Eßtisch, sie sagte nur kurz »Guten Abend« und schaute sofort wieder auf den TV. Brons steckte den Abendbrot-Shunt auf und setzte sich neben sie. Der Shunt maß einen besonders hohen Energieverbrauch und teilte Brons ein außergewöhnlich umfangreiches Mahl zu.

»Schmeckt gut«, sagte er, als er in den Pflaumenkuchen biß, der das Essen abschloß. Und: »Bin aber satt«, nachdem er den letzten Bissen hinuntergeschluckt hatte. Dann starrte er einige Minuten verständnislos auf die Mattscheibe. Der Abendbrot-Shunt berücksichtigte nur das leibliche Wohl.

»Brauche anderen Shunt«, meinte Brons und stand auf. Auf dem Rand der Shuntbank lag ein seltsamer, fremder Shunt, der durch ein kaum erkennbares Oval gekennzeichnet war. Dunkel erinnerte sich Brons, daß von diesem Shunt eine große Gefahr ausging und daß er sich ihn aber trotzdem unbedingt aufstecken wollte. Zweimal streckte Brons seine Hand aus und zog sie wieder zurück. Dann stak der fremde Shunt im Sockel. Er war seltsam, der Shunt. Startete kein Programm, um die ihm unbekannte Umgebung zu erkunden, und verbreitete statt dessen eine ungewohnte Leichtigkeit.

Brons schüttelte den Kopf und lief zurück zum TV. Als er Gina sah, sagte er: »Hallo, Schwarzer Shunt.«

Er ließ sich in den Sessel fallen und schloß die Augen. Dann versuchte er, den Shunt und sich zum Denken zu zwingen. Und der Shunt reagierte verblüffend. Anstelle der Abarbeitung einer hierarchisch verschachtelten Programmfolge gelangte er sofort zum

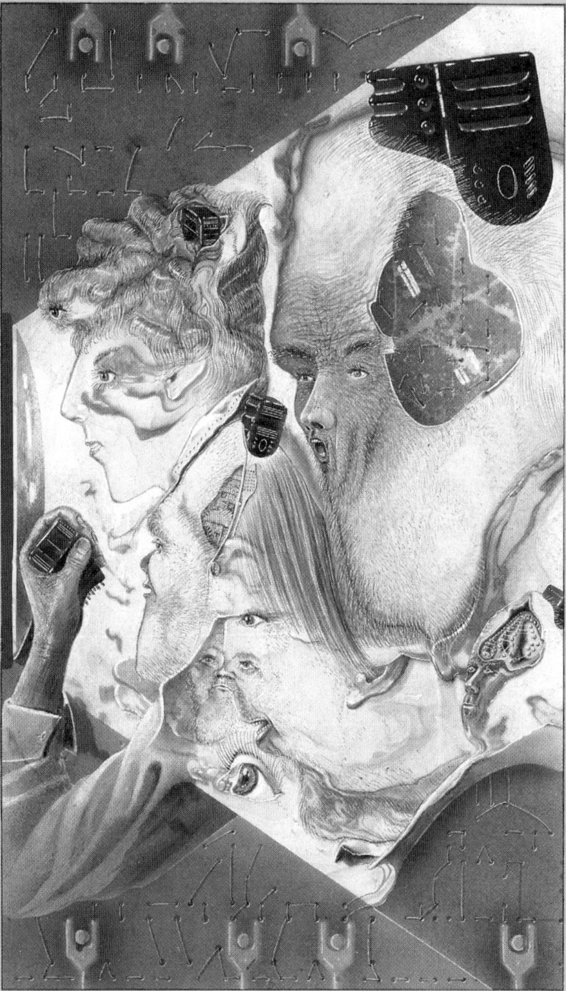

Kern des Problems. Erinnerungen stiegen schubweise in Brons auf: der Prophet im Park und der gestellte Verbrecher, der ihm den Shunt empfahl. Die vergebliche Jagd nach dem *Schwarzen Shunt.* Und sein Vorgänger, Inspektor Mack. Jetzt würde der Inspektor-Shunt das Programm WER IST DER TÄTER starten, alle Hilfsprogramme durchlaufen und sich irgendwann in einer Schleife verfangen. Die Arbeitsweise des Verbrecher-Shunts war für Brons nicht ersichtlich. Worüber wollte er eigentlich nachdenken? Ach ja, über die Ursache für Macks Hirnschlag ... Schlag ins Gehirn ... Wie ein völlig Unbeshunteter schlug sich Brons vor die Stirn. Das war der Inspektor-Shunt! Kein Wunder, daß der den Täter niemals aufspürte! Defekt mußte dieser Inspektor-Shunt sein, so defekt, daß er auf die Erwähnung des *Schwarzen Shunts* mit Schmerzimpulsen reagierte. Und das hatte Inspektor Mack nicht ausgehalten. Fertig.

Aber wie war das mit dem *Schwarzen Shunt*? Also: er krallte sich am Kopf seines Opfers fest mit winzigen, scharfen Klauen – kein Shunt hatte Klauen. Logisch. Aber jeder Shunt hatte Klauen, unsichtbare, dafür desto festere. Folglich ...

Beim Geräusch sich nähernder Schritte schrak Brons hoch. Eine Sekunde war der Sockel in seiner Tonsur leer. Polternd fiel der Shunt zu Boden und zerbrach. Dann hatte ihm Gina den mit dem rosa Phallus aufgesteckt. Casanova Brons war der perfekte Liebhaber, alle Tricks beherrschte er, 97 Programme für 25 Stellungen, keine Lust wurde ausgelassen. Gina war vollauf befriedigt.

Auf dem Boden lag geborsten der o-Shunt – ein leeres Gehäuse.

Sturz nach Atlantis

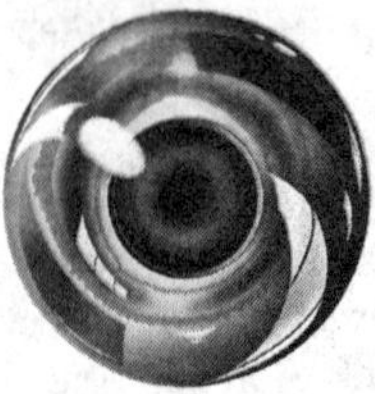

»Sie müssen Professor Mandel finden, M'moiselle, tot oder lebendig, Fels oder Fleisch.«

Bittend, fast flehend schaute mich der Direktor an. Ich nickte stumm. Mein »Papa Mandel« in Lebensgefahr? Der Direktor mußte sich irren, vor Mißtrauen blind sein. Benommen betrachtete ich die bunte und phantasievolle Karte der Insel Atlantis – frei nach Platon –, die die Wand hinter dem Schreibtisch zierte. Aus dem verglasten Bücherschrank glänzte die Goldschrift der dickleibigen Jahresbände des Institutes: »Atlantisforschungen«. Und draußen, draußen trieb der heiße Saharawind feinen Staub gegen die Fensterscheiben.

»Sie sind nicht nur eine ausgezeichnete Taucherin, M'moiselle, wenn es Ihnen nicht gelingt, den Professor zu überzeugen, wem dann? Unglücklicherweise sind wir auf ihn, auf seine Fähigkeiten angewiesen ... Ja, ich wäre sogar bereit, auf einige seiner Forderungen einzugehen, in vernünftigem Rahmen, versteht sich.«

»Seine Forderungen?« Feilschend konnte ich mir den gutmütigen Professor nicht vorstellen. Überhaupt ergab nichts, was ich wußte, einen Sinn in dieser Angelegenheit.

Der Direktor klappte das silberne Etui auf und griff eine Zigarette. Seine Hände zitterten, als er sie anzündete, und auf seiner Stirn perlte der Schweiß.

Auch ich litt an diesem Tag besonders unter der Hitze, der Trockenheit. Der Aufenthalt mitten in der Wüste gestaltete sich nicht gerade nach europäisch verwöhnten Maßstäben. Aber das Tauchen im »Element Erde«, wie der Professor es nannte, faszinierte mich, vor allem konnte ich davon überzeugt sein, an einer für die Menschen nützlichen und wichtigen Entdeckung mitzuarbeiten.

»Sie wissen doch. Es hat Differenzen gegeben. Die notwendige strikte Geheimhaltung. Der Fall Fabier. Mandel scheint den Glauben an unsere Ideale, unser großes Ziel, verloren zu haben. Meint, wir hätten nicht die Kraft und nicht die Moral, seine Erfindung zum Besten aller einzusetzen. Will sie den Vereinten Nationen anbieten! Er ist unverbesserlicher Utopist, der Professor. Rede ich ihm in seine Wissenschaft hinein? Da möchte er bitte meine Kompetenz in Anwendungsfragen anerkennen.«

Weshalb erzählte mir der Direktor das alles? Vielleicht glaubte er selbst nicht an die Möglichkeit eines Unfalles. Ich müßte längst auf der Suche nach dem Professor sein ...

Der bläuliche Rauch trieb mir ins Gesicht. Ich wedelte ihn auseinander. Der Direktor entschuldigte sich und bot mir einen Kognak an. Er selbst trank ihn mit viel Soda.

»Wir stehen ja noch am Anfang. Aber wir halten den Schlüssel zur Erde in der Hand. Sagen Sie dem Professor, daß ich ihn um ein Jahr bitte. Er soll es als Experiment betrachten. Und, falls er sich partout weigern sollte, M'moiselle Simone ...«, er lächelte verkrampft, »ich fürchte, dann werden Sie Gewalt anwenden müssen.«

Hastig erklärte ich ihm, daß ich alles daransetzen würde, den Professor zu finden. Von Gewalt wollte ich nichts hören, denn der weltgewandte, großväterliche Herr war mir regelrecht ans Herz gewachsen. Und woher nahm der Direktor eigentlich die Gewißheit, daß der Professor nicht von selbst wieder auftauchte? Ich wandte mich zum Gehen.

»Bringen Sie mir den Professor zurück – und wenn er in Atlantis ist!« Aus dem gezwungenen Scherz des Direktors sprach kaum verhüllte Furcht.

In der Mitte des Institutsgeländes steht auf einem Betonsockel eine Statue. »Emil Châtanier, Neubegründer der Atlantisforschung«, lügt die Inschrift.

»Mein Gott, wie realistisch«, loben die wenigen offiziellen Besucher das Standbild, »dieser Gesichtsausdruck, diese Mischung von Triumph und Erschrekken. ›Atlantis sehen und dann sterben‹, hat er das gesagt?« Und sie fragen nach dem Bildhauer, der jede Falte der Stirn, jede Ader auf den Händen so fein herausgearbeitet hat.

Ich kenne ihn: Sein Name ist Tod. Und die Kunst, von der sie sprechen, war die des Sandstrahlarbeiters, der Châtanier aus dem Felsblock, in dem er versteinerte, freilegte. Falls man nun ein zweites Denkmal mit dem Professor errichtete, wäre von den drei Gründern des Institutes nur noch einer übrig – der Direktor.

Staubteufel umtanzten Châtanier, als ich, Halstuch vor dem Mund, zur Baracke der Tauchstation eilte. Der Posten, der an der Garagenwand lehnte, grüßte mich. Über sein nicht mehr junges Gesicht lief der

Schweiß. Zwanzig Meter hinter ihm umgab ein Elektrozaun das Gelände. Es hieß, trotz aller Abschirmung des Institutes hätten die Wachen bereits einen Industriespion gefaßt.

Ich schlüpfte durch die Barackentür. Drinnen atmete ich durch und schüttelte den Sand aus dem Haar.

»Kein guter Tag heute«, begrüßte mich der Techniker düster. »Hören Sie, wie der Sand über das Dach streicht?« Er wies mit seiner Hand nach oben und lauschte. Deutlich vernehmbar prasselten die Sandkörner im Rhythmus der Windstöße auf das flache Blechdach.

»Und dann«, fuhr er fort, »dann poltert mir der Professor hier herein und schimpft über die trockene, staubige Luft. Ich hole uns was zu trinken. Und als ich zurückkomme, da sehe ich gerade noch, wie er im Boden versinkt. In seinem Alter! Und völlig ungeübt! In spätestens einer Stunde geht sein Sauerstoff zur Neige ...«

»Hat er wirklich keinerlei Andeutungen darüber fallenlassen, was er plant? Keine witzige, ironische Bemerkung?«

»Es geschah alles so schnell.«

Er händigte mir die Kombination aus. Ich trat hinter den Wandschirm und entkleidete mich. Angenehm kühl schmiegte sich der schwarze Druckanzug gegen die bloße Haut.

»Ja und – der Professor hinterließ ein Briefchen, adressiert an Sie, Mademoiselle. Der Direktor fragte mich zwar nach einer Nachricht, gleich, an wen, aber ich dachte, daß Sie besser persönlich ...«

Natürlich paßte er gerade den geeignetsten Moment ab, um mir den Brief hinter den Schirm zu reichen, halbnackt, wie ich war. Ich riß das Kuvert auf und las: »Chère Simone! Es hat keinen Zweck, daß Du folgst. Mich findet niemand. Soll Dir. mich doch in Atl. suchen! Rate dringend, bei nächster Gelegenheit aus Inst. zu fliehen. Bin in Eile. Dein père Mandel.«

Fliehen? Aber warum? Der Professor selbst hatte mich vor drei Monaten angeworben. »Wir brauchen fähige Taucher«, hatte er gesagt, »die sich nicht scheuen, tief im Sand nach Atlantis zu suchen.« Inzwischen war mir klargeworden, daß er Atlantis nur als Vorwand gegenüber Uneingeweihten benutzte – was nicht ausschloß, daß wir die versunkene Stadt zufälligerweise doch entdeckten.

Ich steckte das Briefchen gedankenverloren unter den Druckanzug und zog den Reißverschluß bis zum Hals. Was bezweckte Papa Mandel, wie er sich gern in väterlich-großväterlichem Ton mir gegenüber nannte? Und wie sollte eine Flucht möglich sein, wenn sich ringsum Hunderte Kilometer Wüste erstreckten?

Ich schob mein Haar unter die Druckhaube. Der Techniker hielt die Geräte bereit: die beiden Sauerstoffflaschen, ausreichend für drei Stunden, die grobschlächtige Wandler-Brille, das D-Feld-Sprechgerät für den Fall, daß ich den Professor fand, und den erhitzten, schweren D-Feld-Generator nebst Steuereinheit natürlich.

»Würde mir schrecklich leid tun um den freundlichen Alten. Um Jacques trauere ich nicht, den habe ich nie leiden können. Schnüffelt mir in meinen Ausrüstungen herum ...«

Ich stimmte ihm zu. Mir gegenüber hatte Jacques Fabier stets den Charme eines aufdringlichen Fremdenlegionärs an den Tag gelegt. Trotzdem hätte man ihn suchen sollen – seinen versteinerten Körper. Und nicht nach drei Stunden als einzige Reaktion seinen Namen von der Mitarbeiterliste streichen.

»Hauptsache, Sie kommen mir zurück, Mademoiselle«, sagte der Techniker und überprüfte die Geräte. »*Ein* Denkmal reicht.«

Ich nickte. Er gab mir einen Klaps auf die Schulter. »Alles in Ordnung.«

Da drückte ich den Startknopf. Schwärze umfing mich. Mit geübtem Griff veränderte ich die Abstimmung der Brille: grau in grau. Schemenhafte Konturen. Das Skelett des Technikers. Also dann: hinab auf Rumpelstilzchens Weise! Sacht drehte ich an der Einstellung der Kontrollen, und schon sank ich. Grau stieg der Betonboden der Baracke um mich – und in mir – empor, dunkler grau das darunterliegende Gestein.

Ich habe nie so recht begriffen, wie das D-Gerät arbeitet. Verschiedentlich hat es mir der Professor zu erklären versucht, zuerst mit dem Hinweis auf separable Hilbert-Räume, später redete er von der eingeschränkten Wechselwirkung der Materie im D-Feld mit normaler Materie, zuletzt beschrieb er mir resignierend, wie das D-Feld die Atome um ein winziges Stück verschiebe, aber nicht etwa in unserem normalen, sondern in einen seltsamen Koraum hinein.

»Du mußt es ja nicht verstehen«, schloß er, »wer von unseren hochgeschätzten Zeitgenossen kennt noch die Wirkungsweise des Radios. Es genügt, wenn du damit umgehen kannst.«

Ich sank noch immer, Grau aller Schattierungen trieb an mir vorüber, bald wie von feinen Poren durchsetzt, bald kompakt, bald kristallin gebrochen, bald schlierig, streifig. Längst hatte ich gelernt, die Texturen zu deuten: hier Basalt, da Granit, dort Porphyr. Unter der Erde, im ewigen Grau, fühlte ich eine wohlige Vertrautheit. Hier, im Reich der grauen Geologie, herrschte undurchdringliche Ruhe.

Irgendwann in gar nicht so ferner Zukunft würden Prospektoren mit einem Auge für die feinsten Abstufungen und Faserungen des Grau in die Erdkruste hinabtauchen und die Unterwelt durchforsten. Nach hellgrau-schlierigen Öllagerstätten für die energiehungrige Menschheit. Nach mattgrau-amorphen Bauxitlagern für die leichtmetallgierige Menschheit. Nach schwarzgrau-verästelten unterirdischen Wasserläufen für die brauchwasserdurstige Menschheit. Nach mittelgrau-marmorierten Pechblendelagern, nach dunkelgrau-vielfiedrigen Eisenoxidschichten, nach lichtgrau-kristallinen Kohleflözen.

»Wir halten den Schlüssel zur Erde in der Hand«, hatte der Direktor gesagt. »Wer die Rohstoffe kontrolliert, beherrscht die Welt. Nur, wenn wir die Erfindung nicht weiterreichen und ganz auf uns selbst gestellt nutzen – die Mittel dazu werden wir reichlich erwirtschaften –, bleibt ein Mißbrauch ausgeschlossen. Ich sehe die Zeit kommen, in der wir befehlen können: ›Was? Diese Staaten führen Krieg? Welche Verschwendung! Sperren wir ihnen die Ölzufuhr! Und kein Eisenerz an die Rüstungslieferanten!!«

Jedesmal, wenn ich mir den Traum des Direktors ausmalte, überlief mich ein Schauer der Größe. Aber wenn er nun irrte, die Erfindung sich nicht auf Dauer geheimhalten ließ und die Tarnung durch die Atlantisforschung eines Tages platzte?

Wie schwere Nebelschwaden umhüllte mich das Gestein. Noch dreißig Minuten reichte der Sauerstoff des Professors. Wo sollte ich ihn suchen? Welcher Richtung den Vorzug geben? Drei Stunden Aktionsradius – ich wollte nicht rechnen. Beabsichtigte der Direktor überhaupt, den Professor lebend zu bergen? Es war doch keine Rettungsaktion, die er durch mich einleitete, es war höchstens eine Geste.

Ich wich zur Seite aus und stieg ein paar hundert Meter auf, wie ich an den schwach grünlich glimmenden Instrumenten ablesen konnte. Null, sagte mir mein Verstand, deine Chance, den Professor zu finden, ist gleich Null. Aussichtslos von vornherein. Und da er kaum tauchte, besitzt er auch nicht, wie manch andere, einen Lieblingsplatz, ein Lieblingsgrau. Tagelang, wochenlang würde man nach ihm forschen, ihn vielleicht nie auffinden. Und wenn ...

Eine Vibration! Ein Klingen in den Ohren! Mein Feld streifte ein zweites. Hastig griff ich nach den Kontrollen, um unsere Felder zu vereinigen. Da, ein grauschimmernder Korridor, der sich mir öffnete! Ich betätigte das Sprechgerät, Lachen und Weinen in der Stimme: »Brauchst du Sauerstoff, Papa Mandel? Ich bringe dir welchen!«

Die Gestalt driftete heran – es war Jacques Fabier. Noch bevor ich meine Bestürzung überwunden hatte, fuhr er mich an: »Was suchst du hier?«

»Den Professor«, stammelte ich unwillkürlich.

Wie ein Gespenst, ein buntes Gespenst im allgegenwärtigen Grau tanzte er vor mir auf und ab. Die Brille, geeicht auf feinste Verzerrungen des D-Feldes, färbte ihn fürchterlich. Sein schwarzer Druckanzug schillerte rot und grün, und die Metallteile schien ein unnatürlicher, dreckig-rotbrauner Rost befallen zu haben.

»Verdammt! Wo steckt er?« Fabier umklammerte meinen Arm, sein Griff schmerzte. »Wo steckt der Professor?«

Ich beteuerte, daß ich es nicht wüßte. »Wir dachten, Sie wären versteinert, Fabier ...«

»Für den Direktor bin und bleibe ich tot, hörst du,

und auch du wirst nicht ins Institut zurückkehren, klar?«

»Aber wieso?« Ich versuchte, mich aus seinen Händen zu winden. Seine Finger gruben sich fester in meinen Arm.

»Paß auf«, sagte er drohend, »du kommst mit mir – oder tauchst nie wieder auf! Glaubst du etwa, ich lasse mich vom Direktor für ein paar lumpige Tausender pro Monat gefangenhalten? Wo Millionen für mich rausspringen können? Spielt den Menschheitsbeglücker und ist auf dem besten Wege, der Oberkrösus zu werden! Da verlange ich meinen Anteil.«

Das geht mich alles nichts an, wollte ich ihm sagen, ich bin nur als Taucher angestellt. Aber war jetzt Zeit zu argumentieren? Die Wandlerscheiben seiner Brille flimmerten knallgelb in meine Augen. »Laß mich!« schrie ich halb geblendet. »Der Professor hat nur noch Luft für ein paar Minuten.«

»Der alte Fuchs ... Aber such ihn nur, ich muß auch ein Wörtchen mit ihm reden. Deshalb nur kehre ich in eure geschlossene Anstalt zurück.«

Ich holte tief Luft, zog meine Beine an und stieß sie mit aller Kraft in seinen Unterleib. Der harte Griff lokkerte sich. Blitzschnell schaltete ich mein Gerät auf freien Fall – nicht schnell genug. Sein Fuß verhakte sich in meinen Sauerstoffflaschen, er stürzte nun selbst, und ehe ich bis drei zählen konnte, stach mir die knallgelbe Brille wieder in die Augen. Aus dem Ohrhörer drangen Flüche und Keuchen.

»Närrin, verdammte Närrin! Aber wenn du nicht willst ... Ich finde ihn allein. Und mir wird er sein Geheimnis preisgeben!«

Ich schlug wild um mich, ihn hingegen hatte eine seltsame Zielstrebigkeit erfaßt. Immer wieder langte er nach meinem Kontrollgerät. Wollte er meinen

Sturz bremsen? Nein! Ich schrie, daß mich der eigene Schrei fast betäubte: Er wollte es ausschalten!

»Eigentlich schade um so ein temperamentvolles Biest.« Hohn klang in seiner Stimme, seine Finger tasteten auf meinem Steuergerät herum, gleich mußten sie die Sicherung gelöst haben ...

Dann – mit einem Mal – war alles vorbei. Sein Arm hing starr und grau in meinem Körper, und seine Brille hatte ihre knallige gelbe Farbe verloren. Auch das Gerät, an dem meine Finger wie von allein den richtigen Schalter gefunden hatten, war versteinert.

Am ganzen Leibe zitternd, begann ich den Aufstieg. Mit maximaler Geschwindigkeit, als lauere der schwere, graue Fels nur darauf, mich aufzusaugen. Nur hinauf, hinauf ans Tageslicht, an die frische, leichte Luft. Endlich durchbrach ich die hellgrau verwischte Oberfläche. Automatisch schaltete sich der Generator ab.

Keuchend stand ich auf dem glühenden Wüstenboden. Wie ein Perlentaucher hatte ich während des gesamten Aufstiegs den Atem angehalten. Erschöpft sank ich auf die harten, heißen Steine, starrte, Tränen in den Augen, zum unregelmäßigen Horizont, vor dem dunkle, glänzende Seen erhitzter Luft schwammen. Zwei Minuten später jagte, eine Wolke Staub aufwirbelnd, ein Jeep des Institutsschutzes heran.

Wachmänner sprangen heraus und setzten mir die Waffen auf die Brust. Ich erklärte ihnen, was geschehen war – zwecklos. Mein schwarzer Druckanzug glühte im grellen Sonnenschein. Und sie behandelten mich wie einen entflohenen Sträfling.

Ob ich nicht wüßte, daß ein Auftauchen außerhalb des Institutsgeländes verboten sei. Wo meine Komplizen wären. Wieviel man mir geboten hätte.

Ihr Anführer sprach ein paar Sätze in ein Sprechgerät und wartete. Der Schweiß lief mir in hellen Bächen in den Hals der Kombination. Ich schimpfte auf alles, was mir in den Sinn kam: auf das Tauchen und die Wüste, auf die verdammte Geheimhaltung, die brutalen Wachen und den Direktor, der dafür verantwortlich war.

Endlich schoben sie mich in den Jeep. Wir fuhren querfeldein über den holprigen Boden, und der Fahrtwind verschaffte mir ein wenig Erleichterung.

Traurig schaute ich auf die Uhr. Die Frist des Professors war längst abgelaufen.

Asche überall: auf dem Betonfußboden und auf dem nachlässig gerichteten Bett. Bei jedem meiner Schritte flog sie auf, in der Luft segelte versengtes Papier. Der Professor hatte sein Feuerchen in der Mitte des Schreibtisches entfacht, die hölzerne Platte trug schwarze Verbrennungsspuren. Auch mein Inneres füllte Asche.

Der Direktor wühlte in den Büchern des Professors, achtlos warf er sie auf den Boden. Seine Jovialität, die freundliche Selbstsicherheit und Zuvorkommenheit mir gegenüber beeindruckten mich nicht mehr, seit ich wußte, wie seine Geheimhaltung funktionierte. Und ich verstand jetzt auch, was der Professor mit der fehlenden Moral meinte. Das Monopol auf die Erfindung, die Verwirklichung der Pläne des Direktors würden Gewalt erfordern und Opfer kosten. Aber geschah dies nicht zum Besten der Menschheit? Ich war froh in diesem Moment, nur ein einfacher Taucher zu sein und nicht entscheiden zu müssen.

Ein Buch lag, von einer dünnen Aschenschicht bedeckt, auf dem Nachtschränkchen. Ich blies die Asche weg, es war Pierre Benoits »L'Atlantide«, ein alter Roman, der Atlantis unter den Sand der Sahara versetzte. Ich blätterte in seinen brüchigen Seiten. Der Professor hatte offensichtlich während der letzten Nacht darin gelesen. Ob er, was niemand erwartete, zufällig auf Atlantis gestoßen war? Daß er sich mit dem Direktor überworfen hatte, daß das Institut bewacht wurde wie ein Gefangenenlager, war doch kein Grund, sich zu versteinern. Oder? Behutsam legte ich das Buch zurück.

»Wenn er sich umgebracht hat, trifft Sie die Schuld«, sagte ich leise und bitter.

Der Direktor drehte mir sein erhitztes Gesicht zu. »Schärfer bewachen hätte man ihn müssen, nicht als verständigen Partner behandeln!« Seine kleinen, stechenden Augen fixierten mich.

»Sie wollen mich mißverstehen ...« Auch die Worte schmeckten in meinem Mund wie Asche.

Er schüttelte ein Buch, Notizzettel fielen daraus hervor, alt, vergilbt, unwichtig.

»Soll ich zulassen«, verteidigte er sich unwirsch, »daß er allen, aber auch allen unsere Ergebnisse zugänglich macht? Stellen Sie sich das Wirtschaftschaos vor, wenn die mineralischen Reichtümer der Erde urplötzlich bloßgelegt würden! Nur ein behutsames, aber konsequentes Vorgehen und absolute Härte gegenüber jedem Verräter können dies verhindern. Zugegeben, wir schneiden dabei nicht schlecht ab – aber das ist nebensächlich. Daß diese Stubengelehrten derart einfache Zusammenhänge nicht begreifen können! Erzählt mir Märchen von der menschlichen Vernunft, von internationalen Wirtschaftsabkommen, Gemeinbesitz der gesamten Menschheit und planmäßiger Nutzung ...«

Er wischte mit der Handfläche Asche vom Tisch, setzte sich rittlings hin und blätterte geistesabwesend in einem Buch. »Versteinert sich, verwandelt sich in sein eigenes Denkmal, incroyable ...«

Immer noch war mir der Gedanke fremd, daß der Professor tot sei, daß ich nie wieder seine heisere Stimme hören würde. Vorgestern noch hatte er mit mir gescherzt. »Wart's ab, Simone, wenn wir auf den Champs-Élysées flanieren ...«

Tränen stiegen mir in die Augen.

»Die Tauchgeräte haben wir ja«, murmelte der Direktor, »aber es gibt da Hinweise auf eine neue Entdeckung, eine noch neuere als seine Idee zur Endlagerung von radioaktiven Abfällen.«

Ich horchte auf.

»Falls er noch lebt, falls er ein Sichtgerät entwickelt hat, können wir hier einpacken, niemand benutzt dann unsere vorsintflutliche Prospektorenmethode.« Er blickte mich an. »Ja, M'moiselle, unsere Zukunftsaussichten sind dahin wie der Schnee vom vergangenen Jahr, finden Sie den Professor nicht.«

»Ich gehe nicht wieder hinab«, flüsterte ich, »ich will nichts mehr mit D-Feldern und Tauchgeräten zu schaffen haben. Und ich glaube auch nicht mehr, daß es Ihnen gelingt, der Welt Ihre Bedingungen zu diktieren. Der Professor hatte recht, das ist Anmaßung.«

»Komm, werd nicht schwierig.« Der Direktor musterte mich mit zusammengekniffenen Brauen. »Hat dich etwa der Vorfall mit Fabier aus der Fassung gebracht? Keiner hätte dieses Problem besser bewältigt als du. Du bist die geborene Taucherin, eine geborene Persephone.«

Er lachte kurz über seinen Witz. »Bleib du bei deiner Taucherei und überlaß die großen Zusammenhänge getrost mir. Frauen sollten ihre hübschen Nasen nicht in die Politik stecken. Außerdem – was glaubst du, welche Reichtümer die Erde birgt? Auf die verzichtet man nicht mit einem Schulterzucken. Noch bist du jung, noch fliegt dir alles zu, aber igendwann einmal ...«

»Ich kenne mich aus mit Angeboten. Und außerdem habe ich Ihnen meines Wissens nicht gestattet, mich zu duzen, Monsieur le directeur.«

»Gut, Mademoiselle.« Die Stimme des Direktors hatte alle Verbindlichkeit verloren. »Sie wissen, daß Sie nicht aussteigen können. Sie werden die Suche fortsetzen! Nicht allein. An der Spitze aller verfügbaren Taucher. Sie werden die Drei-Stunden-Zone systematisch durchkämmen. Ja, ich weiß selbst, das kann Wochen dauern. Aber ich brauche Gewißheit. Gewißheit, ob der Professor mir meine Pläne durchkreuzen wird oder nicht.«

Er wischte sich die rußigen Finger an seinem bunten, schweißfleckigen Hemd ab und verließ, auf die am Boden liegenden Bücher tretend, das Zimmer.

Wie betäubt sank ich auf das Bett des Professors. »Rate dringend, aus Inst. zu fliehen.« Vor dem Fenster spielte der heiße, staubige Wind in den Maschen des Elektrozaunes. Ich stützte den Kopf in die Hände und starrte in das aschebedeckte Chaos um mich.

»Mademoiselle Simone, sofort zum Einsatz«, ertönte zehn Minuten später die Stimme des Direktors über die Sprechanlage. Ich weigerte mich nicht. Nein, nicht allein, weil der Direktor Mittel an der Hand hatte, um seine Befehle durchzusetzen. Allmählich fügten sich die Fakten in meinem Kopf zusammen wie Steinchen zu einem Mosaik. Das neuerfundene Sichtgerät des Professors, das es gestattete, weit in die Erde hineinzusehen, der ironische Hinweis »Soll Dir. mich doch in Atl. suchen«.

Der Direktor würde nie glauben, daß sich die Lüge, mit der er das Institut tarnte, in Wahrheit verwandelt hatte. Der Professor dachte nicht daran, sich umzubringen. Und ich wußte sogar, wo er nach Erschöpfung der Sauerstoffflaschen Luft gefunden hatte. Aber leider ahnte ich nicht im mindesten, wo ich Atlantis suchen mußte.

Weißgelber Sand war in meinen Druckanzug gedrungen, mühsam schüttelte ich ihn heraus. Als ich die Plasthaut anlegte, kratzte und knirschte es dennoch. Die anderen acht Taucher erwarteten mich bereits auf der Startplattform. Der Techniker drückte mir wortlos die Bodenkarte in die Hand.

»Wir werden langsam vorgehen«, wies ich die Kollegen ein, »langsam und gründlich. Erwartet nicht, ein D-Feld zu finden, die Batterien müssen längst verbraucht sein. Schaut nach den typischen Verdichtungen des Gesteins aus. Und sucht die schraffierten Gebiete absolut systematisch ab.«

Sie nickten mir zu. Ich setzte die Brille auf, holte tief Luft, und schon sank ich. Als fremdartig bunte Schemen tanzten die anderen Taucher in den sich überschneidenden D-Feldern auf und ab. Eins zu acht, dachte ich, meine Aussichten stehen nur eins zu acht. Ich sonderte mich ab und strebte meinem Suchgebiet zu. Noch nie war die Drei-Stunden-Zone dermaßen gründlich durchkämmt worden. Wozu auch? Wir tauchten, um unseren Blick für die geologischen Formationen zu üben, folgten dabei allen interessanten Gangarten und seltenen Verwerfungen, unserer Lust und unserem Instinkt.

Ich beeilte mich und hoffte, daß sich die anderen im Gegensatz zu mir an meine Anweisungen halten würden.

Gneis und wieder Gneis. Mechanisch tastete mein Auge die Umgebung nach Höhlenbildungen ab, ta-

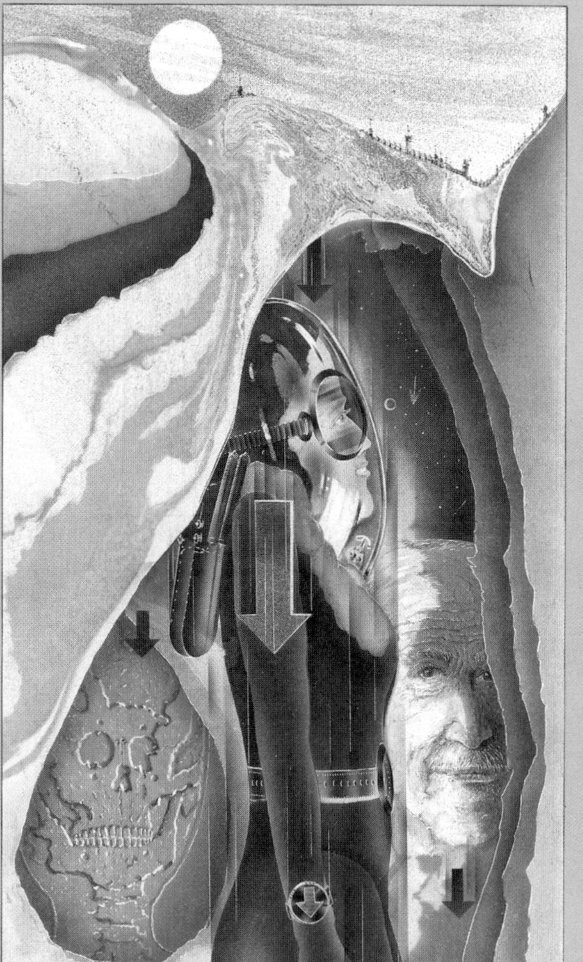

xierte dabei den Fels. Ein gleichbleibendes monotones Grau. Wollte ich die anderen schlagen, mußte ich klüger sein als sie, durch Nachdenken und Intuition den Professor aufspüren – und Atlantis.

Ich bewegte mich, immer größere Kreise ziehend, in der Ebene. Da, das Schwarz eines Wasserlaufs! Ihm hinauf oder hinab folgen? Nein, ich erkannte sein Steigen und Fallen, die Schlängelung: Es war Timbuktu Creek, wie wir ihn wegen seiner Vorzugsrichtung nannten, erforscht auf viele Kilometer seines Laufes.

Wie war es überhaupt möglich, daß wir Atlantis bislang übersehen hatten? Das großartige, weitläufige Höhlensystem, um das es sich zweifelsfrei handelte? Ich blickte auf die Karte, die wenig weiße Flecken – im D-Feld bläulich schimmernd – zeigte. Nun, sie war ungenau und grob, aber ein unterirdischer Kontinent paßte da nirgends hinein. Es sei denn, er befand sich am äußersten Rand der Drei-Stunden-Zone, dort, wohin wir uns wegen der zu geringen Sauerstoffreserven nie wagten, denn der langsame Aufstieg verschlang die meiste Zeit. Mein Aktionsradius vervielfachte sich, wenn ich – wie der Professor – auf die Rückkehr, auf die Rückzugsmöglichkeit vollständig verzichtete.

Plötzlich fröstelte mich. Ja, ich wollte das Institut verlassen, dem Direktor und seiner Gier nach Macht und Reichtum den Rücken kehren. Aber nicht völlig blind, völlig ins Graue hinein! Was, wenn ich mich verspekulierte, wenn meine Intuition trog? Ich starrte auf den monoton marmorierten Gneis um mich und fürchtete, daß mir der Mut fehlte, mich auf Gedeih und Verderb in den unerforschten Abgrund zu stürzen. Ich wollte die Sonne wiedersehen und nicht in der Unterwelt versteinern.

Zaghaft schob ich den Hebel auf freien Fall. Sank schneller und schneller hinein in den tiefgrauen Fels, Schleier dunklerer Färbung sausten an mir vorbei in die Höhe. Ich nahm mir vor, die Reserve bis zum letzten zu nutzen, hinabzufallen, so tief als nur möglich, in allerletzter Sekunde erst den Aufstieg zu beginnen und mit angehaltenem Atem die Oberfläche zu durchstoßen. Mehr wagte ich nicht.

Der Sturz verlief rasend schnell. Wie gebannt starrte ich auf die Digitalanzeige meines Gerätes, die rasch anwachsende Tiefenangabe. Ich war dem Professor schuldig, bis zum äußersten zu gehen. Noch zwei Sekunden. Jetzt! Stop! Ich schaltete – und fiel weiter. Ich schaltete noch einmal – umsonst. Verzweifelt drehte ich an den Kontrollen und hielt plötzlich den Hebel in der Hand – abgebrochen! Ein Blick auf die Anzeige: 10 km, 11 km, 12 km. Tot, schon war ich so gut wie erstickt, versteinert, gefangen für ewig im dunklen Koloß Erde. Adieu, Papa Mandel, und adieu, Sonne, und adieu, Leben! Vergebens suchte ich, den Strom der Tränen zu hemmen.

Als die Tränen versiegten, fiel ich noch immer: 350 km, 360 km. Schwerelos und frei. Bereits nicht mehr in dieser Welt. Der Erdmittelpunkt, weit unter mir, zog mich immer schneller hinab. Dorthin, wo man sich einst die Hölle dachte. Mechanisch griff ich noch einmal nach dem Gerät, das mich so schmählich im Stich gelassen hatte. Abrupt überfiel mich die Erinnerung: Fabier. Fabier hatte in der Sekunde seines Todes die Hand ausgestreckt und in ebendieser Sekunde mein Gerät berührt, der Schlag der Versteinerung hatte den Hebel verbogen. So, zwischen Leben und Tod, war ihm sein Vorhaben schließlich noch gelungen – sein Tod gerächt.

Grau um mich, bald dunkler, bald heller, alle Details im rasenden Sturz verwischt. Grau, wo längst glühendes Magma floß, wo Hunderte Grad Hitze herrschten. Würde ich den Erdmittelpunkt lebend erreichen? Der Professor hatte mir einmal augenzwinkernd von der Hohlweltlehre erzählt. War die Erde ausgehöhlt? Existierte ein Land im Inneren? Erleuchtet von einer trüben Zentralsonne? Sollte dort, mir zu Füßen, Atlantis liegen? Bevölkert von einer gütigen Rasse, die goldene Städte und hängende Gärten erbaute? Durch die ein kühler, lebenspendender Wind strich?

Zu fallen, ohne allen Widerstand ... Nie zuvor hatte ich diese schwerelose Freiheit ausgekostet. Ein fremdartiger, ekstatischer Schwindel erfaßte mich. Meine Gedanken verwirrten sich zu Träumen ...

Als ich mein Bewußtsein wiedererlangte, schmerzten all meine Glieder. Leise stöhnend, öffnete ich die Augen. Es war dunkel um mich. Meine Hände griffen in Sand. Ein Geräusch wie von Meeresrauschen in der Nähe. Und eine Stimme: »Simone? Bist du erwacht, Simone?«

»Papa Mandel!«

Entkräftet und am ganzen Leib zerschlagen, ließ ich meinen Kopf zurück auf den harten Sand sinken.

»Daß du mich gefunden hast! Nun, jeder logisch denkende Mensch muß ja auf den einzigen Fluchtweg stoßen, der mir offenstand ... Aber daß du den Mut aufbrachtest, mir zu folgen, auch auf die Gefahr hin zu ertrinken! Tapferes Mädchen!«

»Sind wir«, flüsterte ich, »in Atlantis?«

Er lachte, lachte, daß es mir in den Ohren klang. Dann stützte er mich, und ich richtete mich auf. Hoch am sternklaren Himmel stand majestätisch das Kreuz des Südens.

Wolken, zarter als ein Hauch

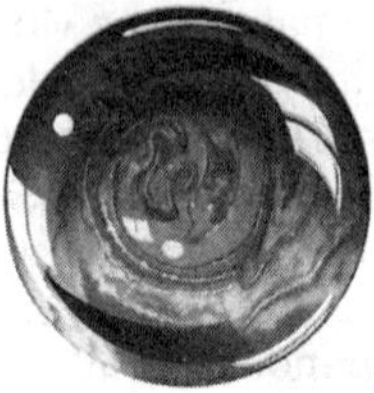

Noch vor Morgengrauen verließ ich mein Haus. Die Kühle der Luft weckte meine Haut, und der Wind trieb fasrige Wolkenfetzen um die Berge. Ich hielt nicht lange Ausschau nach einer Wolkenbank, schon die erstbeste schien geeignet. Ich schluckte den mit Kaffeegeschmack versetzten Speichel hinunter und nahm die federleichten Skyer von der Schulter. Die spärlichen Grasbüschel waren taukalt. Vorsichtig wikkelte ich die Skyer aus ihrer Schutzfolie, achtete darauf, die fein lamellierte Unterseite nicht mit den groben Handschuhen zu berühren. Mit ruhigen Bewegungen strich ich die Folie auf den rauhen Boden, legte darauf die Skyer ab. Routiniert lockerte ich die Bindung und plazierte meine Füße. Dann zog ich die Kabel zum Impulsgeber aus meinen Hosenbeinen und steckte sie in die Buchsen der Skyer.

Es waren stets die gleichen Handgriffe. Zwölf Jahre sind eine lange Zeit, doch die Erinnerung an Phil war in ihnen nicht verblaßt. Damals trat er, bepackt mit der schweren Ausrüstung, vor mir auf die Wolken – und kehrte nie zurück.

Ich griff nach dem Impulsgeber, heute ein flaches

Gerät, kaum halb so groß wie der obligatorische Rucksack darüber, und kontrollierte die Spannung. Niemand hatte damals Phils Elektronik überprüft. Es wäre meine Pflicht gewesen ... Ich tastete über meinen Gürtel, der die Steuereinrichtung enthielt: warmes Bereitschaftssummen.

Die Wolkenbank hatte sich ein wenig gehoben, sie reichte mir nun bis an die Knie. Ich schaltete die Skyer ein und hob das rechte Bein zum ersten, tastenden Schritt, senkte es langsam in die sanft wallende Nebelschicht, bis ich das Resonanzpfeifen vernahm und den plötzlichen Widerstand verspürte. Nun der zweite Schritt, traumweich glitt der Skyer in den Wolkenschwaden, fand die nötige Gegenkraft.

Ich schaute mich noch einmal nach der grauen Silhouette des Hauses um, das ich nun schon über ein Jahrzehnt allein bewohnte, verlagerte dann mein Gewicht nach vorn und schlitterte hinaus in die Wolken. Schnell war ich zehn, dann fünfzig Meter über dem Boden. Gen Osten hoben sich die vertrauten Berge dunkel vom heraufdämmernden Morgen ab. Ein blasser Schimmer Rosa öffnete in all dem Himmelsschwarz und Wolkengrau dem Tag seinen Weg.

Während ich ausschritt, hob mich der Auftrieb der Skyer bis zu der unscharfen Obergrenze der Wolken, deren Ausläufer bald bis an meine Hüften reichten oder mir sogar ins Gesicht schlugen, bald aber sich unter die Skyer zurückzogen. Je mehr sich der Himmel erhellte, desto langsamer wurde mein Schritt. Sollte es mir nicht gleich sein, wann ich ankam? Wartete denn jemand auf mich? War ich nicht – wie stets – so früh aufgestanden, daß mir ein klein wenig Zeit blieb für mich selbst? Und für meine, ja meine Welt über den Wolken, frisch, klar, unberührt und unverbraucht wie an jenem ersten Tag mit Phil?

Die flachen Strahlen der Sonne setzten Wolkensäume in Brand und ließen andere in Schatten versinken. Kontraste schnitzten wilde, unwirkliche Formen in die Massive, Gesichter aus einer anderen Zeit. Der Wind trieb sein Spiel mit ihnen, verzerrte sie, löste sie auf. Gealterte, zerfranste Kumuli. Langhingeworfene Schatten versetzten mich in die Nacht zurück, dann wieder flammte der Tag um mich auf, und ich schob die Sonnenbrille vor die Augen. Wolken, wohin ich blickte, nur weit hinter mir durchbrochen von den Spitzen der Berge. Eine Welt des sanften Wandels, des schwebenden Flaums, der liebkosend kühlen Berührung, der horizontweiten Geräuschlosigkeit. »Über den Wolken schweben«, klang die Melodie einer Schnulze in mir, ich vergaß ihre Banalität und Einfalt, denn ich schwebte über den Wolken. Dann trugen mich die Skyer auf einen Wolkenhügel, der mir weite Blicke öffnete in weißhängige Schluchten, auf höher wallende Türme, in das gemächliche Strudeln geballten Dunstes. Land in den Lüften, nie eintönig, ständig sich erneuernd, immer makellos unversehrt und – tödlich.

Den Wind im Rücken, kam ich schnell voran, umfuhr steile Wolkenfelsen, wich den wenigen, abgrundtiefen Lücken aus, Fenstern in die Unterwelt, die noch immer in Nacht befangen war.

Meine Muskeln reagierten wach und kraftvoll, und erster Schweiß sammelte sich auf meiner Stirn, die Freude des Laufens hatte meinen Körper ergriffen. Höher und höher – mit den Wolken – ging es hinaus, ich schaute auf den Höhenmesser und begann zu fürchten, daß ich an diesem Tag nicht ohne Maske auskäme und mich gänzlich vermummen müßte. Wiederum hielt ich ein, das Loch, ein Fenster, zeigte mir die Welt der oberflächlichen Betriebsamkeit, klein und aufgeteilt, ein miserables Gesprengsel von Häuserkrümeln, Straßenmikado ... Wie gut, daß in Wolkeshöhen kein festes Bauen war, kein Fußfassen und Parzellieren.

Wenige hundert Meter vor mir durchbrach etwas Glänzend-Rotes die Wolkendecke. Ich hob meinen Feldstecher, vergewisserte mich: Ja, der Skylift war angekommen, der Fesselballon der Fremdenverkehrsgesellschaft. Die Ruhe über der Erde war dahin, entschwunden wie jene fernen Tage, in denen wir beide noch allein wanderten ...

Die Angestellten, die Männer vom Service, die Hostessen verließen den Lift, die blauen und grünen und knallgelben Flecken ihrer beheizten Overalls stoben auseinander, verteilten sich über den umliegenden Himmelsraum. Sie verwandelten das reine Weiß in einen sogenannten »Wolkengarten«. Mit ihren Aerosol-Spraydosen markierten sie hellocker Wege, stutzten aufwallende Wolkenpilze zurecht und färbten sie lindgrün als »Bäume« – am echtesten noch in diesem Wolkendisneyland erschien mir die poppige Coca-Cola-Reklame. Musikfetzen klangen zu mir herüber, bald würden die ersten Touristen kommen, unbeholfen auf ihren schlecht stabilisierenden Skyern schwanken; womöglich, wie von der Erde gewohnt, leere Blechbüchsen und Plastverpackungen trotz aller Verbote von sich werfen.

ÜBER ALLEN WOLKEN IST RUH
KOMM HOCH – SEI SUPERMAN!
UP, UP IN THE SKY ...

Ich kannte die Slogans fast alle, sie logen, und ich haßte sie dafür. Man konnte es den Menschen nicht verdenken, daß sie die Erdoberfläche verlassen wollten – und ich hatte vor einem Dutzend Jahren noch naiv angenommen, daß sie in den Wolken echtes Glück finden könnten. Tatsächlich aber verschandelten sie den Luftraum, betrieben den »vertikalen Export der Plastgartenzwergkultur«, wie es eine Zeitung genannt hatte.

Kleinere Ballons in allen Farben des Regenbogens gruppierten sich nun um den großen, boten Hamburger feil, Bier und Broiler, sogar aufblasbare Gummiwolken als Souvenir.

Die ersten Touristenpünktchen, im echten Pelz oder dick gefütterten dreckigoliven Parka, quollen aus dem Lift, manche torkelten, wurden von Hostessen geführt, bis sie einen sicheren Gang erlernt hatten.

Ich brauchte mich ihnen nicht zu nähern, meine *Kandidaten* würden zu mir kommen, sie würden die sichere Nähe des Lifts verlassen und sich weit hinauswagen, so weit, daß ihnen kein Servicemann mehr folgen konnte oder wollte.

Und wieder sah ich Phil vor mir – in jener entsetzlichen Sekunde. Wie er mir vom Gipfel eines Wolkenberges mit freudig erregtem Gesicht zuwinkte – und plötzlich verschwand. Offiziell gilt er seither als vermißt, doch ich weiß es besser. Phil Brent, mein Sohn, war das erste Opfer der Skyer – mein erstes Opfer. Tief atmete ich die kalte Luft ein und versuchte, die schmerzhafte Erinnerung abzuschütteln.

Langsam und in gehöriger Distanz lief ich um den Wolkengarten herum, bezog auf günstig gelegenen Wolkenbergen Posten, den Feldstecher am Auge. Heute würde es viel Betrieb geben, die Synoptiker hatten eine stabile, auflockerungsfreie Bedeckung vorausgesagt.

Aufmerksam schaute ich dem dichter werdenden Touristentreiben zu. Ich entdeckte sechs Schwarzgekleidete, die das Gesicht hinter der Schutzmaske verbargen. Sie lösten sich aus dem Getümmel und strebten an den äußersten Buden vorbei. *Kandidaten?*

Ich nahm die Verfolgung auf, mitten hinein in das Dunstgebirge einer von der Sonne erodierten Oberfläche, hinter Wolkenbänken herum, an Nebelwänden entlang. Manchmal verlor ich sie aus den Augen, erblickte sie dann wieder von der nächsten Höhe. Stand der Wind günstig, drangen die metallischen Schläge ihrer Musik an mein Ohr.

Der Wolkenboden unter mir war von feinen Schatten durchzogen und nahm weiter draußen eine gleichmäßig hellgelbe Tönung an. Unter mir lag nun das Ballungsgebiet der petrochemischen Industrie, deren Rauch die Wolken einfärbte. Das erhöhte deren Stabilität höchstens noch und war ungefährlich, solange nicht eine zu große Anionenkonzentration die Lamellarelektroden der Skyer vergiftete. Höher türmten sich hier die Wolken, ich zog die Maske über das kältebrennende Gesicht und stellte erstaunt fest, daß ich mich bereits in 5000 Meter Höhe befand. Der Aufwind, die Thermik des Industriegebietes, war stärker, als ich vermutet hatte.

Ich folgte dem schwarzen Grüppchen weiter aufwärts, hatte sie sogar eine Zeitlang als Schmuggler im Verdacht. Doch dann wechselten sie die Richtung. Bald mußte ich den Minikompressor zuschalten, die dünne Luft reichte für den Bedarf meiner strapazierten Lungen nicht mehr aus, und in den Ohren pulste der Herzschlag. Ohne Spezialausrüstung durfte ich mich nicht höher als 10000 Meter wagen. Wenn meine *Kandidaten* abenteuerhungrige Wolkensteiger waren, gierig auf Rekorde und auf den Kitzel, die berüchtigte 12-km-Marke zu überwinden, dann konnte ich nichts ausrichten.

Glücklicherweise hing die Wolkendecke für Rekorde zu niedrig. Vorsichtig erklomm ich eine schwindelerregende Wand, sie hatten sie schon überwunden, und ich spürte, daß ich nicht mehr der Jüngste war, von Einholen konnte keine Rede sein.

Da lag ein aufgelockertes Zirrusfeld vor mir, eine zweite, schüttere und nicht tragfeste Wolkendecke über der ersten, soliden. Die schwarzen Wolkensteiger, selbst in meinem Feldstecher nur kleine aufrechte Stäbchen, beherrschten die waghalsige Kunst, glitten über schmale Zirrusfetzen, hauchdünne Brükken, die sich hinter ihnen auflösten. Der Wind zerwehte die Wolken unter ihren Skyern, daß sie schwankten, mit Mühe eine etwas dichtere erreichten. Sie trennten sich, gingen verschiedene Wege, um die Wolken nicht durch mehrfache Ionenströme zu überlasten.

Ich stand da, auf sicherer Bank, unfähig einzugreifen, und konnte nur zusehen: wie das Wölkchen plötzlich nachgab, der vorderste einsank, schließlich jeglichen Halt verlor und abstürzte. Auch die anderen brachen nun durch die zarten Zirrus, sie hatten die Skyer abgeschaltet. Sechsfacher freier Fall. Ein kleiner Schwarm stürzender, winziger Menschenpünktchen. Ich schaute ihnen nach, sie formierten sich im Kreise, mit knapp einhundert Kilometer pro Stunde brachen sie in die zweite Wolkenschicht. Es war zu spät, die Skyer fingen sich nicht mehr. In diesem Moment entfalteten sich ihre Fallschirme, schwarz wie sie selbst. Ab zur Erde – sie würden den festen Boden sicher erreichen.

Ich beschloß zurückzukehren. Um nicht Zeit zu versäumen, schaltete ich die Skyer auf freies Gleiten. Es wurde eine sturmgepeitschte Abfahrt, über stiebende Wolken jagte ich hinab und hinab und vermochte die

Fahrt kaum zu steuern. Frost fraß sich durch die schützende Maske. Ich raste in einen Wolkenberg, der plötzliche Auftrieb warf mich mit hartem Stoß fast um. Dann klafften heimtückische, Dutzende Meter tiefe Löcher vor mir. Ich sprang über sie hinweg, vom Aufprall schmerzten mir die Knie. Endlich verlangsamte sich die Jagd, ich schaute auf den Kompaß, der Rummelplatz konnte nicht mehr fern liegen. Tatsächlich, ein zuckerwatterosa Fetzen wehte mir ins Gesicht. Überrest einer Reklameinschrift oder einer Parkkulisse. Erst am Abend würden sie die Wolkenwände mit bunten Scheinwerfern anstrahlen.

Ich suchte einen guten Beobachtungsposten und setzte mich vorsichtig auf die Skyer. Dann holte ich eine Tafel Schokolade hervor und verzehrte sie ohne sonderlichen Genuß.

Die ständige Drift zog die Wolken unter dem Skylift und den anderen Ballons hindurch, ein deutlicher Kielstreifen zeichnete sich ab. Der alte Wolkengarten war längst Kilometer versetzt, undeutliche Farbschlieren erstreckten sich bis zum nahen Horizont. In der Umgebung des neuen Lustgartens deformierte die unablässige Luftbewegung Reklameinschriften zu unentzifferbaren Hieroglyphen, die Bäume wucherten aus, nahmen bizarre Formen an, verloren Wolkenschnipsel von Blättern. Gesichter von Stars oder Trickfilmfiguren waren in die Wolken gemalt worden, nun verzogen sie sich grotesk, das Stiftrot der Lippen sickerte ins Kinn oder zog sich als blutende Wunde zum Ohr, die Augen liefen als schwere Tränen aus ihren Höhlungen. Die hoch am Himmel stehende Sonne setzte neue Konturen, malte schwere Schattenfalten in faserige Stirnen. Die Köpfe des berühmten Sängerpaares flossen ineinander, ein langer Wolkenkuß, der ein dreiäugiges Ungeheuer ergab. Verschlissene, aufgelöste Gesichter, abgenutzt von der schneller und unbarmherziger ablaufenden Zeit.

Mein Blick wanderte zurück, wo man immer aufs neue Figuren und Bilder erzeugte, unberührtes Wolkenland fließbandmäßig seiner Großartigkeit beraubte und auf menschlich-handliches Format zurechtstutzte. Man vergnügte sich, tanzte zu sphärisch genannter Musik in langen Slalombögen.

Andere spielten Verstecken in den sich wandelnden Wolkenschluchten, hinter den mitunter durchscheinenden Hügeln. Wiederum andere maßen ihre Kräfte in kühnen Wettläufen. Strauchelten sie, fielen sie nur in zarten Dunst und durch diesen hindurch und würden in einer halben Stunde den Lift mit neuem Fallschirm auf dem Rücken verlassen.

Pärchen lösten sich aus dem Trubel, verschwanden hinter hohen, weißen Dünen. Platonische Liebe. Mehr als Händchenhalten war hier nicht möglich.

Und dann entdeckte ich ihn, meinen *Kandidaten*. Andere meidend, entfernte er sich vom Lift, sah sich scheu um. Ich stand auf, holte tief Luft und folgte ihm bedächtig. Er ließ sich Zeit, suchte erst die sichere, unsichere Entfernung vom Lift, vom belebten Garten. Dann, allein in der Wüste von Weiß, blieb er stehen, griff zur Schulter, löste die Gurte, ließ den Fallschirm mit einer nachlässig anmutenden Bewegung fallen. Ich kannte diese Geste gut, sie hieß: Ich will nichts mehr mit dieser alltagsdreckigen Erde zu schaffen haben, ich will frei sein und nie mehr zurückkehren müssen.

Wieviel leichter lief er nun – als wäre der Fallschirm zentnerschwer gewesen –, wie elastisch holten seine Beine aus, mit welcher Seligkeit zog er elegante Bögen. Zu meiner Beruhigung fuhr er nicht übermäßig waghalsig, die *letzte Kühnheit* hatte ihn noch nicht ergriffen. Doch langsam, aber unausweichlich lief er sich in Rausch. Der Wind trug Fetzen seines Gesanges an mein Ohr. Es war Zeit, ihn einzuholen – und zurückzubringen.

Diese Melodie! Erinnerungen stiegen in mir empor. Hunderte Male hatten wir sie gemeinsam gesungen bei unseren weißen Wanderungen. Freude und Schmerz lagen in meinem Schrei.

»Phil«, rief ich, »komm zurück, Phil! Ich bin es, Phil!«

Meine Lunge brannte vor Anstrengung, doch trug der Ruf in der dünnen Luft nicht weit. Mit aller Kraft stürzte ich vorwärts. »Phil! Phil!«

Er entdeckte mich. Einen Augenblick nur, und seine Beine flogen, er floh. Zu schnell, als daß ich mit ihm mithalten konnte. Und er eilte in Richtung des Meeres, ob er es nun beabsichtigte oder nicht.

Keuchend folgte ich ihm, sah ihn kleiner und kleiner werden, immer öfter hinter Dunsthügeln verschwinden. Ich lief, so schnell ich nur konnte, lief mit der Kraft der Verzweiflung. Er durfte nicht ein zweites Mal vor meinen Augen in den Tod stürzen.

Dann schloß sich eine Nebelwand hinter ihm, er war weg, tauchte aus keiner Wolke mehr auf. Nirgendwo. Ein eisiger Krampf befiel mich, mit Mühe hielt ich das Gleichgewicht. Also war er gegangen, am Boden zerschellt. Ich kannte den Anblick der Abgestürzten, der *Kandidaten*, die ihr Ziel erreicht hatten. Übelkeit und Kälte verspürte ich und das Zittern der Muskeln. Die weiße Welt war um mich öd und leer und feindlich. Mit höhnischer Unschuld strahlte die Sonne, all der bodenlose kalte Dampf ekelte mich, mein Gesicht erschauderte, wenn mich seine nassen Zungen leckten. Und ich wünschte, es sei Phil gewesen, und zugleich, er sei es nicht gewesen.

Mühsam überwand ich den Unwillen und den Wunsch, selbst abzuspringen, heraus zu sein aus all dem Elend. Vergewissere dich, befahl mein Verstand, und gehorsam erklomm ich den nächsten, hochaufragenden Kumulus. Setzte den Feldstecher an und hielt Ausschau. Schlohweiß lagen die Fetzen und Blöcke und Halden und Klüfte und Grate und Höhlungen unter mir, und weit über mir zogen filigrane Stratos. Und da erblickte ich, als sich ein Schleier auflöste, das weit entfernte Pünktchen, wie es sich sacht gegen Wolken und Wind bewegte. Mir war, als wäre ich selbst dem Tod mit knapper Not entronnen.

Ich jagte ihm nach, angetrieben von der wachsenden Furcht, zu spät zu kommen, angetrieben von der verbissenen Hoffnung, ihn doch noch zu erreichen. Ich vergaß alles um mich, vergaß Ort und Zeit, vergaß das Brennen meiner Muskeln, die schmerzende Kälte der Luft, vergaß den Wind, vergaß selbst die Wolken, auf denen ich lief. Wände schoben sich vor mich, Berge bauten sich auf, Klüfte legten sich mir in den Weg, Tunnel brachen über mir zusammen. Endlich konnte ich ihn wieder erkennen, immer noch weit voraus. Nun nutzte ich das wabernde Labyrinth, um mich nicht sehen zu lassen.

Bevor man es wahrnimmt, ist es vorbei. Und der Ton kommt gleichzeitig mit dem Schlag der Luft. Es traf mich völlig unvorbereitet, riß mich um, wirbelte mich mit Orkangewalt durch die hellen Nebel. Ich riß den Mund weit auf, die Trommelfelle knackten, der spitze, schmerzheiße Ton schrie und klang und versank allmählich. Kopfüber, kopfunter suchte ich mit den Armen, die Balance wiederzufinden, ruderte mit den Beinen und fiel und fiel und fiel. Der entfesselte Sturm blähte meinen Overall, hob mich einen Sekundenbruchteil. Ich riß mich herum, nutzte die verschwindende Chance, jagte Überspannung in die Skyer, daß der Dunst, von Elektronen zerwühlt, bläulich aufwallte, daß Funken aus meinen Fingern sprangen. Dann faßte mich das Feld wirbelnder Ionen, verlangsamte meinen Sturz, hielt ihn auf, hob mich empor, bis ich auf normale Leistung zurückschalten konnte.

Ich hatte den Vorbeiflug des Jets wohlbehalten überstanden. Und Phil? Bis auf einen neuen, schmalen und schnurgeraden Streifen schien sich die Wolkenoberfläche nicht verändert zu haben. Mein Kompaß hatte unter der elektrischen Entladung gelitten, ich orientierte mich nur unzulänglich am Sonnenstand, wußte aber, daß der Skylift mit seinem Rummelplatz weit von den Fluglinien entfernt war. Es sei denn, das Militär nahm es wieder mal nicht so genau.

Wo war Phil? Ich hob das Glas an die Augen und suchte ihn. Er mußte sich weit genug von der Bahn des Flugzeugs entfernt aufgehalten haben. Es gab keinen Grund, ihn schon wieder aufzugeben ... Über das wellige, von weiten Gräben durchzogene Wolkenland flohen Nebelfetzen dahin, nahmen mir die Sicht und gaben sie wieder frei. Die Wattebauschpyramide eines Kumulus erhob sich bis in atemberaubende Höhen. Weiße Flöße lösten sich von ihr und trieben, langsam zerfiedernd, weit hinaus. Und dort, am Gipfel des Wolkenberges, bewegte sich eine winzige Gestalt!

Die Gläser des Feldstechers beschlugen von meinem feuchten Atem. Ich ließ ihn ins Futteral gleiten und eilte los. Der Weg war weiter, als ich geschätzt hatte. Und wehe, er drehte sich um, blickte hinab, sah mich ...

Unbewußt, trotz der Steilheit des Berges, trotz des

brandenden Sausens des Windes hielt ich den Atem ein, dämpfte mein Keuchen, wenige Meter nur trennten mich vom Gipfel, von ihm. – Er war nicht Phil. Wie hätte er auch ... Phil war vor zwölf Jahren abgestürzt.

Eine tiefe Traurigkeit erfüllte mich. Sosehr ich auch suchte und wartete, nie würde ich Phil zwischen den Wolken wiederfinden. War es denn so schwer, das zu begreifen?

Ich stand da, zögerte und versuchte, wieder zu Atem zu kommen. Ganz gleich, wer der Mann ohne Fallschirm war, ich schuldete Phil, ihn zu retten. Langsam drehte er sich um. Als er mich erblickte, rief er: »Halt, noch einen Schritt, und ich springe!«

Ich sah in sein Gesicht, in dem, ungeachtet aller Anstrengung, der Mühe des Atmens, der Kälte, ein leichter, fast verzückter Ausdruck spielte. Manche wollen vorher ein letztes Mal mit einem Menschen reden, andere macht jede Annäherung zornig, treibt sie in den Sturz. Noch konnte ich ihn nicht einordnen.

»Sie haben kein Recht, mir zu folgen, mir meine Freiheit zu nehmen!« schrie er.

Ich hätte ihm antworten können, daß ich ein größeres Recht darauf besaß als jeder andere Mensch, daß er ohne mich niemals diese Freiheit hätte kosten können, aber ich schwieg und ließ mich, ohne ihn nur einen Moment aus den Augen zu lassen, auf meine Skyer nieder, beruhigte mein laut klopfendes Herz und wartete darauf, daß er weitererzählte.

»Glauben Sie etwa, ich lasse mich zur Erde zurückholen? Nur solange die Wolken mich tragen, bin ich glücklich und gehöre mir selbst. Ich will nicht hinunter in diese Hölle von Geld und Zwang.«

Ich schwieg.

»Da unten warten sie auf mich mit Anklagen und

Gefängnis.« Er sah mich trotzig an, und ich nickte ihm aufmunternd zu.

»Nur hier kann ich leben ... Nein, ich halte das nicht länger aus, immer wieder runter zu müssen und dann nicht zu wissen, wo ich das Geld auftreibe für den nächsten Lift.«

Das war es, was die Psychologen vorausgesagt hatten: Wolkensucht. Menschen, die sich ruinierten, um immer wieder auf Wolken zu gleiten, die keiner Arbeit nachgingen, die stahlen, um Lift und Ausrüstung bezahlen zu können – ich hätte es wissen müssen.

»Gibt es denn etwas Schöneres, als der Sonne nah zu sein und fern von allen Menschen, in einer unendlichen, frischen Welt? Wo noch Platz ist, um zu leben ...«

Verträumt starrte er vor sich hin. Ich ergriff die Gelegenheit, erhob mich vorsichtig, langsam glitten meine Skyer auf ihn zu. Plötzlich sprang er nach vorn, landete mit einem kühnen Satz auf einem sich gerade vom Berg lösenden Wolkenfloß, das unsicher unter ihm vibrierte. Sein Gelächter verlor sich in den Weiten der Luft.

»Hier bin ich der Meister, alle Wolken gehorchen mir!«

Er drehte sich schwungvoll, und das Floß unter ihm schrumpfte. »Niemand hält mich auf, niemand! Ich bin frei, frei!«

Der letzte Hauch brauchte sich auf, die Skyer fanden keinen Halt mehr, er sackte durch.

Ich überlegte nicht, ich sprang einfach. Die Arme spreizend, drehte ich mich und schwamm im eiskalten Luftstrom. Im Wirrwarr der Wolkenfetzen manövrierte ich mich an ihn heran. Dann stieß meine Rechte vor, griff zu, ich hatte ihn. Mit leisem Klicken klinkten sich die Karabinerhaken an seinem Gürtel fest. Er leistete keinen Widerstand, grinste nur, als ob er mich übertölpelt hätte. Noch in den Wolken ließ ich den Schirm frei, er entfaltete sich krachend und riß uns nach oben. Gerettet!

»Was glauben Sie, wo wir uns befinden«, rief er triumphierend, »über dem Meer, weit draußen über dem Meer!«

Schweigend löste ich die Bindungen; von Perlonschnüren gehalten, flogen die Skyer über meinen Kopf. Hatte ich es nicht immer gewußt? Einmal würde das letzte Mal sein. Einmal würde der Fallschirm sich nicht öffnen, einmal würde ich in eine Hochspannungsleitung sinken, in eine giftige Rauchfahne geraten, von einem Flugzeug zerschmettert werden. Aber doch nicht ins Meer! Noch Minuten, vielleicht Stunden verzweifelt mit den Wellen kämpfen, noch im Ertrinken auf ein Schiff hoffen – und so weit konnte es auch nicht zur Küste sein, man würde den Fallschirm sehen, ein Boot senden ... So mußte es damals Phil ergangen sein, aber niemand hatte seinen Absturz beobachtet, kein Boot hatte ihn aufgefischt ...

Als die Wolken unter uns aufrissen, erblickte ich festen Boden. Der beständige Westwind hatte uns landeinwärts versetzt. So weit das Auge reichte, sah ich Fabriken und Wohnviertel, Klärgruben, Kanäle und kleine Parkanlagen mit bunten Plastbäumen, dutzendspurige Fernstraßen zogen sich von Horizont zu Horizont, im Süden brannte eine Müllhalde. Kein Wunder, daß jeder, der konnte, in die Wolken floh.

Ein leeres Fußballstadion wuchs und wuchs, ich zog an den Leinen, damit der Luftstrom uns in seine Mitte trug. Ich umarmte den Geretteten, dann schlugen wir auf. Meine Beine fingen den Sturz nicht völlig ab, wir stürzten übereinander, rollten ein Stück. Er kam zuerst auf die Beine, klinkte die Haken aus.

Breitbeinig stellte er sich vor mich und sagte: »Glauben Sie, Sie können mich hindern, es morgen erneut zu versuchen?«

Er drehte sich um und stapfte ungelenk davon.

Mühsam erhob ich mich. Mein linker Knöchel schmerzte. Ich sammelte die Skyer ein, humpelte zum Schirm und begann, ihn zusammenzulegen.

Ich bin doch der Erfinder der Skyer, hätte ich ihm nachrufen mögen, aber der Schmerz hielt meinen Mund geschlossen. Trotzdem hörte ich in Gedanken seine Antwort: »Na und, glauben Sie, das gibt Ihnen ein besonderes Privileg, sich in anderer Leute Angelegenheiten zu mischen?« Hatte er nicht recht, hing es etwa von mir ab, wozu man die Skyer benutzte?

Mein Speichel schmeckte bitter, ich spuckte aus. Morgen würde ich wieder auf Wacht sein. Und jeden Tag. Nein, zurücknehmen konnte ich nichts mehr, meine Erfindung nicht, Phils Tod nicht und all die Fälle, in denen ich versagt hatte. Aber solange sich noch dann und wann ein Menschenleben retten läßt, brauche ich meinen Fallschirm nicht abzuwerfen.

Unter schwarzer Sonne

Es dunkelte, Big Black ging auf.

Ich stützte mich auf den Metallrahmen des Fensters und blickte hinaus. Langsam stieg die tiefschwarze Scheibe über den Horizont Kryons und verdeckte Stern um Stern. Als helle Silhouetten hoben sich von ihr die Experimentalbauten ab, hier und da Lichtreflexe zur Station zurückwerfend. Selbst aus der Entfernung boten sie einen traurigen Anblick: Verspannkabel hingen herab, Wände waren umgekippt, Instrumente lagen zerschmettert am Boden. Und wo noch vorgestern das Sondenkatapult seine Leitschienen in den düsteren Himmel gereckt hatte, blinkte nun in einem flachen Krater ein Heliumsee.

Bei der bloßen Erinnerung an die Katastrophe kehrte der Schmerz in mein Bein zurück. Vorsichtig fühlte ich nach dem Verband.

Jethro und Oboré gelangten in mein Blickfeld. Grau schimmerten ihre heliumabweisenden Skaphander, lediglich die Wärmeabstrahler, breite Lamellensätze auf den Tornistern, glommen dunkelrot. Zielstrebig und schnell bewegten sie sich auf den umgeknickten Antennenmast zu – aus meiner Sicht zu schnell. Ich drückte auf die Taste des Sprechgerätes. »Jethro, Oboré, seid mir ja vorsichtig. Durch die Beben können sich neue Spalten und Löcher gebildet haben!«

Ich hatte nicht den Eindruck, daß sie ihren Schritt verlangsamten. Und jedes Straucheln konnte bei einer Oberflächentemperatur von vier Kelvin und einem feinen, alles bedeckenden Heliumfilm tödlich enden. »Umgekommen durch Verlust der Isolation« – die Eintragung im Logbuch der Station stand mir als Warnung vor Augen.

Sie hatten den Mast erreicht, Jethro rüttelte an den stählernen Verstrebungen, daß ich mir unwillkürlich auf die Lippen biß. Dann stieg er in das Metallplastgerüst, zog sich von Spante zu Spante höher. Ich hörte seinen lauten Atem.

»Schöne Aussicht von hier oben, Regenmacher«, sagte er zu Oboré, der diesen Spitznamen seinen afrikanischen Vorfahren verdankte. »Wenn ich ein Taschentuch hätte, würde ich der Ptolemaios zuwinken.«

»Laß den Unsinn!« entfuhr es mir.

Die Arbeit fiel Jethro nicht leicht. Ich konnte mir gut vorstellen, wie er, inzwischen am Mast festgeseilt, sich mühte, die vom Partikelstrom zerstörten Geräte aus ihren Halterungen zu lösen, Baugruppen auszutauschen. »Hier ist alles kaltgeschweißt«, beklagte er sich.

Zu allem Unglück konnte die Ptolemaios, das Schiff, das die Ablösung brachte, ohne Navigationshilfe nicht auf Kryon landen. Unmittelbar vor der Katastrophe aber hatten wir erste Voraussignale vom Kommandanten Ruiz-Shijara empfangen.

Ich humpelte hinter dem Fenster hin und her. Erkennen konnte ich fast nichts. Wie ein winziges graues Insekt klebte Jethro an dem fernen Mast. Von

Zeit zu Zeit veränderte er seine Position. Weder er noch Oboré sprachen ein Wort. Nur Jethros Atem, bald angehalten, bald schnell ausgestoßen, verriet seine Anstrengung.

Im Kontrollraum summte und surrte es. Eine einzelne kybernetische Putzmaus strich über den Boden. Von einem gestörten Computer gesteuert, sammelte sie nicht etwa herumliegende Scherben, Papierfetzen und Kabelstücke ein, sondern umkreiste wie betrunken einen Hocker. Ich stieß den nutzlosen Automaten mit dem gesunden Fuß zur Seite.

Oboré stand am Mast, die Sichtscheibe seines Skaphanders auf Jethro gerichtet. In einer Verschnaufpause Jethros ließ er seinen Gedanken freien Lauf. Er erzählte von der Erde, auf die er sich schon freute, von seinen Kindern, die mittlerweile älter sein würden als er – an Jahren und vielleicht sogar an Erfahrung, und natürlich von seiner afrikanischen Heimat. Wie nervte mich dieses Wort »Erde«! Seit Wochen bestimmte unser Heimatplanet jedes Gespräch: »Wenn ich erst auf der Erde bin, dann werde ich ...« – »Was glaubst du, wie sich die Erde in den dreißig Jahren verändert hat ...« Es sollte mich sehr wundern, wenn nicht alles beim alten blieb in drei Jahren, dreißig oder dreihundert.

»Regenmacher, halt keine Volksreden! Schaut lieber zu, daß ihr fertig werdet!«

»Schon gut, schon gut.«

Jethro ließ an einem Kabel eine defekte Baugruppe hinab, sie schlingerte gefährlich, schlug mehrmals gegen den Mast. Weshalb trat Oboré nicht zumindest ein wenig zur Seite? Er fing die Baugruppe ab, tauschte sie gegen eine neue aus. Pendelnd stieg diese empor. Wie leicht hätten sie durch ein dünnes Plastikseil das Schwingen verhindern können ... Aber möglicherweise sah aus meiner Perspektive alles gefährlicher aus, als es tatsächlich war.

Minutenlang herrschte Schweigen, nur unterbrochen vom Keuchen Jethros. »Ich glaube, ich schaffe es nicht«, sagte er dann. »Die Zerstörungen sind weitaus schlimmer, als wir angenommen haben.«

»Kehrt zurück«, wandte ich mich an die beiden, »euer Sauerstoff geht zur Neige.«

Das Kabel reichte fast bis zum Boden. Jethro ließ es fallen. Es schlug auf, wand sich wie eine Schlange. Helium spritzte empor, bunte, kreisförmige Reflexe liefen über den feuchten Boden.

Ich preßte die Fäuste gegeneinander. »Kommt zurück! – Aber langsam!«

Sie stapften nach links aus dem Sichtbereich meines Fensters. Die Putzmaus surrte heran und umtorkelte erneut den Hockerfuß. Ich warf ein elektronisches Notizbuch nach ihr, verfehlte sie aber.

Auf der Kontrollwand leuchtete eine rote Signallampe auf, die das Öffnen der Schleuse anzeigte. Als sie erlosch, ging ich ihnen entgegen. Ich mußte mich vorsichtig bewegen, denn es stach in meinem verstauchten Knöchel. Da hörte ich schon das dumpfe Zuschnappen der inneren Schleusentür. Auf dem langen, zentralen Gang der kleinen Station trafen wir uns. Das schwarze Gesicht des Regenmachers sah abgespannt und ein wenig fahl aus.

»Vor drei Tagen fliegt die Ptolemaios nicht an. Bis dahin haben wir die Antenne fertig«, sagte er.

Ich nickte, obwohl ich seinen Optimismus unbegründet fand. Auch morgen würden wir nicht mehr Ersatzteile besitzen, auch morgen würden die defekten Vorverstärker nicht weniger fest an den Parabolantennen klemmen.

Jethro lächelte müde, er klopfte mir auf die Schulter. »Na, Damian, hast du unsern Ausflug lebend und gesund überstanden?«

Ich seufzte, Jethro würde nie ein Gefühl für die Gefahren des Kosmos erwerben.

Sie liefen den Gang hinab. Und ich zog mich in den Kontrollraum zurück. Vielleicht fiel mir noch eine andere Möglichkeit ein, die Ptolemaios zu verständigen.

Das optische Teleskop war trotz des Bebens und trotz des Partikelstromes intakt geblieben. Ich nahm hinter der Sichtscheibe, auf die der Sternhimmel projiziert wurde, Platz und suchte, vorerst mit geringer Vergrößerung, nach der Claudius Ptolemaios. Ruiz-Shijara und seine Mannschaft mußten sich bereits in Sorge befinden. Was würden sie unternehmen, wenn sie aus dem Orbit die Zerstörungen hier sichteten? Wie lange würden sie warten? Ich hielt es für unwahrscheinlich, daß sie die schwachen Signale unseres Skaphanderfunks empfingen.

Ich verstellte die Kontrollen des Teleskops. Aus Richtung des Sternbildes Puppis flogen sie an. Auch bei hoher Vergrößerung erspähte ich nirgendwo den Lichtfunken des Antriebs. Während sich das Teleskop drehte, jagten meteoritengleich Sterne von links nach rechts über den Sichtschirm. Dann erfüllte ihn eine absolute Schwärze, ich hatte Big Black im Visier.

Irgend etwas, das wir nicht einordnen konnten, war mit der in sich gefallenen Sonne geschehen. Eine Instabilität. Das Wort bedeutet nicht mehr als die Phänomene, die wir beobachtet hatten: Die harte Strahlung, die unsere Instrumente zerstörte und unsere Computer deprogrammierte. Und das Beben, durch eine gravitative Stoßwelle ausgelöst, das die Station wie ein Schiffchen auf stürmischer See tanzen ließ.

Daß wir überlebten, verdankten wir lediglich ihrer überaus perfekten Wärmeisolierung: von supraleitenden Magneten getragen, schwebte sie einen halben Meter über der Planetenoberfläche. Ein zweites Beben allerdings würde die Station ohne einen Umbau nicht überstehen.

Unter dem Verband klopfte die Schürfwunde an der Wade. Sie lenkte meine Aufmerksamkeit für Sekunden ab. Ein winziger Lichtpunkt wanderte unbeachtet über den Schirm.

Ich ergrimmte mich. Nicht über die Zerstörungen um uns, nicht über die Ungewißheit, ob und wie wir abgeholt werden würden, sondern über die verpaßte Chance. Drei Jahre führten wir auf dem kältesten der erreichbaren Planeten ein Einsiedlerleben, drei Jahre maßen wir die kleinste Verzerrung der Kerr-Metrik, katapultierten Sonden in die Ergosphäre, experimentierten mit dem Penrose-Prozeß, rechneten, spekulierten, theoretisierten ohne überwältigende Resultate. Und als unvermutet das ersehnte Wunder geschah, Big Black eine unerwartete Reaktion zeigte, die völlig neue Einsichten versprach, versagten als erstes unsere Instrumente, und wir saßen da ohne einen einzigen Fakt ...

Zehn Jahre meines Lebens hatte ich für diesen Forschungsaufenthalt verausgabt. Und wenn wir je auf die Erde zurückkehrten, würde ich dort, wo inzwischen dreißig Jahre verstrichen waren, mich neu in mein Fachgebiet einarbeiten müssen, vorausgesetzt, ich fand überhaupt Anschluß.

Zitternd stand ein Lichtpunkt in der rechten unteren Ecke des Sichtschirmes. Endlich erweckte er meine Aufmerksamkeit. Kein Stern. Was aber sonst? Licht vor Big Black? Ein Kleinplanet, ein Meteorit? Unmöglich, diese Körper leuchteten nicht.

Ich hüpfte auf einem Bein zur Rufanlage, drückte auf den An-alle-Knopf und schrie ins Mikrophon: »Regenmacher, Jethro, raus aus den Federn! Ich habe die Ptolemaios im Bild. Sie kommen zwei Tage zu früh!«

Auf meine Verletzung schimpfend, hinkte ich zum Teleskop zurück. Ich veränderte die Einstellung, bis der Lichtpunkt in die Mitte des Schirmes gerutscht war. Mit den wenigen intakten Geräten versuchte ich eine Peilung, eine Positionsbestimmung.

Kurz hintereinander stürzten Jethro und Oboré herein.

»Wo hast du sie, Damian? Laß mich sehen!« Jethro drängte sich neben mich und tippte mit dem Finger gegen den Schirm.

Schweigend räumte ich den Platz und ließ mich hinter einem notdürftig geflickten Computerterminal nieder.

»Und wir haben keinen Funkkontakt«, beklagte sich Oboré. Das karierte Hemd hing ihm halb aus der Hose, doch er bemerkte es nicht.

Hilflos starrten wir uns gegenseitig an. Im Nebenraum prallten mit elektronischer Sturheit zwei defekte Putzmäuse in regelmäßigen Zeitintervallen aufeinander.

Ich tastete das Terminal ein, um den Kurs der Ptolemaios zu berechnen. Vielleicht blieb noch genügend Zeit, eine Notreparatur auszuführen? Im Kontrollraum herrschte gespannte Stille, leises Atmen, die Bewegung der Finger auf der Tastatur und dann und wann ein Röcheln der Klimaanlage, mehr war nicht zu hören.

Sie kamen nicht nur verfrüht, sie flogen auch einen absurden Kurs. Und ihre Geschwindigkeit lag viel zu hoch. Verfolgte man ihre Bahn zurück, dann schienen sie direkt aus Big Black herausgeschossen zu sein, verfolgte man ihre Bahn voraus, dann mußten sie in weniger als zehn Minuten auf Kryon aufschlagen – ein zweites Planetenbeben würde unsere Station erschüttern.

Etwas konnte nicht stimmen: Position, Geschwindigkeit? Ich schaute Oboré an. Aus der Traum! stand auf seinem breiten Gesicht.

Jethro trat hinter mich, stützte sich mit dem linken Ellenbogen auf meine Schulter. Als ob er meinen Berechnungen keinen Glauben schenken könnte, startete er das Programm ein zweites Mal. »Sie«, Jethro räusperte sich, »sie bremsen ... Das ist nicht die Ptolemaios, diese Verzögerung bringt kein Schiff der Flotte zustande.« Ich schob Jethros Arm beiseite und erhob mich.

Eben noch füllte die schwarze Scheibe Big Blacks fast das gesamte Beobachtungsfenster aus, da fiel, von einem Augenblick zum nächsten, ein Lichtblitz auf Kryon herab, so nahe der Station, daß ich die leuchtenden Konturen des Raumschiffes ausmachen konnte. In sich verschlungen, zierlich und zerbrechlich wirkte es mit seinen blitzenden Verstrebungen, den seltsam durchscheinenden Kugeln, die seinen Rumpf umgaben, dem pulsierenden blauen Schein in Bodennähe. Und schon stiegen sie aus: drei kleine, zweibeinige Gestalten in glasklaren, nur durch ihre Reflexe erkennbaren Skaphandern.

Ich weiß nicht, was in diesem Moment in mir vorging. Ich vergaß mein verletztes Bein, vergaß Jethro und den Regenmacher, vergaß die bekannten Vorschriften ... Draußen sind Außerirdische, dachte ich, draußen sind Außerirdische! Humpelnd stürzte ich zur Schleuse.

Da verhakten sich die Verschlüsse, verklemmten

sich die Verschraubungen, versteiften sich die Gelenke. Da fuhr ich in den falschen Ärmel, verlor den Schweißabsorber, schimpfte über den Skaphandercomputer, der den Ausgang nicht gestattete, bis jeder Kontakt angelegt, jede Kontrolle durchgeführt war. Da stolperte ich beinahe beim ersten Schritt auf der schmalen Rampe, die zur Planetenoberfläche hinabführte.

»Was hast du vor, Damian?« rief Oboré. Dem heliumglänzenden Boden kaum einen Blick schenkend, hinkte ich auf die Fremden zu. Als sie mich wahrnahmen, verlangsamten sich ihre Schritte. Sie gingen wie Menschen, hatten zwei Arme wie Menschen, zwei Beine wie Menschen. Sie trugen, durch die klaren Skaphander gut sichtbar, bunte Kleidung: weit fallende Hosen, weit fallende Hemden. Und ihre Gesichter zeigten menschliche Züge. Ich blieb stehen.

Sie näherten sich mir, umrundeten mich staunend, kopfschüttelnd. Sie klopften mir auf den Oberarm, auf die Schultern, als müßten sie sich von meiner Existenz per Handschlag überzeugen. Es waren zwei Männer und eine Frau, alle drei offensichtlich jung, alle drei offensichtlich recht unbekümmert, Jethro darin nicht unähnlich.

»Ich empfange ihren Sprechfunk, Damian. Soll ich dich zuschalten?«

Ich bejahte. Sofort brach ein Lachen, ein Schnattern über mich herein.

»Hallo«, sagte ich zögernd, »ich heiße Damian.«

Sie verstummten, musterten mich. Und dann sprachen sie meinen Namen nach, langsam, laut, deutlich und so, als hätten sie drei Zungen im Mund. Von allem weiteren verstand ich keine Silbe.

Ohne meine Einladung abzuwarten, schlugen sie den Weg zur Rampe ein. Menschen? Hatte man seit unserem Abflug auf der Erde eine neue Raumflugtechnik entwickelt? Oder war alle Ähnlichkeit äußerlich, zufällig? Die Schmerzen, die ich in der ersten Aufregung vergessen hatte, nahmen wieder pochend und stechend von meinem Bein Besitz. Langsam humpelte ich ihnen nach.

Der Unfall geschah auf halbem Wege zur Station. Einer der Fremden hatte sich von den anderen entfernt, wahrscheinlich, um eine der beschädigten Experimentaleinrichtungen zu betrachten. Ich hörte einen leisen Schrei, der abrupt abbrach. Ehe ich den Kopf wenden konnte, war alles vorüber. Ein Heliumnebel, der rasch niederschlug. Bruchstücke, die beim Auftreffen Spritzer hochschleuderten. Ein zerfetzter Skaphander.

Todeskälte schien in meinen eigenen Anzug gedrungen zu sein. Beklommen näherte ich mich der Unglückstelle.

Ein Fuß des Fremden hatte sich in einem vom Heliumfilm verdeckten Loch verfangen, durch den Sturz war der Skaphander gerissen. In das winzige Loch war die Supraflüssigkeit eingedrungen und explosionsartig verdampft. Der Körper des Fremden war in kristalline Stücke zersprungen. Ein weißer Flaum gefrorenen Atems bedeckte die gläsernen Scherben seines Gesichtes.

Hätte ich ihn warnen können? In meinem Mund sammelte sich ein säuerlich-scharfer Geschmack, mein Magen verkrampfte sich. Mit der Zunge drückte ich auf einen Kontakt in Kinnhöhe und schluckte die Pille, die freigegeben wurde.

Als ich den Kopf wieder hob, winkten sie mir von der Rampe her zu. »Komm«, bedeutete es. Ihren Kameraden ließen sie einfach liegen.

Ich war so erschüttert, so verwirrt, daß ich nicht daran dachte, ihnen den Zugang zur Station zu verwehren. Erst als sich die äußere Schleusentür hinter uns schloß, fiel mir ein, daß ich gegen alle Regeln der Kontaktaufnahme verstieß.

Im Nu hatten sie ihre Helme abgesetzt. Und schon schlüpften sie aus ihren leichten Skaphandern. Sie schienen nie von Bakterien gehört zu haben, nie von unterschiedlichen Planetenatmosphären.

»Oboré!« rief ich, »sperr sofort den Luftaustausch mit der Schleuse, sonst verseuchen sie die gesamte Station!«

Wieder überrumpelten sie mich. Spielerisch leicht handhabten sie den Verschlußmechanismus der inneren Schleusentür. Und ehe ich mich von meinem Schreck erholte, stand ich allein zwischen Skaphandern und Sauerstoffflaschen.

»Oboré, Jethro!« rief ich verzweifelt. »Sie kommen ...«

Mechanisch setzte ich den Helm ab, stieg aus dem Anzug und verankerte ihn in der Halterung. Er war mit einer feinen Kruste Reif beschlagen. Dann folgte ich, den Schmerz unterdrückend, unseren eiligen Gästen. Als ich den Kontrollraum betrat, überfielen sie gerade Jethro und den Regenmacher mit zungenbrecherischem Redeschwall. Und sie scheuten sich nicht, den Stoff unserer Anzüge zu betasten, dabei zogen sie Gesichter, als trügen wir Sackleinwand. Sie rissen mir die Brille von der Nase, setzten sie sich selbst auf, bald richtig herum, bald verkehrt herum, und rollten wild mit den Augen. Von Zeit zu Zeit warfen sie einen Seitenblick auf mich, als wäre ich ein vorzeitliches Monstrum: der Mensch mit Sehfehler. Endlich erhielt ich mein Eigentum zurück.

Ich setzte mich auf einen Hocker, hauchte die Brillengläser an, putzte sie und wartete auf unser Verderben. Wie würde sich die Verseuchung bemerkbar machen? Durch Kopfschmerz oder durch Übelkeit? Durch Fieber oder einen plötzlichen Ausfall des Gehörs? Auch Oboré schwieg. Und Jethro? Der hatte nur noch Augen für das Mädchen. Konnte ich es ihm nach drei Jahren mit täglichen Abstinenzpillen verdenken? Er umtänzelte sie, als wäre sie die lang herbeigesehnte gute Fee aus dem Kosmos.

Aber vor keiner halben Stunde hatten sie einen Kameraden auf schreckliche Weise verloren, und der Verlust berührte sie nicht im mindesten. Verhielten sich so menschliche Wesen? Vielleicht waren sie perfekte – und keimfreie – Astroroboter? Doch nein, wer würde alberne Roboter entwerfen ...

Dann beschäftigten sie sich mit unseren Geräten und Instrumenten. Sie traten an die Pulte, betasteten die Kontakte, fuhren mit den Fingern über die Bildschirme. Sie jauchzten auf, als sie den zugestandenermaßen überdimensionierten Handhebel des Notaggregates entdeckten, und schüttelten sich in komischem Entsetzen, als sie seine Funktion errieten. Bald ehrfürchtig schweigend, bald in verächtlichem Tonfall Bemerkungen austauschend, bestaunten sie unsere Einrichtung – wie Erinnerungsstücke eines längst verflossenen barbarischen Zeitalters.

Oboré, unser Stationssenior, fand als erster in seine normale Rolle zurück. Er winkte und zeigte und lächelte und ging auf die Tür zum Aufenthaltsraum zu – weg von den Geräten, denen ein spielerisches Herumschalten womöglich schaden konnte. Plappernd folgten sie ihm.

Im Aufenthaltsraum erweckte die Orangerie hinter der Glaswand nur kurz ihre Aufmerksamkeit. Desto mehr interessierte sie Oborés afrikanische Trommel und – unsere ordinären Plastikstühle. Zum Sitzen ungeeignet, ihre Gesichter sprachen für sich.

Die Klimaanlage begrüßte sie mit einem gedämpften Rattern, das eine schwache Resonanz von Oborés Trommel hervorrief. Jethro holte fünf Gläser Juice und teilte sie aus.

»Willst du sie vergiften?« fuhr ich ihn an.

»Testen«, flüsterte er und drückte mich in einen Stuhl. Er selbst plazierte sich dem Mädchen direkt gegenüber und ließ sie keine Sekunde aus den Augen.

Oboré hob unsicher sein Glas und nickte den Fremden zu. Sie kosteten: Er rang mit hervorquellenden Augen um Atem und sie, sie prustete und spuckte den Orangensaft wieder aus. Die Flüssigkeit perlte von ihrem Kleid ab und rann zu Boden.

Bestürzt sprangen wir auf, doch da winkte sie ab, lachte, als sei nichts geschehen, und nippte erneut mit gespitzten Lippen. Ich verstand den Kosmos nicht mehr. Ich hätte nie die Getränke von Außerirdischen auch nur angerührt ...

Eine Weile beobachtete ich sie, dann holte ich, einer plötzlichen Eingebung folgend, Papier und Bleistift und begann, den Sternhimmel von Kryon zu skizzieren. Und da, im verzerrten Sternbild des Kentaurus, unsere ferne Heimatsonne Sol.

Sie nahmen mir das Papier aus der Hand, betasteten es amüsiert. Meine Skizze beachteten sie nicht. Sichtlich bemüht, langsam und deutlich zu sprechen, sagte das Mädchen ein, zwei Sätze.

»Sie fragen uns, wie wir in diese Station geraten sind.«

»Laß die Witze, Jethro«, wies ihn Oboré zurecht.

Ungerührt erklärte Jethro, daß er die Fremden »ein wenig« verstünde. »Sie sprechen eine Art Dialekt, be-

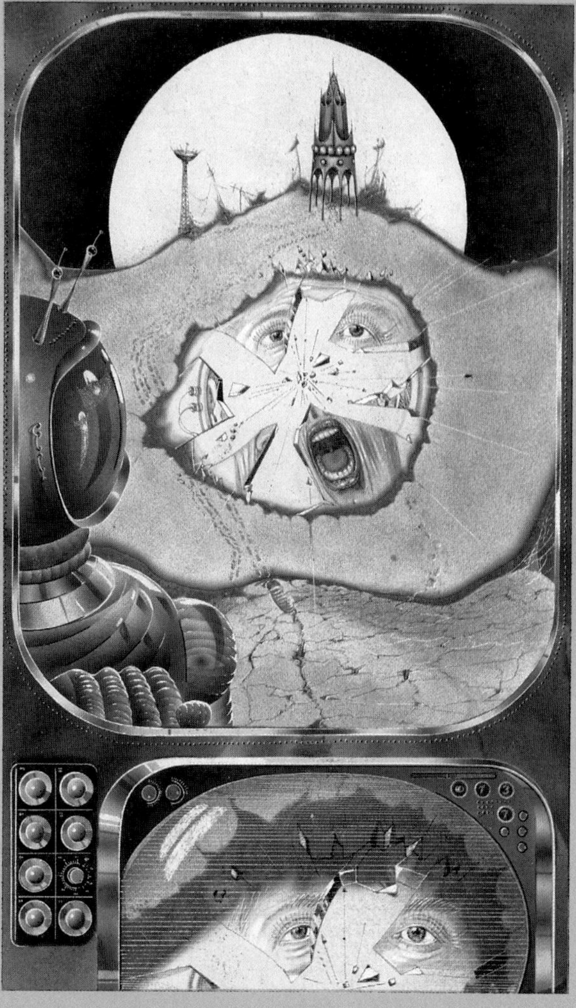

tonen stets die erste Silbe, verschleifen Konsonanten ... Jedenfalls reden sie unsere Sprache.«

Mißtrauisch blickte ich Jethro an. Er blieb ernst. Mit den Händen die Worte förmlich aus der Luft greifend, berichtete er den Fremden, daß wir bereits drei Jahre auf Kryon weilten und jeden Tag die Ablösung erwarteten.

Ich lehnte mich zurück. Über die Glaswand zur Orangerie spazierte ein Gecko. Kein Geräusch drang durch die Scheibe. Wenn unsere Gäste jetzt vergiftet zu Boden sänken oder wir, von einer heimtückischen Krankheit befallen, dann behielte wenigstens die Logik recht. Aber so?

Der Fremde erhob sich, zupfte an seinem linken Ärmel herum und zog mir nichts, dir nichts eine dünne Plastikfolie daraus hervor. Und wie bei einem geübten Zauberer kam mehr und mehr von dem schillernden Material zum Vorschein, es bedeckte zum Schluß gut die Hälfte des Tisches. Schlagartig öffnete sich uns ein Fenster ins freie All. Der Fremde beugte sich darüber und lehrte uns Analphabeten höhere Astronomie. »Hier Erde, da Sonne, da Tor. Hier Big Black, da Kryon.«

Das Bild des Sonnensystems stimmte nicht. Ich stieß mit dem Finger gegen die Tischplatte. »Wo ist Jupiter? Und was bedeutet diese schwarze Kugel?«

Noch während ich fragte, ahnte ich die Anwort: Sie hatten Jupiter in ein schwarzes Loch verwandelt. »Sie nennen ihn nun Tor, weil er ihnen Zugang zu anderen Welten verschafft«, kommentierte Jethro. Und mein Schulmeister lächelte.

Der winzige Funke eines Raumschiffs blitzte auf und stürzte mitten hinein in die Schwärze Tors – und erschien gleich darauf aus der Schwärze Big Blacks.

Die Fremden zeigten ein kindliches Vergnügen darüber, wie wir zurückwichen. Und tatsächlich blickte der Regenmacher drein, als hätte ihm der Medizinmann des Nachbarstammes erklärt, daß der Regen von unten nach oben fiele seit Anbeginn der Welt. Wie gut verstand ich ihn!

»Sie sind hier, um den Aufbau eines Relaispunktes im galaktischen Transportsystem vorzubereiten.«

Klack! Klack! tönte es aus dem Lufteinlaß. Ich hörte kaum noch zu. So also sah der Sieg über den Raum aus, so gänzlich anders als in meinen Zukunftsträumen. Trotz der Verletzung stand ich auf und trat an die Glaswand, hinter der das Gecko gelangweilt auf einem lianenumschlungenen Ast hockte. Ja, den Raum haben sie besiegt, doch sie beweinen ihre Toten nicht mehr, dachte ich seltsam unzusammenhängend. Und genau betrachtet, waren sie selbst beim Sturz durch das Tor gestorben. Ich sprach den Gedanken laut aus.

Sie lachten. Natürlich würde das Schiff zerstört, in einen zeitlich modulierten Massestrahl zerlegt. Holprig und lückenhaft übersetzte Jethro. Berücksichtige man jedoch ein paar einfache physikalische Gesetze, fände in der Austritts-Singularität der inverse Prozeß statt. Bis auf ein paar Quantenstörungen baue sich genau dasselbe Schiff wieder auf. Mit einem demonstrativen Aufatmen schloß Jethro.

Mir brannten weitere Fragen auf der Zunge: wieso sie genau am gewünschten Ziel ankämen und nicht an einem beliebigen schwarzen Loch, wie der Austritt überhaupt möglich sei und ob sie sich vor der Modulation nicht fürchteten ... Ich schwieg, denn ich wollte nicht den Eindruck eines Wilden erwecken, der nicht begreift, wie ein Funkgerät Worte aus der Luft nimmt.

»Ihr seid also unsere Ablösung«, stellte Oboré fest. Das Mädchen kicherte und sagte ein paar Worte zu Jethro. »Es wird keine Ablösung kommen«, übersetzte er zögernd.

Ungläubig kehrte ich an meinen Platz zurück. Unter dem Tisch drückte ich die flache Hand gegen den Verband, um durch den Druck das Pulsieren der Wunde zu dämpfen. Das Mädchen nippte wieder von dem für sie offenbar überaus scharfen Juice, und der Fremde ahmte meinen verkrampften Gesichtsausdruck nach. Griente dann wortlos. Verärgert zog ich die Hand zurück.

Ich nahm den Zettel und kritzelte die Claudius Ptolemaios im Landeanflug darauf. Mit dem Resultat, daß das Mädchen mich kurzerhand auslachte.

Immer noch belustigt, strich sie mit zwei Fingern über die Folie. Big Black trudelte ins Bildfeld und ein lichtschwacher Stern in seiner Nähe: Kryon. Dann raste auf einer gebogenen Bahn ein strahlend rot markierter Kleinplanet auf Big Black zu und wurde von der Schwarzschildsphäre verschluckt. In diesem Moment schien Big Black zu platzen. Für einen Sekundenbruchteil überschwemmte ausfransendes Schwarz Kryon, wich aber sofort wieder zurück. Doch die Zahlenangabe in der linken oberen Ecke des Bildschirmes hatte sich verändert.

»Ihr seid etwa 500 Jahre in die Zukunft geschleudert worden und habt es nicht einmal bemerkt. Nun ja, mit euren primitiven Instrumenten!« Das Mädchen amüsierte sich herzlich.

Ich saß im Sanitätsraum und wickelte den Verband von meinem Bein. Die Anstrengungen der vergangenen Stunden hatten den Heilungsprozeß nicht gerade gefördert. Die Wunde näßte, und an mehreren Stellen war der hellgelbe Kunstschorf wieder abgeplatzt. Die Lippen aufeinandergepreßt, entfernte ich die Reste.

Die Tür öffnete sich, Jethro und das Mädchen traten ein. »Diesen Raum brauchen wir auch nicht mehr«, verstand ich, und ihr Blick zeigte, daß sie unsere hochmodernen medizinischen Einrichtungen für bessere Folterinstrumente hielt. Ich beschloß, den beiden keinerlei Beachtung zu schenken, und riß die Verpackung einer neuen Binde auf.

»Sie fragt, was du da wickelst«, wandte sich Jethro an mich.

»Sag's ihr doch«, antwortete ich knapp.

Sie beugte sich zu meinem Bein herab und schlug in gespieltem Entsetzen die Hand vor den Mund. Als könne der Schmerz überspringen, wich sie einen Schritt zurück. Nach einem Wortwechsel mit Jethro bedeutete sie mir, von meinen altertümlichen Feldschermethoden abzusehen. Ein kurzes Metallröhrchen glitt aus dem Ärmel ihres Gewandes. Sie hielt es über die Wunde, eine schimmernde graue Masse quoll hervor, dehnte sich und dehnte sich, bis sie wie eine milchige Qualle über der Verletzung lag. Ein Gefühl der Wärme ging von ihr aus.

Das Mädchen steckte die Röhre weg und verlor augenblicklich das Interesse an mir und meinem Bein. »Die Station ist falsch aufgebaut. Ihr Grundriß stimmt nicht mit den Angaben aus dem Flottenarchiv überein.«

Einzelne Sätze drangen an mein Ohr. Die Wärme verwandelte sich in Hitze und diese in einen sengenden, stechenden Schmerz.

»Und euer Beobachtungsraum ist überflüssig. Auf die Orangerie werden wir ebenfalls verzichten. Ein Hypnoerholungsblock genügt.«

Auf die Orangerie verzichten! Auch die kleinste

von Menschen bewohnte Station besaß eine eigene Orangerie, ein Stückchen Natur, ein Fleckchen Erde.

»Die Orangerie bleibt«, sagte ich laut.

»Sei ruhig, Damian.« Jethro neigte seinen Kopf zu mir herab. »Und reg dich nicht auf.«

»Die Orangerie bleibt«, murmelte ich stur.

»Wir fliegen übermorgen zur Erde zurück. Außerdem: denk daran, was der Regenmacher gesagt hat.«

Der Regenmacher! Er hatte uns beschworen, die Zukünftler freundlich und taktvoll zu behandeln, durch keine Bemerkung oder unvorsichtige Frage ihre Gefühle zu verletzen. Ihre Gefühle! Genausogut hat ein Roboter Gefühle.

Die seltsame Qualle an meinem Bein lief hellrosa an, dafür wurde mein Oberschenkel bleich und bleicher. Und mein Herz raste wie wild. Ich fühlte, daß ich einer Ohnmacht nicht mehr fern war und krampfte mich an meinem Stuhl fest.

»Und wozu braucht ihr den Aufenthaltsraum? Die Einrichtung können wir ja für ein Museum demontieren. Und ...«

Jethro nickte bei jedem Wort. Ich konnte ein Stöhnen nicht länger unterdrücken.

»Außerdem kann eure sogenannte Orangerie Krankheiten verbreiten. Am besten, wir setzen sie unter Heliumkälte. – Hör doch mal, was für seltsame Geräusche er von sich gibt – fast wie eure Klimaanlage.«

Behutsam legte Jethro seine Hand auf meine Schulter. Ich zitterte am ganzen Leibe.

»Stöhnen? Was ist das? Du meinst, er empfindet Schmerz? Aber das ist doch unmöglich!«

Sie hockte sich hin und schaute mir in die Augen.

»Tatsächlich, die Pupillen sind verengt. Seltsam ...«

Sie verzog ihr Gesicht, als litt sie selbst. Jethro suchte im Apothekerschrank nach einem schmerzstillenden Mittel. Doch in diesem Moment hatte ich die Krisis bereits überstanden, schlaff hingen meine Arme herab, ich fühlte mich erschöpft, mein Bein aber erfüllte eine wohlige Wärme. Zarte, rosafarbene Haut überzog die verletzte Stelle. Und auf dem Boden zappelte die Heilqualle, kaum größer als ein Wattebausch.

»Hat es dir tatsächlich weh getan?« fragte sie nachträglich besorgt. »Funktioniert dein Invers-Reflex nicht?«

Ich starrte auf den zackigen Rand der rosa Hautfläche. Sie waren so anders, so unbegreiflich fremdartig.

Das Mädchen kniff kopfschüttelnd die Lippen zusammen, dann trippelte sie an der gesprungenen Vorderfront des Ganzkörpermedimaten entlang zur Tür. Jethro öffnete sie ihr galant.

»Jethro, auf ein Wort«, rief ich ihm nach.

Er flüsterte ihr etwas zu und kam zurück. »Na, neidisch?«

Ich winkte ab. »Sie sind mir unheimlich, Jethro. Dazu in allen Dingen uns offensichtlich überlegen. Ich fühle mich wie ein Neandertaler.«

»Ach, Unsinn. Natürlich treten am Anfang Mißverständnisse auf. Doch diese Phase liegt hinter uns.«

»Weißt du, welche Überraschungen uns noch erwarten? Wie sie über unsere Station verfügen – ohne eine Spur von Gefühl. Am liebsten würde ich überhaupt nicht zu ihrer Erde fliegen.«

»Damian«, leise und eindringlich sprach er auf mich ein. »Was verlangst du eigentlich von ihnen?

Daß sie sich benehmen wie ihre Ururahnen? Willst du in einer Zeitoase leben?«

Ich betastete vorsichtig die neue Haut und dachte: Er hält dich für einen alten Trottel. Und du hast es sogar verdient.

»Sie sind nicht wie wir, Jethro. Und dieser Rückflug, dieser Sturz in Big Black – das ist der Tod. Mögen sie ihm gleichgültig gegenüberstehen, ich kann es nicht.«

»Der Tod – und die Auferstehung, wenn das Schiff aus Tor austritt, ja!« Er hatte sein Gesicht so weit meinem genähert, daß ich den warmen Atem seiner Worte spürte. »Sie folgen eben einer anderen Philosophie, einer fortgeschritteneren, überlegenen, der wir uns anzuschließen haben. Und je eher, desto besser. Als Wissenschaftler muß man fähig sein, veraltete Hypothesen über Bord zu werfen.«

Veraltete Hypothesen! Vielleicht galt auch Menschlichkeit neuerdings als veraltete Hypothese!

Alles in mir sträubte sich. Ich wollte nicht auf diese um 500 Jahre modernere, um 500 Jahre fremde Erde. Und doch packte ich nun, 48 Stunden später, in meiner Kabine den Koffer.

Und ich verspürte nicht die geringste Lust, mir auszumalen, was mich auf der Erde erwarten würde. Früher hatte ich von Erfolgen mit unseren Forschungsergebnissen und Theorien geträumt – nun würde ich wohl bestenfalls als Studienobjekt für Historiker an die Universität zurückkehren. Und keinen Freund, keinen Bekannten würde ich wiedersehen. Statt dessen auf eine neue Art Mensch treffen – leichtfertig, kalt und von einer oberflächlichen Fröhlichkeit, die mir unverständlich blieb. Ich hatte genug von ihnen erfahren, um sie abzulehnen.

Oboré, der mit übereinandergeschlagenen Beinen auf meinem Bett hockte, hörte geduldig meinen bitteren Worten zu. Sie zeigten keinerlei Wirkung auf ihn. Im Gegenteil. Je mehr ich mich erregte, desto breiter wurde sein Lächeln, bis er es schweigend nicht länger aushielt.

»Damian«, sagte er geheimnisvoll, »wenn du fertig bist, mach ich dir einen Vorschlag.«

Ein Regenmacher-Enkel versucht zu zaubern, dachte ich mißmutig, stieg auf den Stuhl, langte in das obere Schrankfach und holte meinen Raumkoffer herunter. Der Koffer, ein silberner Zylinder, unterschied sich der Funktion nach wenig von einem Skaphander; er isolierte, sein Inneres war klimatisiert, und ein Mikrocomputer steuerte ihn.

Aber ich zögerte, das glänzende Tönnchen zu öffnen. Der Gedanke an den Rückflug erfüllte mich erneut mit Grauen. Sich einfach in Big Black zu stürzen, mitten hinein, wie in meinen schlimmsten Alpträumen! Das war der Tod, nichts anderes – und ich haßte Jethro für die Kaltschnäuzigkeit, mit der er über dieses Problem hinweggegangen war, und für die Bereitwilligkeit, mit der er alles abwarf, nur um nicht in den Verdacht der Rückständigkeit zu geraten. Das Schloß des Koffers schnappte auf.

Ein muffiger Geruch schlug mir entgegen. Auf dem Kofferboden lag eine vergilbte Zeitschrift. Ich nahm sie heraus, betrachtete die Mondbasis und jenes eine Bild, das mich im Kreise alter Bekannter zeigte. Pelvis, Jana, Harrod – sie alle waren zu Staub zerfallen und von der Zeit verweht. Und die Zeitschrift gehörte als ein geschichtliches Dokument ins Museum. Schweigend reichte ich sie Oboré, der zerstreut darin blätterte.

Dann packte ich meine Habseligkeiten ein, Beklei-

dung, die wohlformulierten Aufsätze, mit denen ich unter den Theoretikern hatte Aufsehen erregen wollen, die Tabelle der Sprachtransformation und die Ganesha-Statuette, die mich begleitete, seit ich die Erde verlassen hatte.

Ich wandte mich erwartungsvoll zu Oboré um. Der Regenmacher hatte seinen Sitz um keinen Millimeter verändert. Er gab mir die Zeitschrift zurück und verlangte nach der Statuette, nahm sie in die Hand und nickte bestätigend.

»Weißt du, Damian, die Zukünftler gefallen mir auch nicht. Und ich würde vielleicht ebenso wie du verzweifeln, wenn ich nicht eine Hoffnung hätte. Wir beurteilen unsere neuen Mitmenschen nach den beiden, die wir hier erleben. Und das sind eindeutig keine Afrikaner. Ich bin fest davon überzeugt, daß sich meine Stammesgenossen ganz anders verhalten würden. Sie haben mir zwar erzählt, daß in Afrika derzeit die fortgeschrittensten Industriebetriebe stehen, aber ich kenne meine Landsleute.«

Oboré war aufgesprungen. Wie beschwörend hielt er mir Ganesha entgegen.

»Ich erinnere mich an ein paar Dörfer in meiner Heimat, die noch zu meiner Zeit von höchstens drei Europäern besucht worden waren. Das Klima und die versteckte Lage, weißt du ... Wenn ich auf der Erde bin, werde ich mich auf die Suche nach ihnen begeben. Willst du mich nicht begleiten? Meine Landsleute sind Menschen geblieben, wie du sie magst, das verspreche ich dir.«

Ich seufzte auf. »Du machst dir was vor, Oboré, 500 Jahre sind eine lange Zeit.«

»Selbst wenn sie inzwischen die modernsten Städte bewohnen und in den großartigsten Fabriken arbeiten, sie sind anders, glaub mir, Damian.«

Er stellte Ganesha auf das Tönnchen und schlüpfte aus meiner Kabine. Immerhin, dachte ich, wenn du ihm folgst, bist du wenigstens nicht ganz auf dich allein angewiesen.

Ich schob den Koffer in eine Ecke, traf dabei auf Widerstand. Eine Putzmaus lag da, starr und tot. Sie hatte es verpaßt, sich an einer Steckdose wieder aufzuladen.

Eine Hand langte an mir vorbei nach der Ganesha-Statuette. Ich schrak hoch. Der Fremde hatte die Kabine betreten. Das Krächzen der Klimaanlage hatte seine Schritte übertönt. Nun betrachtete er Ganesha von allen Seiten. Und fragte. Ich mußte meine Tabelle nicht konsultieren, um ihn zu verstehen. Mit zwei, drei Worten erklärte ich, daß der elefantenköpfige Gott die Eingänge und Anfänge beschütze.

»Du bist abergläubisch?«

Selbstverständlich verneinte ich.

»Ihr benutzt unglaublich primitive und unbequeme Geräte, ihr fliegt mit Raumschiffen durch das All, die nur zufällig den Zielstern erreichen.« Er mußte die Worte wiederholen. »Na schön, die Technik braucht Zeit, um sich zu entwickeln, aber daß sich auch euer Denken noch in magischen Kategorien bewegt ...«

Er maß mich mit einem Blick voller Mitleid. Ärgerlich nahm ich ihm Ganesha weg, legte ihn in den Koffer. »Kann sein, wir sind primitiv und zurückgeblieben, kann sein, wir denken noch magisch ...« Ich schob alles anempfohlene Taktgefühl beiseite.

»Aber eines haben wir euch voraus: Wir nehmen noch Rücksicht auf unsere Mitmenschen, wir verstehen es noch, mit ihnen zu empfinden.«

Meine Zeit gegen die übermächtige Zukunft verteidigen hieß, gegen Windmühlen zu kämpfen, doch ich konnte nicht einfach wie Jethro beschließen, mich dem Neuen bedingungslos anzupassen. Der Fremde hörte mir mit einem amüsierten Lächeln zu.

»Wir sind vielleicht nicht so allwissend wie ihr, dafür bedeutet uns unser Nächster noch etwas, wir lassen unsere Toten nicht einfach liegen – wie Tiere.«

Erstaunt blickte er mich an. »Natürlich nehmen wir auf dem Rückweg seine Engramme ab, die Kälte hat sie konserviert.«

»Aber er ist tot!« sagte ich verständnislos.

»Wieso tot?« Erbleichend lehnte er sich gegen die Wand.

Unsicher geworden, kramte ich nun doch die Transformationstabelle aus dem Koffer.

»Wo hast du deinen Kristall?« Seine Stimme klang hohl, leer.

»Kristall?« fragte ich zurück.

»Du hast keinen Kristall?«

»Nein, wieso?«

Er schien zu frösteln, sein sonst kurzärmliges Hemd dehnte und streckte sich, umschloß nun auch den Hals und, ganz eng, die Handgelenke. »Das ist ja furchtbar«, flüsterte er.

Dann zog er ein winziges Gerät aus dem Ärmel und sprach ein paar Worte hinein, hastig, abgehackt, unentschlüsselbar.

»Du bist also das Original? Und du hast dich mit euren unzuverlässigen Schiffen ins All gewagt, bereit, jeden Augenblick endgültig zu sterben?«

Was sollte ich erwidern? Unschlüssig ließ ich den Koffer zuschnappen.

Weit ausholend, setzte er mich ins Bild. Sein Original hatte vor etwa zweihundert Jahren gelebt. Davon wurde ein Kristall, eine praktisch unzerstörbare Aufzeichnung seines Körpers und seines Geistes, angefertigt, von dem beliebig viele Abzüge, Menschen des betreffenden Alters, bis in die kleinste Zelle mit dem Original identisch, abgenommen werden können. Stirbt ein Abzug, so bedeutet das so wenig wie der Verlust einer Fotografie, deren Negativ man noch besitzt.

Details seiner Erklärung entgingen mir, so, wie es möglich war, die Engramme der verstorbenen Abzüge zur Aktualisierung des Kristalls zu nutzen. Er jedenfalls schaute auf ein über zweihundertjähriges Leben im Original und in verschiedenen Abzügen zurück. Die »atomare Hülle« galt ihm nichts, wenn nur das Bewußtsein erhalten blieb.

Ich setzte mich auf den Koffer, denn ich fühlte mich schwach und schwindlig. In die strudelnden, uferlosen Wasser der Zukunft geworfen ... Und meine neuen Zeitgenossen kamen mir vor wie die exotischsten Außerirdischen, in ihrem Zeitalter würde ich nie heimisch werden.

Der Fremde betrachtete mich – scheu und zugleich onkelhaft –, klopfte mir dann freundschaftlich auf die Schulter und sagte: »Originale sind vom Raumflug ausgeschlossen. Wir werden euch nicht zur Erde zurückbringen.«

Hell leuchtete durch das Beobachtungsfenster das Sternengetümmel der Milchstraße. Big Black ging unter, der letzte Bogen Schwärze verschwand soeben hinter dem kalten Horizont.

Oboré saß schwerfällig und wortkarg in seinem Sessel, ein Regenmacher, dessen Wolken sich im grellen Sonnenschein aufgelöst haben. Selbst Jethro schwieg. Nur das Mädchen schien unsere Niedergeschlagenheit nicht bemerken zu wollen.

»Wartet ab, bis wir einen Kristall-Abnehmer hier installiert haben ...«

Ich wußte, das war kein Ausweg. Wir, unsere alten Körper, würden bis zu unserem Tod diese Frostwelt nicht verlassen können, gleich, wo sich unsere »Abzüge« vor oder nach diesem Zeitpunkt herumtrieben. Obwohl mich die Zukunftswelt und der Flug zu ihr in Angst und Schrecken versetzt hatten, war mir das lebenslange Gefängnis auf Kryon ein Greuel. Zu deutlich sah ich eine letzte Eintragung im Logbuch der Station vor mir: »Und so blieben sie in der Station, beobachteten die Geckos in ihrer Orangerie, führten ewig die gleichen Gespräche, schwelgten in den gleichen Erinnerungen an eine längst vergangene Erde. Und wenn sie nicht gestorben sind ...« Ein bitteres Märchenende, das erwartete uns.

Verärgert schlug Jethro mit der flachen Hand auf den Tisch. »Und wenn ich darauf bestehe mitzufliegen?«

Oboré winkte müde ab, und Jethro, der kampfbereit aufgesprungen war, sank in den Stuhl zurück.

»Die paar Jahre, die ihr noch lebt, werden wir eure Kabinen nicht verändern«, wandte der Fremde sich tröstend an uns.

Kaum hatte er ausgesprochen, da nestelte das Mädchen an ihrem Ärmel und zog die Folie daraus hervor. »Wir empfangen ein Signal«, murmelte sie, »ein fremdes Raumschiff nähert sich.«

Hurtig breitete sie die Folie über den Tisch, noch beim Glattstreichen erhellte sich diese. Das Gesicht, das sich uns gestochen scharf, doch flächig zeigte, kannten wir gut.

»Hallo, wie geht's euch auf dem Eisklumpen?« begrüßte uns Ruiz-Shijara, der Kommandant der Claudius Ptolemaios. »Bereitet alles zum Empfang vor, der Anflug verläuft planmäßig.«

Die beiden Fremden staunten mit offenem Mund.

Ich hatte die Fähigkeit, mich zu wundern, inzwischen eingebüßt, und wenn die Erde persönlich sich angekündigt hätte, alles war möglich, keine Logik galt mehr ...

»Was ist?« fragte nach Sekunden Ruiz-Shijara. »Habt ihr Sendeprobleme? Ich vermisse eure Funkfeuer! Oboré, alter Regenmacher, melde dich!« Er fluchte, schaltete ab.

Die Klimaanlage keuchte laut und erlitt dann einen langen Hustenanfall. Aus dem Lufteinlaß flatterten kleine Plastikfetzen.

»Wir hätten die Antennen reparieren sollen«, meinte Oboré bedächtig. Um seine Mundwinkel spielte ein leises Lächeln: der ersehnte Regen fiel. Dann wandte er sich an die Fremden. »Könnt ihr nicht für uns eine Antwort abstrahlen?«

Erst jetzt kam wieder Bewegung in sie. Sie schüttelten aus ihren Ärmeln Folien, kleine, schnipselartige Geräte und metallisch schimmernde Bindfäden. Und sie bedeuteten Oboré, sich über die Bildschirmfolie zu beugen und direkt in sie hineinzusprechen.

Während wir den Kontakt zu Ruiz-Shijara herstellten, glitten ihre Finger über die Geräteschnipsel. Lichtsignale blitzten auf, sie rechneten, riefen Daten ab, sprachen mit ihrem Schiff.

Ich lehnte mich in meinen Sessel zurück und konnte ein tief sitzendes, befreiendes Lachen nicht länger unterdrücken. Trotz all ihrer so unendlich überlegenen Technik hatten sie sich um nicht weniger als ein halbes Jahrtausend in die Vergangenheit verfranst.

»Ihr hättet die Abweichung viel eher bemerken müssen«, sagte ich triumphierend zu ihnen, das Mädchen schaute von ihren Instrumenten auf und zog die Brauen hoch.

»Nein, nicht mit euren höchst sensiblen Meßinstrumenten, sondern mit ein bißchen Logik. Ihr habt euch beschwert, daß der Grundriß der Station nicht stimmt. Natürlich nicht, denn er wird erst noch verändert.«

Ihre Augen verrieten mir, daß sie nicht zugehört hatte. Ihr Zeitgenosse schob ihr einen Schnipsel zu. »Bitte, während unseres Transits kam es zu einem Masseneinfang. Damit hat sich das Bezugssystem verdreht. Das erklärt die Verschiebung.« Und fast flüsternd, und so schnell, daß ich ihn kaum verstehen konnte, fügte er hinzu: »In dieser Zeit will ich nicht bleiben. Sie sind so nüchtern, so bitter.«

Ich blickte weg, zum ersten Mal fühlte ich mich den Fremden verbunden.

Das Auge, das niemals weint

Ich werde mächtig sein über alle geschaffenen und geformten Wesen, sprach Sieben-Arara, ich bin die Sonne, bin das Licht, der Mond.
Popul Vuh –
das heilige Buch der Mayas

Das Licht hatte die Dinge berührt und verändert. Sein Abglanz lag über ihnen, eine kaum wahrnehmbare grüngoldene Beta-Spur. Durch das halboffene Fenster wehte trockener, staubiger Sommerwind, griff die Papiere auf dem Schreibtisch, hob sie an, ließ sie hinabgleiten. Auch über sie zog sich ein feiner grüngoldener Schimmer. Das Licht war durch das Zimmer gegangen, es hatte die abgenutzten Stühle gestreift und den wasserfleckigen Kirschholztisch. Es hatte den welken Blumen in der Vase ein unnatürliches Blühen und Leben verliehen und den Bildschirm zu grauer Phosphoreszenz angeregt.

Auf der Treppe hatte Juana sich noch geschworen, einen neuen Anfang zu wagen, lichtlos vernünftig, den blendenden Versuchungen zu trotzen und ein normales, sauberes, gesundes, kaltes – und langes –

Leben zu führen. Und die Kraft dazu, weshalb sollte die ihr fehlen, wenn sie nur ihre Sinne verschloß und ihrem Vorsatz treu blieb?

Jetzt schloß sie mit zitternden Fingern die Tür hinter sich und folgte der langsam verglimmenden Spur. Woher kam das Licht? Wie konnte es in ihre Wohnung gelangen? Lauerte es ihr auf? Wollte es sie auf die Probe stellen? Sie würde stark bleiben!

Den Atem angehalten, den Mund halb geöffnet, ging Juana dem Glimmen nach. Es führte zu dem schmucklos gerahmten Bild, das Sieben-Arara zeigte, den lügnerischen Vogel des Sonnenfeuers, dessen dunkel schillerndes Licht nun die Welt durchdrang, nur sichtbar dem Auge-das-niemals-weint. Und Juana sah es. Es umhüllte das Haupt des falschen Gottes wie ein verblichener Heiligenschein, doch rötlich webend und lebend. Und es fand sich auf dem schwarzen Lack des Rahmens wieder.

Hastig stellte Juana das Bild auf den Boden. Nein, nein, es ist nicht die Gier nach dem Licht, versicherte sie sich, du kannst ihm widerstehen, natürlich kannst du das. Aber du mußt sichergehen, mußt wissen, wieso das Licht in deine Wohnung eindringen konnte.

Wie eine Imitation des Heiligenscheines umgab ein Kreis rötlich bloßgelegter Ziegel den in die Wand eingelassenen Bleisafe. Auch über diesem der Abglanz. Juanas Mund verzog sich zu einem verbissenen Lächeln. Der Safe war nicht leer, er verbarg das Licht! Ihre Finger krallten sich um das Kombinationsschloß. Überwach versuchte sie sich zu erinnern: Roque im Halbdunkel des Zimmers, am Safe. Die Bewegung nach links, ein wenig nur, nach rechts, die mehr gedachten als geflüsterten Chiffren. Ihre Hand schwitzte, glitt beinahe ab. Jetzt wieder weit nach links! Juana zitterte vor Erwartung. Ihr war, als dränge das heiße, heiße Licht durch die dicke Bleischicht und ließe den Mechanismus des Schlosses zutage treten. Ein kaum hörbares Klicken. Sie biß sich auf die Lippen und unterdrückte den Wunsch, vor Ungeduld zu schreien. Noch eine letzte Drehung! Geräuschlos schwenkte die Safetür zurück.

Nein, sie hatte sich nicht getäuscht, da lag der kurze Bleizylinder, dessen Inneres einen Splitter Sonne gefangenhielt. Fiebernd griff sie ihn, drehte die Verschlußkappe.

Da! Polternd fiel der Zylinder zu Boden, doch Juana hörte es schon nicht mehr.

Rotgoldenes Gleißen strömte ihr entgegen, schwemmte sie hinweg aus der Welt abgewetzter Kleidungsstücke und dreckiger Geldscheine, trug sie in jenes andere, strahlende Universum Sieben-Araras, in dem sich ein jegliches Ding in ein tausendfacettig glitzerndes Juwel verwandelte. Und sie hielt die Sonne dieses Universums in ihrer Hand, winzig, doch lebend und gleißend, nur umhüllt von einem dünnen Stahlmantel.

Ein Gefühl feenhafter Leichtigkeit ergriff Juana. Sie schwebte zur schweren, altmodischen Couch, deren gedrungene Formen bei der Annäherung das Leuchten stärker und stärker zurückwarfen, klar umrissene Flecken alphablauen, betagrünen, gammaroten funkelnden Goldes, das prächtige Gefieder des Feuervogels. Leicht und langsam wie eine Flocke sank sie nieder. Selbst die trockene Luft hatte, so hell durchstrahlt, eine neue Geschmeidigkeit angenommen, und ein zarter Ozongeruch breitete sich aus.

Die letzte fahle Helligkeit der Alltagswelt erlosch, als Juana die beiden Tränenaugen schloß. Die einstmals toten Möbel und Wände waren aus ihrer Dumpfheit erwacht und bildeten nun das kristallartig gebrochene, dicht an dicht mit Abglanzsternen besetzte Firmament, unter dem sie schwerelos dahindriftete. Und ihr Auge-das-niemals-weint labte sich an der winzigen Sonne, in deren Licht ihre Finger goldgrün aufblühten. Heißester Strahlenglast durchdrang sie, schenkte ihr eine glasklare, jubilierende Existenz. Ihre Gedanken erreichten eine unvergleichliche, geläuterte Schärfe. Sie fühlte und schmeckte und hörte die strahlenden Muster, die Farbgewebe, Lichtgespinste. Vor Lust jauchzend, sog sie begierig auf, was an Sinnentaumel der Feuervogel ihr enthüllte.

Schläge rissen Juana aus dem Rausch, Schläge und die schmerzliche Gewißheit, daß man sie ihrer Sonne beraubte. Juana fehlte jegliche Kraft, sich zu widersetzen. Der Schatten bleigepanzerter Hände fiel über das Gleißen, unwiderruflich entfernte es sich von ihr. Da, ein letztes Auffunkeln, dann verschwand es im Zylinder, im Safe, hinterließ triste Nacht.

Mühsam richtete Juana sich auf, noch lag der grüngoldene Glanz auf den Dingen, doch verlor er schnell an Leuchtkraft. Verschwimmende graue Konturen tauchten auf, beide Tränenaugen hatten sich geöffnet – und aus beiden quoll es hervor. Sie war zurückgekehrt in die banale, farblose Realität.

»Was glaubst du, was passiert, wenn jemand das Licht entdeckt! Und die Sekundärstrahlung läßt sich tagelang nachweisen.«

Unverhüllte Furcht sprach aus Roque. Er kniete an der Schwelle der Tür zur Küche und las die Scherben eines zerbrochenen Kaffeeglases auf.

»Du bringst uns noch auf die Insel, Juanita! Kannst du dich denn nicht zügeln? Mit dem Stoff herumzuspielen! Und wer hat dir die Kombination des Safes verraten?«

Juana antwortete nicht, sie erkundigte sich auch nicht, woher er den Stoff hatte, was er damit beabsichtigte. Betäubt saß sie da und beobachtete, wie Roque den Kaffee aufwischte, dann methodisch durch das Zimmer ging, die stärksten Sekundärstrahler suchte. Immer wieder hob er Gegenstände vor sein drittes Auge: das Porzellanpüppchen, einen Kugelschreiber, Juanas Handtasche, das Bildnis Sieben-Araras. Er trug schwere, zentimeterstarke Bleifäustlinge.

»Hier, das Kissen«, Juana zeigte kraftlos darauf. Obwohl sie noch immer halb geblendet war, sah sie mehr als Roque. Im Vergleich zu ihrem geschärften Strahlungssinn war er fast blind. Kopfschüttelnd beugte sich Roque über ihre Hände. Der Abglanz auf ihnen war noch nicht verblichen.

»Irgendwann fallen sie dir ab«, sagte er kalt, »du mußt die bleidurchwirkten nehmen, wenn du außer Haus gehst.«

»Das Licht inspiriert mich.« Juana erhob sich schwankend. Sie mußte sich am Tisch festhalten. »Wer von uns beiden schafft denn das Geld ran? Du nicht, du nicht!«

Sie hätte so viel noch Roque ins Gesicht schreien mögen, daß er ein Versager sei, daß er sie auf die Insel brächte, wenn er den Stoff in der Wohnung anhäufe, daß er ... – doch ihre Kraft reichte nicht für ein weiteres Wort. Schwerfällig nahm sie Platz. Ihre rötlich schimmernden Hände lagen starr und fremd auf der zerkratzten Tischplatte, als wären sie aus flekkigem Plastikmaterial.

»Du solltest endlich einen Augenheiler aufsuchen«, meinte Roque, während er die schwach nachglimmenden Gegenstände auf dem Schreibtisch stapelte, »die Empfindlichkeit herabsetzen lassen. So rennst du nur in dein Verderben. Du sagst es ja selbst, die

Schatten sind auf deiner Spur. Ich werde mich nach einem verläßlichen Heiler erkundigen.«

»Ich will zu keinem Heiler gehen«, protestierte Juana schwach. Im Innersten fühlte sie, daß Roque recht hatte, daß es für sie nur eine Rettung vor Sieben-Arara gab, daß sie allein nie die Stärke besitzen würde, vor der Strahlung zu fliehen. Denn was erwartete sie noch in diesem düsteren Leben außer dann und wann das goldene Licht, einen Funken gleißender Sonne? Und sie nutzte den strahlenden Rausch für ihre Arbeit.

Roque wickelte die Gegenstände in Metallfolie, brachte sie in die Küche und verbarg sie »zum Abkühlen« in der Nische hinter dem Kühlschrank. »Willst du auch einen Kaffee?« fragte er versöhnlich.

Schweigend, ein Häufchen Elend, saß sie neben ihm am Tisch und trank die dampfende, bittersüße Flüssigkeit. Und Roque redete. Es war das alte Lied. »Glaub mir, Juanita, einmal kommen wir ganz groß raus. Schlottern vor Angst werden sie, und wir, wir werden uns alles leisten und weit entfernt von unserem Feuervogelland nach unseren verrücktesten Wünschen leben können. Vertrau mir, Juanita, bald ist es soweit ...«

Trotz der Hitze, die durch das Fenster drang, trotz des Kaffees fror Juana. Es gab nur ein Feuer, das sie wärmen konnte. Und selbst Roque senkte seine Stimme, wenn er von ihm, vom »waffenreinen Pe Uh«, sprach, als rede er von einer Gottheit. Aber Roque hütete den Stoff eifersüchtig. Dabei war er so nah, so nah. Juana starrte, kalten Schweiß um den in ihre Stirn eingelassenen Facettengeigerzähler, auf Sieben-Arara, den lügnerischen Sonnenvogel, dessen Augen noch immer diamanten strahlten.

Der heiße Atem des Sommers blies durch die Stadt, er wirbelte Staub auf, Blätter und Papier. Den süßlichen Geruch des synthetischen Benzins aber konnte er nicht aus den Straßen vertreiben und den bläulichen Dunst, der über den vom Verkehr zerbeulten Autos und den dahinhastenden Menschen lag.

Juana fröstelte. Spürte sie nicht sogar ihr Blut zäher fließen? Aber noch konnte sie den Gedanken an die Ambulanz von sich weisen. Fest ihre Tasche an sich gepreßt, zwängte sie sich durch die lärmende, schwitzende Menge, die aus Cafeterias herausdrängte und aus Geschäften, nach Knoblauch, Tabak und billigem Tequila roch.

Der Staub in der Luft war grau und farblos, nur einmal stob es zart grüngolden auf vor einem meterhohen Plakat: »Der beste Weg, einer Gefahr zu begegnen, ist, sie ins Auge zu fassen.«

Unter dieser Parole hatte vor Jahren der Teniente Presidente die Strahlenschutzgesetze durchgesetzt.

Juana fror. Seit Wochen hatte es nicht heiß geregnet, und auch über Anschläge feindlicher Diversanten, wie Unfälle mit Freisetzungen offiziell genannt wurden, war nichts bekannt geworden. Selbst in den Rinnsteigen hatten die Patrouillen die letzte Spur beseitigt. Ein Gefühl der Einsamkeit, der vollkommenen Verlassenheit in einer farblosen Welt bemächtigte sich Juanas, der Vorbote des Schwächeanfalles, des zähen, eisigen Schweißes, der Atemnot – und der großen Dunkelheit.

Geschoben und gestoßen gelangte sie zur Metrotreppe, von deren düsteren Wänden die überlebensgroßen Fratzen vorzeitlicher Götter prangten, quadratische, halb tierische Gesichter von prähistorischen Mutanten. Triumphierend schwang Sieben-Arara den abgerissenen Arm seines Feindes, der der umstrittenen Landenge ähnelte, und seine beiden Söhne, Zipacná, der mit den Bergen wie mit Bällen spielte, und Cabracán, der Gebirge erschütterte, drohten jedem Gegner augenblickliche Vernichtung an.

Ein kühler Luftstrom schlug Juana entgegen, während sie hinabstieg in das unaufhörliche Donnern ein- und ausfahrender Bahnen. Ihre Schwäche bezwingend, drängte sie sich in einen Wagen, fand mit einem kurzen Seufzer der Erleichterung Platz. Sekundenlang schloß sie die Tränenaugen. Doch da war nichts zu sehen als das verräterische schwache Glimmen durch ihre Handschuhe.

»Bürger, vernichtet das Ungeziefer!« forderte die Zeitung auf, die der Mann ihr gegenüber in Händen hielt. Anzeigen für neuartige Gifte und ausgeklügelte Fallen füllten die Seiten und eine Betrachtung darüber, welchen Wohlstand und welchen wirtschaftlichen Aufschwung der Atomfrieden des Teniente Presidente ermöglichte. Der Artikel schwieg davon, daß die Hauptnutznießer, die »Plutoniokratie«, im Ausland wohnten.

Neben dem Mann mit der Zeitung drückte sich eine dicke ältere Frau, furchtsam um sich schauend, in die Ecke: eine Mestizin, deren Stirn glatt war, ohne die lebensnotwendige metallschimmernde Wölbung des Auges-das-niemals-weint. Noch immer widersetzten sich Indiostämme in den Bergen den Strahlenschutzgesetzen.

Der Zug bremste, einen Moment verstummten die Gespräche der Fahrgäste, die nun die Zusteigenden musterten, unter ihnen einen elegant gekleideten jungen Mann mit pomadeglänzendem Haar, der über seinem Auge eine modisch karierte Schutzkappe trug. Er schwankte, als der Zug anfuhr.

Plötzlich überkam Juana das Gefühl, daß sie beobachtet wurde. Sie wagte nicht, sich umzuschauen. Roques Warnung klang ihr in den Ohren: »Du bringst uns noch auf die Insel. Dort im Wiederaufbereitungskomplex wirst du in deinem goldenen Licht schwelgen können – wenn auch nur für ein paar Monate.«

Roque meinte es ernst, sie mußte dem Bannkreis der Feuerfedern entfliehen, ehe diese sie verzehrten. Aber sich einem Heiler anzuvertrauen? Der ihr mit groben Instrumenten in der Stirn herumstocherte? Nein, wenn sie sich nur fest genug zusammennahm …

Abrupt befiel Juana das feine Zittern, das den Ausbruch des kalten Schweißes ankündigt. All ihre Konzentration war nötig, nicht die Hände zu verkrampfen, sie nicht zu Fäusten zu ballen und auch nicht die Handschuhe abzustreifen, sich nicht zu verraten.

In unnatürliche Starre verfallen, bohrten sich Juanas Blicke in den jungen, noch immer um die Stange schwankenden Mann. Die schlohweißen Handschuhe paßten gut zu seinem cremefarbenen Anzug. Die schlohweißen Handschuhe, die heller leuchteten als nur schlohweiß! Juana konnte dem Verlangen nicht widerstehen, schloß die beiden Tränenaugen. Alle Tarnung des Fremden war umsonst, sanft buntgoldene Strahlung sprang wärmend über den Abgrund.

Minutenlang starrte Juana auf diese Hände, die stärker strahlten als ihre eigenen und weniger geschützt waren. Der überlaute Klang von Stimmen, die Unruhe, die das Abteil erfaßte, ließ sie die Augen aufschlagen.

»Hätten Sie die Freundlichkeit, Ihre Handschuhe auszuziehen?« Die Frage des Militärpolizisten versetzte Juana in Schrecken. Doch nicht sie war ange-

sprochen. Der junge Mann schaute still zu Boden, als hätte er nichts gehört. Beschwichtigend hob er dann die Arme – riß mit einer blitzschnellen Bewegung die Handschuhe von den Fingern, schlug beide Hände dem Militärpolizisten vors Gesicht. Getroffen taumelte der zurück.

Sieben-Arara breitete sein schimmerndes, wärmendes Gefieder über Juana aus. Die Panik, die Schreie um sich nahm sie nicht wahr. In ihrer dunklen Strahlenwelt sah sie nur die beiden buntgoldenen Hände, die hin- und herflogen, sich plötzlich emporwarfen, dann zu Boden fielen, ganz zu Boden, dort eine Weile liegenblieben, bis sie, seltsam zögernd, die Finger abgespreizt, der Wagentür zustrebten, verschwanden. Schritte verwischten die schwachen Spuren, die sie hinterlassen hatten. Schmerzhaft wurde Juana ihre Verlorenheit bewußt, als sie erneut die Tränenaugen öffnete.

»Ein Schieber, ich sag dir, es war ein Schieber«, klangen vor Erregung zitternde Stimmmen an ihr Ohr. Die Zeitung ihres Gegenübers lag am Boden, er tupfte sich mit einem groben gelben Taschentuch die Stirn trocken. Die Mestizin war verschwunden.

»Er hatte Plu ...« Eine hysterische Frau, die ihren Kopf ständig von einer Seite zur anderen drehte, verstummte mitten im Wort. Auch die anderen Gespräche brachen ab. Der halb ausgesprochene Name hing in der Luft, wie mit goldglühenden Buchstaben geschrieben. Obwohl alle auf die Frau schauten, die jetzt nervös in ihrer Tasche kramte, fühlte sich Juana weiter beobachtet.

Schwach und kaum fähig, sich zu bewegen oder einen klaren Gedanken zu fassen, wartete Juana Station um Station ab. Wie das Kaninchen vor der Schlange ... vor der Schlange ... vor der gefiederten

Schlange ... In ihren Handschuhen sammelte sich der Schweiß. Eiskalter, klebriger und mit Sicherheit goldschimmernder Schweiß. Sie durfte die Hände nicht mehr heben. Ein einziger leuchtender Tropfen würde sie an den unerbittlichen Schatten verraten. Nein, sie durfte sich nicht einmal über die Stirn wischen. Und war wehrlos dem Juckreiz ausgesetzt, der prompt ihre Nase befiel. »Bürger, vernichtet das Ungeziefer!« Eine Absatzspur verband die Buchstaben zu einer überdimensionalen Hieroglyphe. »Bürger, vernichtet das Ungeziefer!«

Der Besitzer der Zeitung erhob sich plötzlich, setzte sich auf den freien Platz neben Juana und ergriff, als wolle er sie beruhigen, Juanas linke Hand. Juana erstarrte, Gewißheit überströmte sie eisig. Adiós, Roque, mein Schatten hat mich geschnappt, tut mir leid ...

»Señorita«, Juana mußte sich anstrengen, um zu verstehen, was der Mann flüsterte. »Sie sind unvorsichtig. Wie leicht könnte Sie ein Anfall ereilen. Und dazu der häßliche Schweiß, Señorita.«

Er schüttelte lächelnd den Kopf. Verhöhnte er sie, spielte er mit ihr wie die Schlange mit dem Kaninchen? Er tätschelte Juanas Hand. »Keine Angst, Señorita, ich will Ihnen nur helfen, ich bin Arzt, nuklearmedizinischer Dienst.«

Juana blickte ihm direkt ins Gesicht. Seine Oberlippe zierte ein breiter, buschiger Schnurrbart. Sein Auge-das-niemals-weint blitzte frisch poliert.

»Hier, diese Kapseln, nehmen Sie eine davon, Señorita. Das dämpft die Symptome.«

Wortlos vor Erleichterung schluckte Juana die Kapsel, die er ihr in den Mund schob. Keiner der Fahrgäste schien ihre seltsame Unbeholfenheit bemerkt zu haben.

»Und dies ist meine Karte. Wenn Sie in irgendeiner Weise Hilfe benötigen, Señorita, rufen Sie mich einfach an.«

Juana schaute auf die Karte in seinen Händen: Ramon Serreos – war er ein Heiler? Er hatte bemerkt, in welchem Zustand sich ihre Hände befanden. Auch als Arzt müßte er sie ausliefern. Vielleicht bot sich ihr jetzt die Gelegenheit, vielleicht sollte sie ihn bitten ... Aber alles aufgeben?

Der Zug hielt. Juana mußte aussteigen. Ein schnelles, mehr geflüstertes als gesprochenes Wort des Dankes. Dann preßte die Menge sie zum Ausgang, zur Treppe, hinauf an den sommerheißen Tag.

Die Plaza quoll über von Menschen. Gruppen augenloser Gringos spazierten hier entlang, um die barocken Überreste längst vergangener Kolonialzeit zu fotografieren, zu denen das Gebäude des staatlichen Fernsehens mit seiner Front aus Glas und Aluminium einen schroffen Kontrast bildete.

Die helle Sonne trocknete den Schweiß auf Juanas Stirn, vermochte aber nicht, die innere Kälte zu vertreiben. Mit zusammengebissenen Zähnen strebte sie dem Eingang des Fernsehzentrums zu. Wie alle öffentlichen Gebäude wurde es von einem Doppelposten Guardia Militar bewacht. Die Hand vorsichtig nach unten abgeknickt, zeigte sie ihnen ihren Gildeausweis hin, passierte dann die sich öffnende Glastür. Aufatmend begab sie sich in die Toilette, die glücklicherweise leer war, ließ, den Rücken zur Tür, heißes Wasser, viel heißes Wasser über ihre verklebten, schimmernden Hände laufen.

Während sie die Handschuhe säuberte, holte der Schwächeanfall sie ein, ein Taumel, verbunden mit aufsteigender Schwärze. Eine unbestimmte Zeit umklammerte sie das Waschbecken und lehnte den verzweifelt um Atem ringenden Oberkörper weit vor, so weit, daß ihr Kopf den Spiegel berührte. Danach wusch sie ein zweites Mal den Schweiß von den Händen. Nein, sie konnte nicht noch einen Tag oder zwei warten, wie sie gehofft hatte, sie mußte heute die Ambulanz aufsuchen. Und anschließend, wenn sie sich frisch und stark fühlte, würde sie Ramon Serreos anrufen, diesen Heiler, vielleicht war es noch nicht zu spät.

»Sie sehen bleich aus, Señorita«, begrüßte sie Cortigas, der Redakteur der Werbeabteilung. Nun, er konnte nicht klagen, sein Gesicht erweckte, seit ihm die vom Krebs zerfressene Haut ersetzt worden war, stets einen bräunlich-rosigen, gesunden Eindruck.

Er drückte ihr kräftig die Hand. Dann setzte er sich, so korpulent er war, auf die Schreibtischplatte und neigte sein schiefes Gesicht zu Juana hinab. »Na, geben Sie mal her.«

Er nahm die Videokassette aus Juanas Hand und steckte sie in den Recorder. Der von Juana auf dem Heimcomputer produzierte Werbespot verlieh der angepriesenen Waschmaschine etwas Grandioses, Kosmisches, wozu sicherlich auch das elektronisch variierte Wagner-Thema der Begleitmusik beitrug. Vor dem sternbesäten schwarzen Abgrund des Alls fügten sich in dreidimensionaler Farbigkeit die Einzelteile des Gerätes zusammen, vollführten dabei einen immer schnelleren, strudelartigen Reigen, dessen Zentrum eine Neuentwicklung, der Isotopenabsorber, bildete. Laserblitzen gleich schossen Buchstaben aus dem Malström hervor, formten schillernd eine Liste der sieben Funktionen und zweiundzwanzig Programme der Waschautomatik. Ein donnerndes Finale setzte ein, grell explodierend wie eine Supernova schleuderte die Maschine blitzend weiße und bunte

Wäschestücke aus sich heraus, die, erstarrend, den Markennamen bildeten – die Zauberformel gegen den Entropietod des Universums.

»Si, sonderlich originell ist es nicht«, sagte Cortigas, die Finger unter dem Kinn verschränkt, »aber die Farben haben die richtige Hitze, noch einige Jahre in diesem Stil ...«

Einige Jahre. Juana starrte gedankenverloren auf die Beispiele gelungener Werbekunst hinter Cortigas' Schreibtisch: dreidimensionale Poster, die Peyotl-Cola, das Leben bei den Luftrangern und die Ruinen von Caratlan anpriesen. Und da, eine Maya-Plastik mit silberblitzenden Zähnen und Augen warb für den Fremdenverkehr: »Besucht das Land Sieben-Araras!«

Einige Jahre noch, hatte Cortigas gesagt. Früher hatte sie gehofft, durch ihre Kunst einmal berühmt und reich zu werden. Doch die Inspiration rührte von ihrem Auge her, vom goldenen Licht. Sie belog sich nicht, jeden Einfall erkaufte sie sich mit einer Spanne ihres Lebens. Einige Jahre – zu spät. Nüchtern betrachtet, hätte sie längst einen Heiler um Hilfe bitten müssen.

»Ich nehme an, die Auftraggeber werden zufrieden sein. Si, die Zielgruppe der Hausmänner ist deutlich angesprochen.«

Cortigas spitzte verächtlich die Lippen. Er war es gewohnt, keinen Zweifel daran zu lassen, was er für echte Männlichkeit hielt.

»Noch zwei Hinweise: Spielen Sie nicht zu stark auf die Sexualsymbolik an, und vor allem, vermeiden Sie diese Goldtöne. Sie wissen, diese Farben sind negativ belegt.«

Er rutschte von der Schreibtischplatte und wühlte aus einer Schublade einen Zettel hervor. »Leider kann ich Ihnen keine große Auswahl anbieten, Señorita, si, eigentlich nur diesen einen Auftrag: Fallen für die Killer-Tauben. Wollen sie ihn?«

»Ich muß ihn wohl nehmen«, sagte Juana leise. Die lukrativsten Aufträge, Propagandaspots der Militärregierung zum Beispiel, in denen Sieben-Arara die Sicherheit der Nuklearfabriken rühmte oder nachwies, daß keinerlei Atome in die natürlichen Kreisläufe gelangen konnten, schanzte Cortigas anderen zu.

Juana schlug das Herz bis zum Hals, eine Folge der Atemnot. Sie verabschiedete sich eilig. Das Gehen fiel ihr schwer. Während des Sitzens hatten sich ihre Füße und Beine in gefühllose Eisklumpen verwandelt. Und jeder Gruß, den sie in den langen neonkühlen Korridoren austauschte, zehrte an ihren Kräften. Höchste Zeit, daß sie sich auf den Weg zur Ambulanz machte.

Als Juana aus dem Gebäude der Fernsehgesellschaft heraustrat, raste eine große schwarze Ratte neben ihr durch die Glastür.Die Militärpolizisten rissen die Waffen von der Schulter und feuerten, Passanten stoben auseinander. Die Ratte sprang in wildem, unberechenbarem Zickzack die Treppe hinunter, dann, weiterhin ständig Haken schlagend, auf den nächsten parkenden Wagen zu. Fast hatte sie die Deckung erreicht, da traf sie der tödliche Schuß. Die beiden Militärpolizisten liefen die Stufen hinab. Angeekelt stieß der eine die Ratte mit dem Stiefel an. »Verdammtes Ungeziefer!« Das Tier zuckte ein letztes Mal und streckte erschlaffend seine sechs Beine von sich.

Das Leben, das rote Leben floß zäh und träge in ihre Venen. Juana beobachtete, den letzten kalten Schweiß noch auf der Stirn, wie das synthetische Blut durch die Plastikkanüle in ihren Arm rann. Ihr Kopf klopfte von all der neuen Kraft, die die künstlichen Erythrozythen mit sich trugen.

»Kommen Sie nicht noch einmal so spät«, sagte die Schwester und wandte sich anderen Patienten zu, die nach Krebsstopp, Knochenmarksspülungen oder ebenfalls nach Blut verlangten. Hinter einer angelehnten Tür protestierte ein Mann lautstark dagegen, daß man ihm das gelbe Kreuz in den Erbpaß stempelte.

Das Leben zu empfangen, zu liegen und zu träumen ... von einer Welt, in der der Körper selbst die Kraft besaß, sein Leben zu erhalten. Von einer Welt ohne tödlich-unwiderstehlichen Staub, ohne Furcht in der Metro, ohne unsichtbare Schatten, ohne den offenen und verborgenen Kampf um den Stoff, von einer Welt ohne Sieben-Arara. So stellte sie sich die Zeit vor, in der bronzefarbene Indios das Land beherrschten, die die Früchte ihrer Felder aßen, ohne sie zuvor mit dem Auge-das-niemals-weint prüfen zu müssen, und die nur den leichten Schweiß der Arbeit kannten. Was ihr blieb, war, die restliche Spanne zu nutzen, bis die defekte Maschine ihres Körpers nicht mehr künstlich in Gang gehalten werden konnte. Und jeden Tag auszukosten, an dem das Blut so unverbraucht durch ihre Adern rann. Vielleicht auch, solange sie den Willen dazu aufbrachte, solange sie die Gier nach dem Licht nicht von neuem überwältigte, sich an den Heiler zu wenden, an Serreos.

Zu Juana zurückgekehrt, zog die Schwester ihr die Kanüle aus dem Arm. Gehorsam winkelte Juana ihn an. Die Schwester hatte ein altes und hartes Gesicht, ihre Nase und ein Teil der linken Wange bestanden aus Plastik.

»Sie müssen in der letzten Zeit eine ziemlich hohe Dosis empfangen haben ... Ihre Blutprobe zeigt das«, fügte sie erklärend hinzu, als Juana schwieg. »Vielleicht ist Ihr Auge nicht empfindlich genug?«

»Mein Auge ist in Ordnung.« Juana erhob sich. Ihr Körper strotzte vor Kraft. Und was für erbärmliche, fahle und gebückte Gestalten hockten um sie herum! Kaum einer darunter, dessen Haut nicht von Kralle und Schnabel des Feuervogels gezeichnet war. Und keiner von ihnen wehrte sich, keiner vernichtete Sieben-Arara, wie ihn die Schutzgeister in der Legende vernichtet hatten, als sie ihn seines Stolzes beraubten: die blendend weißen Zähne durch Maiskörner ersetzten und die blanken schwarzen Pupillen durchbohrten.

Juana schob die Schwester zur Seite und ging mit großen, sicheren Schritten aus der Ambulanz.

Die langen Schatten der Gebäude streckten sich bis zur gegenüberliegenden Straßenseite. Plastisch trat das Ziergestein der Häuser hervor. Und von den geöffneten Fenstern der oberen Stockwerke blitzte dann und wann ein Reflex der Abendsonne herab. Das Lärmen der Passanten, das Hupen der Autos klang wie Musik in Juanas Ohren. Die Stadt quoll über von Betriebsamkeit.

Juana ließ sich treiben, sie konnte und wollte der Verführung der Schaufenster nicht widerstehen. Lange drehte sie eine weiße Tasche aus echtem, samtweichem Leder in den Händen, roch an Parfümflakons, scherzte mit dem Verkäufer des Heimcomputer-Basars. Sie kaufte nichts. Sie wollte nur sehen, hören, riechen, fühlen.

Als die ersten Geschäfte ihre bunten Beleuchtungen einschalteten, saß Juana auf der straßenzugewandten Terrasse eines einfachen Restaurants. Sie aß eine große Portion schwarz gebackener Fleischpasteten und trank dazu eine Halbe-halbe-Mischung von

Cola und Kakteengeist. Von ihrem Magen her breitete sich ein Wohlgefühl aus, das ihr das Auge niemals bringen konnte.

Zwei junge Männer in weißen Anzügen mit den modischen »Trauerrändern« setzten sich an ihren Tisch, erzählten sich – und ihr – lustige Anekdoten. Juana hörte nur ihre eigenen Bemerkungen. Und die waren großartig. »Caballeros«, sagte sie, »die Welt wurde nicht an einem Tage erschaffen, und sie wird nicht an einem Tage untergehen!« Es war ein Fest!

Dann aber holte die Wirklichkeit sie ein: das Auge-das-niemals-weint, die zerplatzenden Atome, der umfassende Griff des Teniente Presidente, das Ungeziefer und Sieben-Arara – sie wurde beobachtet. Sie betrog sich selbst, wenn sie sich etwas vorspielte, ihre Unwichtigkeit beteuerte, es bestand kein Zweifel, irgendwer spionierte ihr nach. Dabei hatte sie sich weder darüber beschwert, daß man der unersättlichen Gier nach Macht und Reichtum zuliebe die Sicherheitsvorkehrungen in den Werken vernachlässigte, noch hatte sie darüber geschimpft, daß man das Land in die Atomfabrik des gesamten Kontinents verwandelte, noch verschob sie gestohlene Isotope ins Ausland.

Die alte Furcht, die in ihr hochkroch, ernüchterte sie und zeigte ihr die Dinge in ihrer realen Häßlichkeit: Auf der anderen Straßenseite drang beißender Qualm aus einem Müllcontainer, die Pracht der Geschäfte, all der relative Wohlstand, den die nukleare Monokultur mit sich gebracht hatte, nutzte ihr nichts, denn sie konnte sich nichts davon leisten. Und ihr Gegenüber, so jung er war, trug eine Perücke und hatte angeklebte Brauen.

Juana lehnte die angebotene Begleitung ab und floh aus dem Restaurant. Taxis quälten sich hupend durch die teils nüchternen, teils angetrunkenen Passanten, die die Fahrbahn nicht respektierten. Juana schlängelte sich im Zickzack durch die Menge, bald lag das bunte Licht der Innenstadt hinter ihr. Aber unter den nunmehr wenigen Menschen, die ihre Richtung bevorzugten, verbarg sich noch immer ihr Schatten. Sie wußte nicht, wer es war, doch sie fühlte seinen Blick in ihrem Rücken.

Die hereinbrechende Nacht brachte nur wenig Linderung. Juana schwitzte, doch es war der Stärke beweisende Schweiß der Gesunden. Plötzlich entschlossen, wandte sie sich um. Wer beschattete sie? Der Dicke da oder die anscheinend vornehme Frau? Der Neonschein der Straßenbeleuchtung verlieh allen ein gleich fahles, blutloses Aussehen. Achselzuckend nahm sie ihren Weg wieder auf. Sollte er ihr doch folgen, sollte er doch!

Noch vor der nächsten belebten Kreuzung drehte sie sich erneut um. Da stand er! Einen Kopf kleiner als sie und unscheinbar vom glatten Scheitel bis zu den lautlosen Schuhen. Ihr Schatten! Juana lachte laut über seine Erbärmlichkeit. Energisch ging sie auf ihn zu, packte ihn am Ärmel seines lappigen Jacketts.

»He, schaut mal, ich habe meinen Schatten gefangen!« rief sie.

Der Mann befreite mit einem Ruck seinen Ärmel und glitt mäuseartig schnell in das Dunkel eines Hauseinganges. Juana lief ihm hinterher.

»Señora«, zischte er bei ihrer Annäherung, »gehen Sie, Sie sind betrunken.«

Juana lachte prustend. Ein Schatten, der sich im Schatten versteckte – zu komisch! Abrupt verstummte sie. Im Dunkel der Nische sprang sie die gefiederte Schlange an, eine flimmernde rotgoldene Silhouette, das Symbol des Luftwaffengeheimdienstes.

»Señora«, sagte der Mann ruhig und deutlich, »ich befehle Ihnen, zu gehen und diese Begegnung zu vergessen.« Dann steckte er seine Marke zurück in das strahlungsundurchlässige Futteral.

Juana stand wie versteinert. Das Gefieder Sieben-Araras hatte sie berührt, ihr Auge geweckt und seinen Durst auf goldenen Widerschein. Als sie die Starre überwand, war der Schatten verschwunden.

Ich will nicht, ich will das Licht nicht sehen, dachte Juana eindringlich. Und doch drehte sich ihr Kopf, suchte das Auge, als führte es ein Eigenleben. Schwach, viel zu schwach waren alle Spuren, ein wenig Glanz am Putz, ein dünnes Glühen in der rissigen Borke der sterbenden Alleebäume.

Die staubverkrustete Telefonzelle lehnte so schief wie vor zwei Jahren an der Häuserwand. Juana betrat sie, nahm mechanisch den Hörer ab. Dann pendelte er tutend an der Schnur, und Juana krallte sich, von schmerzender Erinnerung verkrümmt, an der schmalen Ablage fest. Der goldene Regen schien noch einmal zu Boden zu strömen, und sie lief, voller eiskalter Furcht vor der Strahlung, vor den Isotopen, die ihre Haut benetzten, lief, bis sie schreiend und selbst am ganzen Körper leuchtend, die Telefonzelle erreichte, Schutz vor dem niederprasselnden Verderben. Als ein schillerndes Bächlein rann der Tod ihre Beine hinab, schreiend riß sie sich die Kleider vom Leibe. Und so stand sie frierend in der Telefonzelle und entsetzte sich über die Farbenpracht, die Welle um Welle die Glasscheiben verzauberte wie warme, geschmolzene Sonne: rotgolden, grüngolden, blaugolden, rotgolden ohne Ende.

Am nächsten Tag hatten die Medien von dem Anschlag auf den Abprodukt-Transport berichtet, von den ungünstigen meteorologischen Bedingungen und den hingerichteten Terroristen. Gerüchte hingegen hatten von dem Unfall des Jahres gesprochen oder von einem Test oder einem bevorstehenden Angriff. Die Ursache konnte Juana gleichgültig sein. Etwas im kybernetischen Wechselspiel von Auge und Gehirn hatte sich verändert. Seit diesem Regen suchte sie das strahlende Licht, seither gehörte sie dem Feuervogel.

Spätabends kehrte Juana nach Hause zurück. Roque empfing sie an der Tür. »Tut mir leid wegen heute mittag«, sagte er und führte Juana ins Zimmer. »Hier, habe ich für dich besorgt.«

Juana setzte sich stumm und starrte auf das metallische Kästchen eines Taschenradiocomputers. »Ich friere, Roque. Hast du schon den Tee gekocht?« Sie schob das Kästchen über den Tisch zurück.

Roque forderte sie auf, richtig hinzuschauen. »Ein neues Produkt, frisch vom Schwarzmarkt«, erklärte er.

Juana drehte das Kästchen in ihren Händen. Durch eine Ritze der Rückwand drang ein feiner Schimmer.

»Es arbeitet batterielos, jeder einzelne Schaltkreis wird durch Radioisotope gespeist. Das wird bestimmt die große Mode. Feines Spielzeug, was?«

Die Rückwand fiel ab, zart leuchteten die Moduln, Halbwertzeiten lang ihre Kraft verstrahlend. Nur ein Abglanz drang durch die Isolierung, aber er war unverwechselbar.

»Du willst ja nur, daß ich dein Plu ... deinen Stoff nicht anrühre.« Unter großer Willensanspannung stellte Juana das Kästchen beiseite. Sie fühlte sich müde und ausgebrannt, und um ihr Auge bildete sich bereits wieder der kalte, klebrige Schweiß.

Während Roque in der schmalen Küche Tee aufbrühte, sammelte sie ihre Gedanken. »Ich glaube, ich habe heute in der Metro einen Heiler getroffen ...« Der Satz hing in der Luft. War sie wirklich bereit? »Aber, Roque, allein ... Ich meine, ich weiß nicht ...«

Der Tee dampfte, und auf dem Boden des Glases mischten sich Blätter und Zucker. Juana löffelte ihn wie eine Arznei. Sie wiegte ihren Kopf hin und her, um das Schimmern des Kästchens hinter dem Glas verschwinden und wieder auftauchen zu lassen. Seltsam, daß die Tränenaugen manchmal auch mehr und durchdringender sehen konnten als das Auge-das-niemals-weint. Sie wehrte den Impuls ab, das Glas beiseite zu schieben, das Kästchen zu ergreifen, ganz nahe an ihr Auge zu bringen, ganz nahe.

»Du, bald bin ich soweit, bald setze ich das Silberne Ei zusammen, du, Juanita, dann halte ich ein Faustpfand in der Hand, dann kann ich sie erpressen, dann gehören wir dazu, dann ...«

Sie brachen herein, ohne zu klopfen, doch auch ohne einen einzigen Schuß abzugeben. Ehe Juana schreien konnte, hatten sie ihr die Arme auf den Rükken gerissen und eine MPi gegen die Rippen gesetzt. Dann lehnte sie, sich mit den Händen über dem Kopf abstützend, gegen die Wand, die kleinen verblichenen Blumen der Tapete vor Augen, nahm nur das Poltern der aus den Schränken gerissenen Schubladen wahr und wie sie Bilder von den Wänden wischten.

Mein Gott, die verwüsten die ganze Wohnung, dachte sie. Jetzt schlitzen sie auch noch die Polster auf. Vage stellte sie sich Rettung und Rache vor: daß Roque sie alle überwältigte oder daß sie sich einfach in der Tür geirrt hätten und hohen Schadenersatz zahlen müßten.

Roque lag mit dem Gesicht nach unten am Boden, zwei Militärpolizisten knieten auf ihm. Es waren viele, ein Dutzend, vielleicht mehr. Sieben-Arara, der lügnerische Vogel des Sonnenfeuers, verriet ihnen das Versteck. Im Nu brachten sie plastischen Sprengstoff an, ein kurzer Knall, schon räumten sie den Safe aus.

Rotgoldenes Licht überschwemmte Juana, Widerschein sprang ihr von der Wand entgegen, deren Blumen in Sekundenbruchteilen erblühten. Ihr ganzer Körper reagierte mit einem nervösen Prickeln.

»Es ist drin«, sagte der eine, dann wurde es wieder dunkel.

Sie rissen Roque hoch, schwächlich versuchte er, sich freizukämpfen, erntete ein paar wohlgezielte, leidenschaftslose Faustschläge.

»Ich will nicht auf die Insel«, flehte er, »schießt doch lieber!«

Sie zerrten ihn zur Tür. Von dort ertönten Worte. Die Militärpolizisten, die noch immer die Wohnung durchstöberten, wandten sich um. Eine Stimme verlangte nach dem Befehlshaber. Eine Stimme, die Juana kannte, die an ebendiesem Tag zu ihr gesprochen hatte, doch nun von Autorität entstellt.

»Sie gehören uns«, sagte die Stimme, »wir hatten sie unter Kontrolle.«

»Ich führe nur meine Befehle aus. Packt den Stoff ein, Jungs, und bringt die beiden Vögel zum Transporter.«

Juana versuchte, sich umzudrehen, um festzustellen, wer da sprach, doch der verstärkte Druck des MPi-Laufes verwehrte es ihr.

»Sie werden doch Ihre Karriere nicht dummer Kompetenzstreitigkeiten und einer gewissen Voreiligkeit Ihrer Vorgesetzten wegen aufs Spiel setzen wollen, Capitán? Gut, nehmen Sie alles, aber lassen Sie mir das Mädchen. Sie nutzt uns viel, außerdem – sie macht es nicht mehr lange.«

Wie ein Spuk waren sie verschwunden, die MPi, die Militärpolizisten, mit ihnen die Zylinder, selbst der Taschenradiocomputer, wer weiß, was noch alles.

Halb betäubt erhob sich Juana. Sie mußte sich auf den Tisch stützen. Das Teeglas stand halb geleert auf dem Untersetzer. Langsam stieg in ihr eine ohnmächtige Wut auf. »Wo sind Sie, Señor Serreos?« fragte sie in das Dunkel, das um sie herrschte. Niemand antwortete.

Neben der geschlossenen Tür lag das Bild Sieben-Araras. Juana hob es auf. Ein rötlicher Heiligenschein zierte, als wäre nichts geschehen, den Kopf des falschen Gottes. Sie legte das Bild neben das Teeglas und starrte darauf. Das Glühen war zu schwach, um sie zu erwärmen, es war nur die Erinnerung eines Lichtes.

»Du willst mir helfen, du Schatten, natürlich willst du mir helfen, weil du mich brauchst!« flüsterte Juana. »Und ich habe geglaubt, du wärst ein Heiler!«

Sieben-Arara verschwamm vor ihr, nur sein Heiligenschein blieb klar und deutlich. Juana rieb sich die Tränenaugen, bis sie schmerzten. Dann öffnete sie sie weit und suchte zwischen Strümpfen, Seifenpäckchen, Knöpfen und Unterwäsche ihr Nähzeug auf dem Fußboden. Sie wählte die größte stählerne Stricknadel.

»Nein«, flüsterte sie, »euch Schatten verrät mein Auge niemanden mehr. Hörst du, Serreos!«

Zum Tisch zurückgekehrt, schob sie Teeglas und Bild weit von sich. Ein letzter Blick: sanftes rötliches Gold. Ja, sie würde Sieben-Arara so töten, wie es die

Legende beschrieb. Sie selbst. Ohne Heiler, ohne Helfer. Juana nahm die Nadel und stach entschlossen ins Zentrum ihrer Stirn.

Aus dem Auge-das-niemals-weint rannen zähe synthetische Tränen.

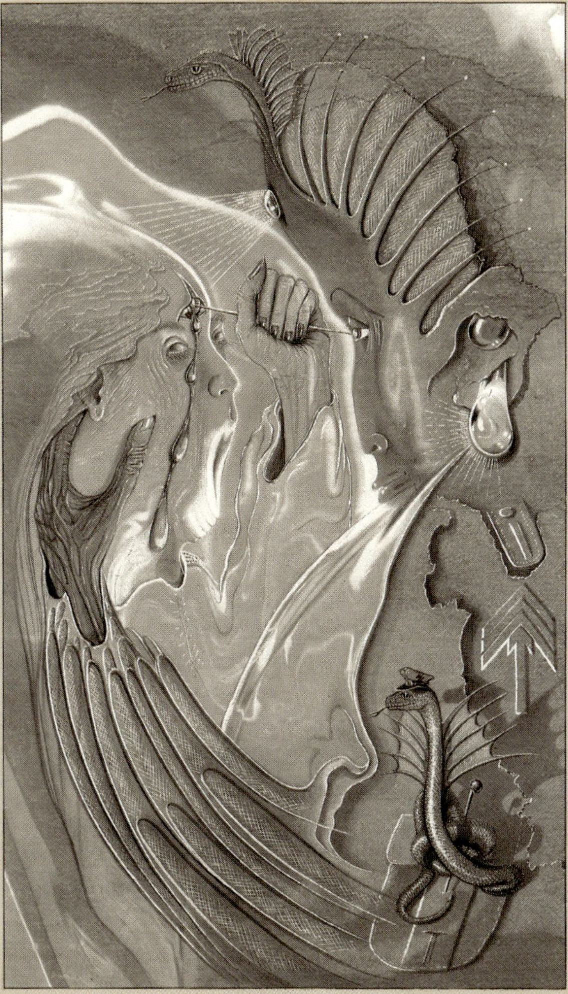

Der Trödelmond beim Toliman

Der Trödelmond beim Toliman, hieltest du ihn nicht für eine Fabel? Eine jener schnorrigen Geschichten, wie sie sich Raumfahrer ausdenken auf ihren langen, zu langen Flügen, wenn die Bordlektüre verbraucht ist und kollektive Einsamkeit in Aggression umzuschlagen droht?

Noch ein wenig ungläubig steht Kemeny, Astronaut einer weltenfernen Erde, auf dem fremden festen Boden. Allein, denn die Kameraden mußten plötzlich unbedingt ihre Notausrüstung überprüfen, Briefe schreiben oder schlafen. Fünf Stunden bleiben Kemeny, bis das Schiff aufgetankt ist, fünf Stunden bis zum Start. Eine kurze Spanne, doch genügend, ein verrücktes Souvenir zu erjagen, ein Andenken aus dem All, das jedes Mädchen beeindruckt: »Nein, das gibt es in keinem Rotel zu kaufen, das habe ich eigenhändig auf dem Trödelmond erhandelt – als keiner den Mut hatte, mich zu begleiten!«

Der Trödelmond, wenige hundert Kilometer groß, ist gut klimatisiert, er riecht nach sonnenheißen Steinen, verbranntem Raketentreibstoff und seltsamen Aromen, die es aus dem grellen Budendschungel herüberweht. Unsicheren, trotz der künstlich erhöhten Schwerkraft wankenden Schrittes verläßt Kemeny im zuverlässigen Schutzanzug, den Helm an der Seite baumelnd und mit einem allzeit griffbereiten Laser bewaffnet, das voll ausgelastete Raketenfeld und stürzt sich entschlossen hinein ins Getümmel, von dem sein entwöhntes Auge übergeht, alle Warnungen, Geldbeutel wie Leben betreffend, in den verlockenden Wind geschlagen.

Sie schwenken ihre abgenutzten Greifwerkzeuge, die außerirdischen Händler. »Herein, nur frisch hereingetreten!« brummen, pfietschen und glucksen sie, und »zu mir nur, zu mir« gestikulieren Klauen, Saugfüße, Tentakel. »Alle Wunder des Universums, preiswert und einzigartig, habe ich hier versammelt, alles, was Menschenherzen und Arkturiergaumen und Rigelianersinne begehren, kein Sternenwunsch bleibt unerfüllt!«

Geblendet vom Glanze polierter Metalle im Sonnenglast des aufgehenden roten Tolimans, von funkelndem Glas und irisierenden Facettenaugen, halb betäubt vom Getöse vielstimmiger Bewunderungsrufe in den tausend gurrenden und pfeifenden, sabbernden und zischenden Idiomen der Galaxis, vom lauten Anpreisen und leisen Feilschen, hat die Menge ihn bald verschlungen.

Schutzlackierte Chitinpanzer mit Kanten, härter als Skaphanderstahl, bedrängen ihn und vibrierende Weichwesenleiber, hinter deren wogenden Seidenumhüllungen violettes Blut pulsiert, und der Strom der Schaulustigen strudelt ihn tiefer hinein in das von Silizium-, Supraflüssig- und Eiweißleben brodelnde Labyrinth aus süßlich verklebten Aluminiumbuden und zerschrammten spitzen Plastikzelten, aus schiefen, dreckverkrusteten Glaskuppeln und sich in den schwarzen Himmel türmenden Pyramiden von außerirdischem Ramsch und kosmischen Raritäten.

Da, ehe Kemeny weiß, wie ihm geschieht, hält er ihn platinschwer in der Hand: einen toten, dickbauchigen Käfer mit stumpfen violetten Stacheln und einem allzu menschlich-grotesken Kopf. Der Händler, ein Gummikerl, dessen vier gelenklose Arme ein verwirrendes Windmühlenspiel treiben, hebt ein dünnes Rohr, und dieses saugt den grauen, in der Luft aufflimmernden Staub von jenem, in unbegreiflichem Maße übergewichtigen Insekt. Und er, mundlos, schwadroniert mit einer vibrierenden Membran, dort, wo Menschen die Nase trügen. Endlich findet Kemeny den Schalter des Kommunikators, der den Wortschwall übersetzt: »... längst, geborstener Planet, zu vielen Sonnen, verstehen? Das – ein Idol, der letzte Gott, gestirnlos nun.«

Das Idol, plötzlich sich rosa verfärbend, scheint ihn durch seine geschlossenen schwarzen Lider höhnisch zu mustern. Und der Trödler ringt bekräftigend zwei Paar ausgefranster schuppiger Hände: »... Talisman, echter, sehr guter Talisman. Bringt Unglück, Unheil, Krankheit, Katastrophe, zweifelsfrei. Früherer Besitzer, Herr aus dem Krabnebel, hat sich zu Tode gestürzt in Schwarzes Loch. Verderben und Vernichtung, ganz garantiert ...«

Der Astronaut Kemeny lacht, streicht über die zerschrammten Spitzen, es knistert elektrisch leis. Ob das Idol, zufällig, den Singularitätensturz überdauert habe? Und wer werde ihn schon kaufen, diesen Pechbringer? Freiwillig fürs eigene Unglück noch zahlen?

»... aber nicht für Sie, Herr Commander. Verschenken an den Bekannten, Vorgesetzten, Kollegen, Freund ... Und nicht teuer!«

Wortlos legt Kemeny das boshafte Idol zurück in eine der zuckenden Hände des Trödlers. Ob es ihm garantiertes Unglück bringt, sich schlicht nicht verkauft?

Weiter drängt und preßt es ihn, vorbei an Bergen aus zotteligen Fellen, blaufleckigen Pelzen, Plüschfetzen mit den Insignien der interstellaren Raumfluglinie, Stoffen mit armselig-ultravioletten oder atemberaubend oszillierenden Mustern, zerschlissen oder frisch gewebt, Szenen, undeutbare Mythologien darstellend. Daneben Relikte ferner Erdkultur und Wolkenläufer, federleicht, die zarten Lamellen der Unterseite in fester Schutzfolie verborgen. Schadenfroh lacht Kemeny über die namenlose Furcht seiner Kameraden, die sich um das beste Ergebnis dieser Reise bringen.

Ein schnaufender, alles überragender Riese nähert sich, laut mit dem stählernen Außenskelett quietschend, das seine wuchtigen, bandagierten Gliedmaßen stützt. In der schleimigen Spur, die er hinterläßt, gleiten kleinere Wesen aus, plärren mit Ultraschall-Fisteltönen. Was mag ihn bewogen haben, diese Strapaze, die zu große Schwere, auf sich zu nehmen? In dem durchsichtigen Beutel, den er – sie? – es? – über den teleskopartigen Auswuchs am Kopf geworfen hat, zappelt winziges intellektronisches Spielzeug, bemüht, den glatten Plast emporzuklimmen und zu entkommen.

Auf einmal fühlt sich Kemeny von hinten gepackt und emporgehoben, Fühler, peitschende Superregenwürmer, pressen seinen Oberkörper zusammen, so daß er vergeblich nach Luft ringt. Du bist im Wege, versprengter Mensch, behinderst die Geschäfte! Schon schleudern sie ihn wie eine Katze beseite in einen Berg rutschender, rollender, kollernder Steine.

Mit tiefem, ungnädigem Brummen entfernen sich die Kosmorowdys, während Kemeny schimpfend seine schmerzenden Glieder bewegt. Er schilt sich unvorsichtig und untersucht sorgsam die Kratzer an seinem Schutzanzug.

Minerale werden feilgeboten im hellen Schein des hohen Gestirns, ganze Berge, schwarzschillernde, graue, transparente, bunte, Minerale ohne Namen, unsortiert, doch echt – natürlich, was sonst? Weitgereiste blasenbedeckte Meteorite, diese hier sogar laut astronomischem Etikett von den Magellanschen Wolken. Unter handtellergroßen Vakuumglocken, wild durcheinandergeworfen, schimmern in einer Aura gebändigter Felder winzige Brösel Antimaterie. Bräche man ein Stück vom ohnehin kleinen Trödelmond, legte es darunter, würde das auffallen? Die wertvollsten Stücke aber, die Steine mit Geschichte, sind gefaßt in echten Raketenstahl mit eingravierten Daten: Fundkoordinaten, Alter, chemische Zusammensetzung, Name des zerstörten Schiffes.

»Ramsch, Ramsch«, geifert die netzbespannte Meduse neben ihm in tiefen Radiofrequenzen und wühlt sich auf vergeblicher Suche nach Nahrhaftem zwischen Quarzklumpen und erstarrten Auswürfen von Sonnenflecken ein. Kemeny hört es leis knirschen. Haarfeine Risse durchziehen den Antimateriebehälter. Erschrocken springt er auf und stolpert weiter, das kalte Vorgefühl einer alles atomisierenden Explosion in den Knochen.

Metallgefäße versperren ihm den Weg, Töpfen und Bechern ähnlich, mit systematisch zerlochten Böden. Er nimmt zwei und wiegt sie in der Hand. Siebe, vielleicht zum Ammoniakschürfen auf gefrorenen Planeten? Schmuck einer vergessenen Mode? Mikrowellenklempnerei? Grobschlächtige Armschlangen reißen sie Kemeny mit drohenden Bewegungen aus der Hand. Einen flüchtigen Moment denkt er: Schuhe für Saugnapfläufer?, dann tastet er sicherheitshalber nach seinem Laser und erstarrt – der Gürtel ist leer.

Nackt fühlt sich Kemeny plötzlich, wehrlos, der rabiaten Händlergier ausgeliefert. Nur noch ein Souvenir erhascht, den sicheren Beweis des Mutes, dann zurück, unverzüglich und ohne einen Blick zur Seite!

In langen Reihen stehen bauchige Flaschen, Glaszylinder, Schaugefäße, gefüllt mit opaleszierenden Flüssigkeiten, von denen Dampf aufsteigt, der Kemeny in der irdischen Nase brennt. Leblos schwimmt in ihnen ein ganzes Bestiarium: nichtinsektische Vielbeiner, die bei jedem Stoß an die schleimüberzogene Glaswand zusammenzucken; zyanblaue Würmer, deren Kopfende orchideenzarte Knospen trägt; harte, doch zerbrochene Embryonen von Siliziumlebewesen. Wie ist Kemeny froh, nichts Menschliches darunter zu entdecken. Sollen sie sich doch gegenseitig einwecken, die Bestien von fremden Welten – in Formalin, Gelee, Harz. Alles findet sich hier, vom mikroskopischen Einzeller bis hin zum metergroßen augenlosen Kopf eines Dunkelweltsauriers. Dieser und jener trägt noch die rostige Pfeilspitze im Rücken oder zeigt das grüngesinterte Einschußloch des Lasers zwischen den glotzenden Augen.

Plötzlich, weitergedrängt, watet Kemeny in Scherben. Die meisten so klein oder so fest, daß der harte Skaphanderschuh sie nicht zertritt. Ein Honigduft geht von den braunen Flecken, in denen sie glitzernd liegen, aus. Abfall, Exkremente – oder der Stand eines Unglücklichen, niedergewalzt von der Menge der Schaulustigen?

Ein Blick auf die Uhr am Armgelenk, die fünf verschiedene Zeiten zeigt. Wie schnell sind sie verflogen! Jede mahnt, sofort zurückzukehren. Nur einen letzten Versuch noch bei jenem Berg von Geräten, vielleicht findet sich dort Andenkenswertes, Erschwingliches. Leichen von Robotern, Androiden und ihren Sekretären, abgenutzt und ausgedient, häufen sich da, leere ausgeschlachtete Kästen und ihre ölverschmierten, bunten Eingeweide. Angeschmortes darunter, verbogenes Blech, abgerissene Kabelstrünke. Plumpe Bastler feilschen um antike Mikroelektronik, wiegen Beutel, prall von Chips, und Goldelektroden für Hirnkontakte in langfingrigen, pelzigen Klauen, beschnüffeln keramische Lager, wischen Facettengeigerzähler und Photozellen am unaufmerksamen Nachbarn sauber und erproben sie in Strahlung, Licht und Schatten. Tanzende, farbige Streifen wirft die flatternde Markise auf Schraubenmassen, die zwischen Kompaktbausteinen hervorquellen, und haarige Interessenten, die vor Eifer Speichel verspritzen. Kein Platz für dich, Andenkenjäger!

Hellrot steht Toliman am Himmel, der Weg zurück führt ihm entgegen. Kemeny kneift die Augen zusammen, dunkle Phantome strömen auf ihn zu vor der bizarren Silhouette der Stände und des geschichteten Trödels. Nahrhaft riecht's herüber, Rauchfähnchen drehen sich in den gestirnten Himmel, intelligentes Leben vom Koazervat aufwärts zeigt Vorliebe für Gebratenes, scharf Gewürztes. Welch Verwirrung in der Luft: das Wasser läuft im Munde zusammen, würzig duftet's wie nie während all der Jahre im Schiff. Dann hüllt Kemeny ein schwerer Brodem ein, daß Ekel ihn würgt: viel zu süßliches, marodes Fleisch. Eiliger drängt er an gegen grün-irisierende, vielgliedrige Vorderextremitäten, in Dutzende Schichten großer Palmblätter gehüllte meterbreite Rücken, drückt sich an den metallplattenbelegten Oberschenkeln gebeugter Kolosse vorbei. Heiß wird es im Schutzanzug, obwohl das Kühlsystem läuft. Ein Schatten fliegt schwankend auf, schwirrt libellengleich vor der strahlenden Scheibe des Zentralgestirns, summt plärrend, und der Kommunikator übersetzt holpernd und stockend: »Hier, Erdmensch, hier, Besseres, Vollkommeneres wirst du nirgends finden!«

Zögernd nähert sich Kemeny, das Insekt stürzt kreischend herab, faltet die weit ausladenden durchäderten Schwingen. Vor ihm, in sauberen Pyramiden, sind silberne Kügelchen aufgeschichtet, Stecknadelköpfe die kleinsten, Billardkugeln die größten. Sie schillern im Licht und auch im Schatten wie lebende Perlen vom Deneb.

Mit scharfen Mandibeln, doch behutsam, fast zärtlich ergreift das blauleibige Flugwesen eine und sirrt: »Universen! Das sind Kosmen, jede Kugel eine komplette, in sich geschlossene uralte Welt, ein All für sich, Metagalaxien über Metagalaxien, Schwarze Löcher darunter, Kollapsare, die ihr Feld verstrahlt haben, Relikte von der Entstehung vielleicht unseres eigenen Universums, nicht mit hineingerissen in den Strudel des Werdens und Vergehens. Andere Welten, womöglich mit eigenen Gesetzen, eigener Raumzeit!«

Kemeny nimmt gedankenverloren eine Kugel – von falscher Stelle, die Hierarchie der Kosmen fällt zusammen, sie rollen herab, auseinander, in ätzende Hufsekrete nachlässiger Methantreter; knirschend setzen tonnenschwere Arkturier die Granitplatten ihrer Sohlen auf sie. Während Kemeny noch erstarrt steht, sammelt das Insekt seine Habe blitzschnell ein, hell zirpt sein segmentierter Leib dabei. In Sekunden

steht die Pyramide von neuem, als wäre nichts geschehen.

»Versuche nur, sie zu zerquetschen, Terraner, oder besser, nimm einen Laser! Sie sind unversehrlich, unendlich hart. Welten, stark wie unsere, erfüllt von so unterschiedlichen Wesen, wie wir es sind, lebendgebärender Luftatmer!«

Kemeny seufzt, die Zeit drängt, irgendwo hinter Buden, Lärm und Wundern steht das startbereite Schiff.

»Sieh sie genau an, Erdmensch, manchmal blitzt ein Auge hinter der glänzenden Kugeloberfläche, ein Auge, das in deines späht. Denn unser All bedeutet ihnen nicht mehr als eine befremdlich schimmernde silberne Murmel.«

Selbst überrascht, hört sich Kemeny den Preis erfragen, den Preis für eine ganze Welt, gefüllt mit Licht und Sternen, Staub, Leere – und seinesgleichen. Rasch sind die automatischen, sich selbst zählenden Münzen gewechselt. Schon will er, die Welt in der Hand, gehen, da krümmt sich ein Wurm heran, Schriftzeichen sind in die Metallringe um seinen wurstigen Leib eingraviert.

»Was«, fragt er, stechende Dünste ausstoßend, das Insekt, »versuchst du noch immer, deine Brut zu verkaufen?«

»Die Schlange lügt!« beteuert es mit wild peitschenden Barthaaren. »Das sind Welten, echte, ganze unverfälschliche – du Knospung eines Polypen verschacherst ja selbst die Mumien deiner Vorfahren!«

Die Zeit eilt und Kemeny mit ihr, krampfhaft hält er die zweifelhafte Kugel umschlossen, bereit, sie wie ein Stück heißen Metalls im nächstbesten Augenblick auf einen Haufen singender Bücher oder verschimmelter Plaststreifen fallen zu lassen. Die Füße schmerzen, und der Kopf brummt von all den Lauten, Bildern und Gerüchen.

Ja, denkt er schon ein wenig ermattet und unterscheidet kaum die Stapel ausgedienter Raketenmotoren, ja, vielleicht fände sich auf diesem Basar für alle und alles sogar ein Wesen für dich: eine romantisch verschlagene Irdische? Im Dornröschenschlaf der Weitflugkammern – und kaufbar! Errettbar aus fremden Klauen, aus der Gefangenschaft der Trödler! Welche Wonne, wenn sie die Augen aufschlüge, verwundert fragte, wo sie sei. Du ihr berichten könntest. An Bord, das gäbe freilich Probleme, die ausgehungerten Kameraden. Aber du würdest dich standhaft widersetzen, daß man sie erneut auf Eis legt. Und köstlich wäre ihr Dank.

Die Zeit, wie sie verfliegt! Noch sieht Kemeny den Startplatz nicht und nicht einmal die hochaufragenden Zigarren der Boote. Sie warten, sicher warten sie eine Weile. Nur peinlich wird der Empfang. Wenn sich diese grobschlächtigen Ungetüme nur nicht so drängen würden, dir nicht stets entgegenstrebten! Und wie unübersichtlich stehen die Buden! Könnten die Trödler nicht wenigstens hier oder da einen Wegweiser aufstellen? Und diese Kerle mit den knochenharten Chitinellenbogen, blaue Flecke trägt man davon.

Noch zehn Minuten!

Wie locken doch diese kleinen, sich beständig wandelnden Raumlabyrinthe, Spielzeug für alle Spezies von Bellatrix bis Atair. Kemeny möchte, von einem Impuls, stärker als sein Wille, getrieben, selbst eines greifen, sich nur für eine kurze Sekunde in dieses vertrackte Regelwerk, diese innere Kompliziertheit und Unberechenbarkeit vertiefen. Doch alle Plätze sind besetzt: schlanke Beutelnager mit zusammengebissenen Zähnen hocken neben prustenden Kopffüßern, die wie besessen mit allen zwölf Tentakeln spielen. Das Spiel ist verrückt wie seine Erbauer, daumengroße Pflanzenwesen, die, ihre Opfer zu fesseln, in den selbsterfundenen Labyrinthen auf- und abhüpfen. Welch Spielzeug, das mit dir spielt und dich nur nach Laune wieder freiläßt!

Schwitzend reißt Kemeny sich los, die letzte Minute ist bereits verloren, aber noch hat er kein Starttösen gehört, keine Rauchsäule aufsteigen sehen. Die Kameraden warten, sie lassen dich nicht im Stich.

Wieder blickt Kemeny zum Toliman, um sich zu orientieren, er steht nur knapp über dem Horizont, eine dunkelrote, wolkenverschleierte Riesenscheibe. Da begreifst du, begreifst du endlich, Astronaut Kemeny: dieses Gestirn hat dich in die Irre geleitet, ist während der Stunden deiner Wanderungen unmerklich über den Himmel geglitten, du bist fehlgegangen, seit einer Stunde fast genau in die entgegengesetzte Richtung. Ein unverzeihlicher Anfängerfehler.

Verzweifelt tastet Kemeny am Funkgerät seines Schutzanzuges: prasselnder Lärm im Ohrhörer. Der Äther ist überfüllt vom Geklirr fremdartiger Signale und dem Kreischen durchgetesteter Geräte. Zurück, zurück, nichts als zurück!

Er rennt, stößt sich durch die heranbrandenden Massen von Außerirdischen, stolpert über umherliegende Kisten und meterlange Schrauben, er keucht, verloren, verlaufen, einsam.

Wie den Weg finden? Er steht vor einer Wand voller Glaskästen, versucht, sich zu entscheiden, links oder rechts? Hinter den Scheiben, in den Terrarien, besser Planetarien, in den Satellitarien und Stellarien hocken fratzenschneidende Wesen mit schmutzigem Fell, nackter Haut oder schweren Insektenflügeldekken. Manche laufen über die glatten Wände, können doch nicht entkommen. Und hier, er sieht es, aber versteht es nicht, das handgroße Ding mit dem Doppelpaar Teleskopaugen, es zeichnet mit stumpfen Krallen wieder und wieder ein rechtwinkliges Dreieck und Seitenquadrate gegen die unüberwindliche Glaswand.

Es verwirrt Kemeny, dann drängt ihn die Menge nach links, kaum, daß er mit dem nimmerabreißenden Strom noch Schritt halten kann.

Schon ist die langgestreckte Neonampel aufgegangen, der Mond eines Mondes, der sein fahles Licht über verstaubte, zerbrochene Knochenpanzerberge und abgewetzte Sitzgelegenheiten für Vierfüßer ausgießt.

Dann endlich, das Ei – oder die Welt? – noch immer fest umkrampfend, bricht ein greller, orkanartiger Laut über Kemeny herein, ein jaulender, alles durchdringender Ton wie von unerreichten fernen startenden Schiffen. Was nutzt es ihm, daß er die Ohren mit den Fingern verstopft, schmerzhaft die Augen schließt. Der Ton ist in ihm, er kann ihn nicht mehr loswerden.

Als Kemeny wieder in der neon- und kugelblitzerhellten Realität auftaucht, befindet er sich vor einem schimmernden Katarakt löchriger Sonnensegel, die eine dreiköpfige und dreimal handelnde glasklare Hydra bewacht. Huschende, flirrende Schemen umtanzen ihn.

Tapfer, tapfer, du Dilettant, es werden andere Schiffe kommen mit menschlicher Besatzung, du wirst zurückfinden, unbedingt!

Lange steht Kemeny reglos, sein Blick verfolgt den

rasch schwindenden Feuerfunken des Schiffes. Endlich verglimmt er. Rätselhaft duftet die kühle Luft.

Nicht einmal sein Kommunikator fängt die zirpenden Stimmen jener krächzenden Wesen ein, die in Mikrosekunden sein Schicksal beschlossen haben: »150? Nein, aber für 120 kaufe ich den Erdling da.«

Inhalt

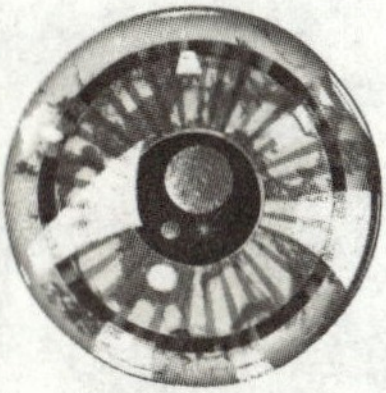

ISBN 3-360-00199-0

4. Auflage

Lizenz-Nr.: 409-160/296/90 · LSV 7004
Schutzumschlag- und Einbandentwurf: Wolfgang Spuler
Printed in the German Democratic Republic
Lichtsatz: INTERDRUCK Graphischer Großbetrieb
Leipzig – III/18/97
Druck und buchbinderische Verarbeitung:
LVZ-Druckerei Hermann Duncker,
Leipzig – III/18/138
622 586 2

00740